セゾン*
サンカン
シオン

装画

中島花野

装丁

岡本歌織
(next door design)

Contents

第１章　夜の爪　4

＃１　新世紀の彼女　66

第２章　花占い　76

＃２　はんぶんこ　130

第３章　葡萄の子　147

＃３　紙の花　201

第４章　バースデイ　219

＃４　寂しい場所　276

第５章　三寒四温　296

エピローグ　352

第1章　夜の爪

赤黒い血液が染み込んだナプキンを、トイレの汚物入れに捨てた。最近は軽い腹痛を覚えることも多い。少量だが続いている不正出血は、胸に暗い影を落としていく。

ヒット曲を奏でるオルゴールの音を聞きながら、待合室のソファーに腰を下ろす。前回、足を運んだクリニックより清潔で落ち着いた雰囲気が漂っている。ＨＩＶ検査を啓蒙《けいもう》するポスターを眺めたり、ラックに置かれた女性誌のページを捲《めく》ったりしながら順番が来るのを待った。

「十四番さん、二番診察室へどうぞ」

プライバシーに配慮してか、名前は呼ばれなかった。指定されたドアを開くと、女性医師が微笑《ほほえ》みを浮かべている。

「こんにちは。今日はどうなさいました？」

穏やかな声が聞こえた。医師の薄い化粧の下には、健康的な肌の色が透けて見える。

「不正出血が続いてまして……他のクリニックも受診したんですが、少し不安で」

「最初のクリニックでは、何と言われました？」

「ホルモンバランスの変動が影響する、排卵期出血だろうって」

「なるほど。一時的な出血という見解だったんですね」

「漢方薬を処方されて、様子を見るよう言われたのですが……止まらないので」

先日受診したクリニックは、自宅から一番近いという理由だけで足を運んだが、完全にハズレだった。外観は古臭く、内部はどこも日陰のように湿っていて採光は最悪。私を担当した初老の男性医師は親身になって話を聞いてくれたとは言えず、痰《たん》が絡んだ咳を繰り返しながらカルテを見つめていた。

そんな失敗を踏まえ、今回は生活圏からは外れているが、ネットで評判のクリニックを選択していた。

「柳岡《やなおか》さんは、現在妊娠の可能性はありますか？」

「いえ。未婚ですし、相手もいないので」

事前に記入した問診票と照らし合わせながら、既往歴や月経に関する質問が続く。

「直近の性交渉はどうですか？」

「五年前に彼氏と別れてからは、一度もないです」

「今日は子宮頸癌《けいがん》検診も希望しているようだけど、最後に受けたのはいつ頃ですかね？」

「確か、四年前です」

「自治体の葉書がないと、自費診療になりますがよろしいですか？」

子宮頸癌検診は地方自治体が費用を一部負担する公的検診もあるが、受診期限が決められている。少し高値になっても、この機会に全ての可能性を潰しておきたかった。

「はい、構いません」

「それなら、やっておいた方が良いですね。最近は若年層の罹《り》患《かん》率が上昇してますし」

問診が終わり、検査室に移動した。内診を行うため、ズボンとパンツを脱ぐよう声が掛かる。狭い空間には、薄ピンクの内診台とエコー検査の機器が並んでいた。

内診台に腰を下ろした後、台座に乗せた両足が電動操作で左右に開いていく。股を大開きにした格好で身体を固定されると、頬《ほお》が熱を帯びる。

視界のすぐ先はカーテンで仕切られているため、医師と目が合うことはない。医療器具の触れ合う音だけが、微《かす》かに透けて聞こえた。

「膣鏡《ちつきょう》を挿入しますので、痛かったら教えて下さいね」

金属の冷たい感触を覚えながら、膣腔を検診する医療器具を脳裏に浮かべた。鳥の嘴《くちばし》に似た形をしていて、操作が下手な医師だと痛みを伴う。

「すぐ終わりますからね」

頭を空っぽにしながら、目前に垂れ下がるカーテンを見つめ続ける。しばらくして医師が小さく唸《うな》るような声が漏れ聞こえ、不安の欠片《かけら》が胸を抉《えぐ》った。

「少し、ただれているように見える箇所がありますね。これから専用のブラシで細胞を採取しますよ」

　柔らかい物体が、身体の奥の粘膜に触れる。白い天井を見つめながら、握った掌《てのひら》に爪を立てた。

　十分もしないうちに全ての検査は終わった。再び診察室に戻ってから、医師に疑問を投げ掛ける。

「先生の見立てはどうでしょうか？」

「詳しくは細胞診の結果を見てからですね。二週間後辺りに、再診予約をお願いします」

　医師の穏やかな口調は変わらなかったが、瞳の奥に暗い陰りが見えた。確定診断を下す前に、ネガティブなことは告げないタイプなのかもしれない。

「何かわかったら、ストレートに告知して下さい。一応、看護師なので」

「わかりました。看護師さんということは、夜勤もあって生活リズムが崩れやすいでしょう？」

「実は今日、夜勤明けなんです」

　言葉にすると、忘れ掛けていた睡魔の気配が急に強くなり瞼《まぶた》が重くなった。

「毎日患者と接しているせいか、身体のことに関しては悪い方、悪い方に考えてしまって」

「柳岡さんだけではなく、どんな医療従事者もそんな感覚ってあると思いますよ」

「嫌な職業病ですよね」

顔の皮膚は干し肉のように硬くなっていて、強張《こわば》った笑みしか浮かばない。内診台の温かみのない感触が、太腿《ふともも》辺りにまだ残っていた。

自宅の最寄り駅に辿り着いてから、コンビニの自動ドアを通った。瞼を擦《こす》りながら陳列された商品を見つめる。春に差し掛かっているせいか、苺《いちご》や桜味のスイーツが多い。少し迷ってから、いつも通りコンソメ味のポテトチップスとビーフジャーキーを選択した。最後に冷えた缶ビール二本をカゴに入れて、レジに向かう。勤務中は、患者に対して食事指導をすることも多い。改めて選んだ商品を覗き込み、水菜のサラダを一つ追加した。

マンションに帰ってからの過ごし方は、既《すで》に決まっている。映画を観ながらソファーで眠り、目が覚める頃には陽が沈んでいる。そんな日々を積み重ねているうちに、先月二十代は終わりを告げた。

熱いシャワーを浴びてから、看護学生の頃から着ているフリースに着替えた。最近ボブに変えた髪にドライヤーを当てながら鏡を見つめる。この髪型にしたのは失敗だった。一つに結べない長さでは、オムツ交換の際に髪が目に入って酷《ひど》く邪魔だ。特定の男を意識する前に、患者の姿が思い出される。自然と苦笑いが浮かんだ。

ビールの黄金をグラスに満たしてから、換気扇の下でメンソールの紫煙を吐き出した。ちょうど一缶目を飲み切ったタイミングで、スマホが鳴った。

画面に『公衆電話』と表示されているのを見て、自然と舌打ちが漏れてしまう。しばらく放置したが、着信音が鳴り止む気配はない。夜勤で疲れ切った頭が、更に痺れていく。

「……もしもし」

「あっ、やっと出た。何やってたのよ」

母の声がノイズ混じりに耳に届く。大げさな溜息を漏らしながら、冷たい声を出した。

「夜勤終わり。今から寝るところ」

「ちょっと、まだ切らないでよね。貴重な一回なんだから」

現在、閉鎖病棟に入院中の母は、一日三回までしか電話を掛けることができない処遇になっている。入院初期は回数制限がなかったが、面会時にお酒を持ち込むよう哀願する着信が四六時中続き、治療的視点からそのような制限が設けられた。それ以来、無茶苦茶な内容の電話は減った。それでも毎日、病棟に設置された公衆電話から、どうでもいい近況報告は続いている。

「千明《ちあき》は帰ってから、何食べたの？」

「別に何でもいいでしょ」

「教えてよ。こっちは不味《まず》い病院食で我慢してるんだから」

「お菓子にビーフジャーキー。それとビール」

私の返答を聞いて、回線の奥で唾を飲み込む音が響いた。

「うわっ、あんたも意地悪いわね。あたしが飲めないと知ってて、そんなこと言うんだから」

「聞いたのは、そっちじゃん。正直に答えただけ」

陰湿な攻撃を、もっともらしい言い訳で誤魔化《ごまか》した。今まで私が被《こうむ》った数々の迷惑を考えれば、痛くも痒《かゆ》くもないに決まってる。

「病棟スタッフの皆様とは、上手《うま》くやってるんでしょうね？」

「勿論。品行方正で、患者の鑑《かがみ》でございます」

「ふざけないでよ！　どれだけ私が入院中に謝ったか！」

思わず声を荒らげてしまう。入院初期の母は、問題行動ばかりを起こしていた。外出が許可されている患者に哀願し、お酒を買ってきてもらったり、処方された薬の内服を頑《かたく》なに拒否したり、仕舞いにはアルコール成分が入った消毒液を隠れて飲もうとしたらしい。その都度病院から連絡があり、私はスマホを片手に情けない声で謝っている。

「次、何かやったら親子の縁を切るから」

「大丈夫、大丈夫。もう退院日は決まりそうだし。消化試合みたいなもんよ」

「前回の入院も、退院間近で飲酒したじゃない」

母がアルコール依存症の治療で、入院したのは計三回。全て屋外で飲酒中、酩酊《めいてい》後に転倒したのが切っ掛けだ。意識がない状態を近隣住民に発見され、一般病院に救急搬送されている。そこで最低限の身体的加療を受けた後、アルコール依存症の治療のため精神科病院へ転院となるお決まりのコースだ。

「今日、千明に連絡したのは、あの件のことを忘れてないかの確認をしたかったの」

「あの件？」

「回復施設の見学よ。最近膝の調子も悪いし、代わりに行ってくれって頼んだでしょ」

母は退院後、セゾン・サンカンシオンという治療共同体に入居予定となっている。担当のソーシャルワーカー曰《いわ》く、依存症の民間回復施設のような場所らしい。最近長距離を歩くと膝が痛む母に代わって、私が一度見学に行くよう連絡を受けていた。

「誰かさんと違って、私は約束を守る人だから。一週間後に見学の予約入れてる」

「偉いじゃん、ちゃんと覚えてたのね」

「忘れるわけないでしょ。お母さんは、独りで生活できそうにないんだから」

「まだ、千明と同居って選択肢も残ってるけど」

「無理。考えただけで、吐き気がする」

母の肝機能に関する採血データが脳裏を過《よ》ぎる。ＡＳＴ、ＡＬＴ、γ－ＧＴＰは見たこともない異常値を弾き出していた。

「もう、寝るから。おやすみ」

「待ってよ、今日の病棟レクリエーションでね、塗り絵をやったんだけど……」

一方的に電話を切った。冷蔵庫から二本目のビールを取り出し、今度は缶のまま口を付けた。

転居に備え、母の荷物は既に別室にまとめていた。テレビボードの上に何か母の私物を飾っていたような気がするが、それが写真だったのか、ちょっとした小物だったのか、もう思い出せない。

曇りがちな空の下では、ベージュのトレンチコートが良く映えた。小ぶりなサコッシュを肩に掛け、三分咲きの桜並木を進む。スマホの画面に映し出された乗り換え案内には、見知らぬ駅が表示されていた。カードに二千円分だけチャージして、先を急ぐ。

池袋と寄居《よりい》を結ぶ東武東上線には、初めて乗車した。事前に受け取っていた細長いパンフレットを見る限り『夕霧台《ゆうぎりだい》』という駅が最寄りらしい。

ベルベット生地のシートに腰を下ろしながら車窓を見つめた。私の自宅から一時間ちょっとで辿《たど》り着く距離なのに、酷く遠い場所に向かっているような気がする。車窓に映る見知らぬ街並みに目を細めていると、午後の日差しが微睡《まどろ》みを誘った。

準急列車に乗車し、三十分程度で夕霧台駅に到着した。改札を抜けて東口に降り立つと、小さなロータリーがあった。セゾン・サンカンシオンまでタクシーで向かおうと思い辺りを探ったが、高齢者をデイサービスに運ぶバスしか停まってはいなかった。

仕方なくパンフレットに記載された地図を眺めながら歩みを進める。都心から三十分程度の距離とはいえ、意外と長閑《のどか》な街だ。先ほど目にした畑には野菜の直売所もあり、駅から離れ始めると人通りも少ない。既に二十分以上歩き続けた身体《からだ》は、最寄り駅の定義を見失い始めていた。

住宅地を抜けた先には、広大な田んぼが広がっていた。すぐ近くに小高い林も見え、地図はその中を指し示している。

タイヤ跡が残る曲がりくねった林道を進んで行く。周りに民家は見当たらない。この道で合っているのか不安を覚え始めた時、二階建ての建物が小さく目に映り始めた。

「これ……？」

敷地を囲む青々とした生垣には、赤い椿の花が咲いている。玄関に続く通路には丸く切り取った御影石が点々と敷石されていた。建物の瓦屋根は何年も手入れがされていないことを物語るように、湿りながらくすんでいる。セゾン・サンカンシオンなんて名乗ってはいるが、年季の入ったただの民家にしか見えない。

「見学の人？」

背中に低い声が張り付き、思わず肩を震わせながら振り返った。少し離れた場所に、ライダースジャケットを羽織った女性が立っていた。

「柳岡千明さんだっけ？」

四十代前半ぐらいだろうか。ベリーショートの黒髪が緩《ゆる》やかな風に揺れ、両耳には月の形をしたシルバーピアスが光っていた。筋の通った鼻と切れ長の目が、シャープな輪郭《りんかく》の中で美しく主張している。

「はいっ、入居希望の柳岡です」

「確か、お母様がアルコール依存症の？」

「そうです。代理で見学に参りました」

母と同居していた頃の荒れた室内が脳裏を過ぎる。台所の流しにはビールの空き缶やウイスキーのボトルがいくら片付けても散乱し、排水口からは吐《と》瀉物《しゃぶつ》の臭いが絶えず立ち昇っていた。飲み残した安価な赤ワインが経血のようにシーツに滴り、何度も買い換えた。廊下やトイレで鼾《いびき》を掻《か》く姿を見たのも、一度や二度じゃない。母の首筋からは、腐った果実のような臭いが常に漂っていた。

「お母様と同居する予定はないんだ？」

「ある程度、母と距離を置くことも大事だと思いまして」

アルコール依存症に関する幾つかの書籍を読み『イネイブリング』という言葉を知った。援助者が知らず知らずのうちに当事者の責任を肩代わりしてしまう行為だ。本人が感じるべき後悔や痛みが軽減されることから、飲酒行動がエスカレートしてしまう場合があるらしい。振り返ると私にも心当たりがある。母が酔い潰れて失禁したパンツを洗ったり、トイレに撒《ま》き散らした吐瀉物を掃除したりしたことなんて数え切れない。

曇り空の下で澱《よど》んだ過去が蘇《よみがえ》り、母に対する怒りが再燃し始める。口の中に苦い唾《つば》が滲《にじ》み始めた時、ライダースジャケットのレザーの香りが鼻先に漂った。

「私はセゾン・サンカンシオンで生活指導員をしている塩塚《しおづか》美咲《みさき》です。今日はよろしくね」

「こちらこそ……」

思わず軽く頭を下げた。

「娘さんは、看護師って聞いてたけど。何科なの？」

「外科です。ですから精神科領域の依存症に関しては、正直あまり詳しくなくて」

「教科書を読んだって、なかなか本質は見えにくい病気だから。偏見も多いし」

塩塚さんが初めて笑みを浮かべると、口元に小さなエクボが刻まれた。クールな外見から勝手に冷たい印象を抱いていたが、意外と話しやすい人なのかもしれない。一呼吸置いてから、彼女は話題を変えた。

「今日みたいに天気が悪いと、頭痛がするわね。気圧のせいかしら」

「……私も母のことを考えると、頭が痛くなります」

鈍色《にびいろ》の空を見上げ、塩塚さんの後に続いた。あんな母親がいなければ、こんな辺鄙《へんぴ》な場所に足を運ぶこともなかった。広い庭に生える名前も知らない木々が、私を嘲笑《あざわら》うように騒《ざわ》めいている。身体の奥で、どろりとした血液が滲《にじ》む予兆を感じた。


玄関の横には大きな壺《つぼ》が置いてあり、数々の埃《ほこり》っぽい傘が差し込まれていた。塩塚さんが引き戸を開けると、洗剤と枯れ草が混じったような匂いがした。

「居間で待っててくれる？　お茶を用意してくるから」

玄関には多くの履物が並んでいる。色褪《あ》せたスニーカーやつま先が剥《は》げたパンプス。ボアが装飾されたショートブーツは、妙な形に靴底が磨《す》り減っている。デザインやサイズ感を見て、全て女性物だとわかった。

「お邪魔します」

通された居間は、十畳程度の広さだった。木製のダイニングテーブルの上に、誰かのヘアゴムと飲み掛けのマグカップが放置されていた。年季の入った戸棚や窓に降りたレースのカーテンが、ごく普通の家庭のような趣《おもむき》を醸《かも》し出している。ダイニングテーブルの椅子《いす》に座りながら、室内に目を細める。どこに視線を向けても治療的雰囲気は感じない。

盆を持った塩塚さんが現れ、私は背筋を伸ばした。カップからは、芳《かぐわ》しい紅茶の香りが立ち昇っている。

「普段はもっと騒がしいの。静かな時に来てくれて良かった」

「他の方々は、どこかへ出掛けているのでしょうか？」

「近所の公園で桜が咲き始めたらしくて、みんなで花見に行ってる。勿論、アルコールはなしでね」

「ここは、女性だけで生活しているんですよね？」

「そう。年齢も依存対象も様々。お互いにあーだこーだ言いながら、支え合ってる」

「具体的にはどんな生活を？」

「一日三回のミーティング以外は別に普通よ。食事を作ったり掃除をしたり。アルバイトに行ってる人もいるかな」

「そんな頻繁《ひんぱん》に、ミーティングをするんですね」

「テーマを決めて、言いっ放し聞きっ放しが基本。誰かが話した内容を遮ったり否定するのは禁止ね。それぞれが依存していた過去を振り返って、今の状況を言葉にするの。俗に言う棚卸しってヤツ」

「棚卸しって……スーパーの業務みたい」

思わず呟《つぶや》いた言葉を、快活な笑い声が掻き消した。

「違うわよー。これまでの生き方に向き合って、自分自身を認めていく作業のこと」

母が酩酊しながら玄関で鼾を掻く姿を思い出した。そんな人間と生活を共にしていたせいか、依存症を患《わずら》う人々は意志が弱く自堕落《じだらく》な日々を送っているイメージが強い。

「千明さんが、お母様と距離を置くっていうのは悪くない選択だと思うよ。当事者同士でしか、理解できない苦しさもあるから」

曖昧《あいまい》に頷《うなず》く。紅茶を一口含んでから、呟いた。

「治らない病気と向き合うって、難しいですね」

「確かに依存症を一度患うと、正確な意味では死ぬまで治らない」

「そうですよね。また飲んだり、使ったりする可能性が、最期《さいご》まで付きまとうでしょうし」

「でもね、依存症は回復ができる病気なの」

その口調には言い切るような強さが滲んでいた。塩塚さんは一度鼻先を掻いてから続ける。

「依存症の治療は、偏見や自己責任論の言葉にまみれながら、当事者同士の集まりによって発展してきた。孤立した人々はそうするしかなかったのね。残念ながら、今もそれは大きく変わらないけど」

「……世間の風当たりは強いですから」

「表面的な理解しかないからよ。一度患うと、健康以外にも様々なものを失う病気なのに」

深く意味はわからなかったが、結局は自業自得のような気がした。

「母はずっと、多くの人々に迷惑を掛けてきましたから。正直、同情はできません」

「ご家族の気持ちもわかるけど、依存症は病気なの。意志の強さや本人のモラルでどうにかなるものではない」

「……家族であっても、素直にそうは思えません。母と幾《いく》ら禁酒の約束をしても、結局は破りますし」

「再飲酒は、アルコール依存症の『症状』だから。例えば風邪《かぜ》を引いたとして、咳や鼻水を出すなって言われても無理でしょ？」

「話がズレてるような……」

「本質的には同じことよ」

　平気な顔で嘘《うそ》をつく母の姿が、浮かんでは消える。納得ができないまま、居間の隅に視線を逸《そ》らした。そこには、ドライフラワーの花束が麻紐で吊《つ》るされていた。色褪せた数々の花弁より、根元を縛る青色のリボンの方が鮮やかだ。

　紅茶を飲み干す間に、セゾン・サンカンシオンで定められている幾つかのルールを説明された。入寮初期は最低限の生活用品以外の持ち込みは厳しく制限され、外部と連絡が取れるパソコンや携帯電話も使用禁止となっている。手紙や宅配便を装い依存物質を入手しようとする者も多いらしく、届いた郵便物や荷物は生活指導員の前で開封することが義務付けられていた。外出に関してもバディ制と名付けられたシステムを採用していると聞いた。単独外出の許可が下りるまでは、必ず誰かが付き添う決まりになっているらしい。

「最初のうちは不自由なこともあるけど、段階的に制限は緩くなっていくから。退去後の生活を見据えて、一人でアルバイトに行ってる人もいるしね」

「母に対しては、ずっと厳しい制限で良いです。塩塚さんが思っている以上に、だらしない人なので」

　塩塚さんは湯気が消えた紅茶を一口含んだ後、静かな声で言った。

「私を含める生活指導員たちは、元々依存症に苦しんでた人間なの。要はピアサポーター」

「治療者というより、当事者ってことですか？」

「そう。だから、彼女たちが抱える苦悩に対しては痛いほど共感できるし、ここで生活する人間を見つめながら自分自身の反面教師にもしてる」

「それじゃ、塩塚さんも……」

「回復の途中ってことね」

　穏やかな眼差《まなざ》しの奥に、微かな陰りが見えた。どう返事をして良いかわからず、黙って空になったカップを見つめた。

「最後に、お母様のお部屋を案内しようかな」

　塩塚さんが椅子から立ち上がる音が聞こえ、顔を上げた。着古したライダースジャケットを、ぼんやりとした室内灯の光が染めている。

華奢《きやしや》な背中に続き階段を上った。二階には、三つのドアが並んでいた。

「ウチはどの部屋も二人一組にしてるの」

「相部屋で構いません。誰かの目があった方が、母も飲みにくいと思いますし」

塩塚さんは一番奥のドア前で足を止め、何度かノックを繰り返した。しかし返事はない。

「パピコちゃん、入るよ」

塩塚さんは妙な名前を口にしながら、ドアノブを握った。多分、パピコという呼び名はアノニマスネームだろう。依存症の人々が集まる場所では、匿名《とくめい》性を重視することが多いと聞いたことがある。お互いに本名を名乗らず、あだ名のようなアノニマスネームで呼び合うケースがあることを知っていた。

塩塚さんがドアを開けると、六畳程度の空間が広がっていた。室内の半分以上は二段ベッドに占領されている。パピコと呼ばれる人物の姿はなく、陽に焼けた畳の上に黒いパーカが一枚だけ放置されていた。

「あれ？　花見も行かずに、さっきまで部屋にいたんだけどな」

「母と同室になる方ですか？」

「そう。今はパピコちゃんが下を使ってるけど、お母様は上じゃ大変よね」

塩塚さんの視線は、二段ベッドの梯子《はしご》に向けられている。電話回線越しの母の割れた声を思い出すと、胸の中は濁っていく。

「母は上段のベッドで大丈夫です。あの人、高い所が好きなんですよ」

「でも、それなりに年齢も重ねてるし、下段のベッドの方が安全だと思うけど」

「お酒を飲まなければ、転落はしませんから」

頼りない梯子を登る母の姿を想像した。散々迷惑を被ったのだから、これぐらいの仕返しは許されるはずだ。歪《ゆが》んだ思いに蓋《ふた》をするように話題を変える。

「安心しました。これだけ人の目があれば、母も大人しく生活すると思います」

「どうしても独りになりたい時は、セゾンに乗ったりもできるよ」

「セゾン？」

塩塚さんは窓辺へ向かうと、私を手招いた。

「エンジンが壊れてるから、もう走れないけどね」

近寄り、広い庭を見下ろす。木陰になった場所に一台の青い車が停まっていた。ボディの塗装は所々剥がれ落ち、幾度も雨に打たれているようで茶色い錆《さび》が点在している。空気が抜け潰れたタイヤが、もう走り出せないことを証明していた。一見して随分と古い車種なのが伝わる。街中で見かけた記憶はない。

「ちょうど、パピコちゃんが乗ってるな」

くすんだフロントガラスの奥に、金髪の姿が見えた。彼女はハンドルを握りながら、突っ伏すように顔を埋めている。不意に、塩塚さんが窓から身を乗り出した。

「あー、また切っちゃってるかも」

「何がですか？」

「彼女の腕よ」

青い車に向けて目を細める。運転席に座っている彼女は、着ていたトレーナーを肘《ひじ》まで捲《まく》り上げていた。露わになった腕には、赤黒い線が一筋垂れ下がっている。

「彼女、大丈夫ですか？　腕から血が流れてるように見えますけど……」

「現役の看護師さんが近くにいるし、不幸中の幸いってヤツね」

塩塚さんが足早に部屋から出て行く。私も慌てて、その後に続いた。


パピコと呼ばれる女性の意識は明瞭だった。塩塚さんが声を掛けると、自力でセゾンから降車した。

居間のソファーに横になった彼女は、眠そうに小さく欠伸《あくび》をした。セミロングの金髪を耳に掛けた後、気怠《けだる》い声が届いた。

「新しい人？」

「違うよ。この方のお母様が入居希望なの。もしそうなったら、パピコちゃんと同室の予定だからね」

私を一瞥《いちべつ》してから、パピコと呼ばれる女性は天井に視線を移した。パサついた毛先が、ひび割れた唇に触れている。

「パピコちゃんの傷、診てくれるってよ」

「勿体《もったい》ない。千明さんは、現役の看護師さんなのに」

　再び、ぼんやりとした眼差しが、私の胸元辺りに向けられた。

「そのトレンチコート、高いでしょ？」

「別に、普通ですけど……」

「雑誌で見たし。確か六万だっけ？　金あるんだね」

　ボーナス時期に奮発して買ったコートの値段を言い当てられ、居心地の悪さを覚えた。

　彼女が背伸びをすると、両耳にぶら下がった幾つものピアスが揺れる。目尻にできた皺《しわ》や、毛穴が目立つ肌からは若々しさを感じない。年齢は私と近そうなのに、奔放《ほんぽう》な口調で尖《とが》った十代のような態度が寒々しい。青白い素肌には、膿《う》んだニキビが点在していた。

「ってか、あんた幾つ？」

「……三十です」

「マジ？　タメじゃん。若く見えるね。二十六って言われてもギリ信じるかも」

　彼女からは、母と似た雰囲気を感じた。自制心がなさそうで、その場凌《しの》ぎの調子だけは良い。同い年というのも嘘かもしれない。母が何度も『最後の一杯』と繰り返す声が、脳裏を過ぎる。

「別にいいし」

　貴重な休日が不毛な時間に変わっていくのを実感しながら、塩塚さんの方に視線を向けた。

「何もしないようであれば、もう帰りますけど……」

「パピコちゃんがそんな態度だから、千明さん手当てしないってよ」

塩塚さんの微かに怒気を孕《はら》んだ声が居間に響く。彼女は面倒臭そうにソファーの上で胡座《あぐら》を掻くと、下ろしていたトレーナーの袖《そで》を渋々捲った。

「沁《し》みるから、消毒は一瞬ね」

左腕には、赤い線のような傷が無数に見えた。自然にできた傷ではない。彼女の不安定さが、白い皮膚に刻まれている。一度唾を飲み込んでから、塩塚さんに向けて言った。

「消毒液とガーゼってあります？」

近くに寄り、傷口を観察した。刃物で皮膚を撫《な》でたような軽傷で、既に止血している。腕には日が経っていそうな傷跡が交じっており、自傷行為を繰り返しているのが伝わった。

「傷は深くなさそうですね」

「手鏡を割った破片でやったから。カミソリやナイフじゃないし」

「過去にアルコール消毒をして、皮膚が紅くなったり、痒くなったりしたことはありますか？」

「皮膚はないけど、人生自体がアルコールでカブれちゃってる」

「……アレルギーはないということで宜しいですか？」

「あった方が、まともな生活を送れたかもね」

塩塚さんから受け取った消毒液は、ノンアルコールタイプの物だ。彼女は、母と同じアルコール依存症を患っているのだと察した。目は合わせず、淡々と傷口だけを見つめる。消毒液が染み込んだガーゼで、静かに傷口に触れた。

「慣れてるじゃん」

「普段からやっているので」

常備してあった軟膏を塗布し、傷口にガーゼを当てる。細い腕に手早く包帯を巻いていると、彼女が呟くように言った。

「色々、聞かないんだね」

「何か聞いて欲しいんですか？」

「別に。その方が楽だし。それより、千明って男いるの？」

「……さぁ、どうでしょうね」

「看護師なんだから、医者紹介してよ。羽振り良くて、手とか足とか出ないヤツ」

出会って数分もしない相手から、プライベートな質問をされ、軽蔑《けいべつ》に似た感情が胸を満たす。全ての処置が終わると、無表情で冷たい声を出した。

「感染予防のため、皮膚を清潔に保って下さい」

幾つもの細い線のような傷は、ガーゼと包帯で隠されている。彼女はそんな左腕を見つめてから、緩慢《かんまん》な動作でソファーから立ち上がった。

「さんきゅう」

間延びした声を残し、居間から出て行く後ろ姿を眺めた。完全に足音が消えた後、塩塚さんがダイニングテーブルの椅子に腰を下ろしながら言った。

「ごめんなさいね。手間かけて」

「いえ……」

「彼女、最近調子が悪くて。外部に通っている自助グループも休みがちなの」

自助グループ。確か、同じ問題や障害を抱えた人々が集まり、体験談や情報を共有しながら、当事者同士で支え合う集団のことだ。

「彼女も依存症なんですよね？」

「そう。クリーンになって、二ヶ月目」

「クリーン？」

「依存対象を、やめ続けている状態のことよ」

それ以上は深入りせず、曖昧に頷くだけに止《とど》めた。入居するのはあくまで母だ。どんな屈折した人物がいようと、私には関係ない。

「母の退院日が決まりましたら、改めて連絡します」

「よろしく伝えてね。会える日を楽しみに待ってるから」

玄関まで見送りに来た塩塚さんに深々と頭を下げ、セゾン・サンカンシオンを後にした。陽の届かない林道を下っていると、不意に底の見えない寂しさを感じた。

夕霧台駅の看板が見え始めるまで、思考が途絶したような状態で歩き続けた。東口の駐輪場近くに公共の喫煙所を発見し、迷わず足を踏み入れる。

曇り空に紫煙を吐き出した後、絡まった糸が徐々に解かれていくような心地がした。たまに訪れるこんな一時を経験してしまうと、禁煙という二文字はどんどん遠ざかっていく。

春服を纏《まと》った人々を横目に改札を通り抜ける。プラットホームに立つと、電光掲示板を見上げた。池袋に向かう電車は、四分後に到着予定だった。

立て続けに三本も煙草《たばこ》を喫《す》ってしまったせいか、酷く喉《のど》が渇いた。近くに設置してあった自販機に向けて歩き出すと、すぐに足が止まった。

数メートル先で、先ほどの金髪が俯《うつむ》いていた。彼女はプラットホームに設けられた黄色の点字ブロックを通り越し、軽く背中を押せば線路に落下しそうな位置に佇《たたず》んでいる。横顔に刻まれた眼差しは酷く虚ろで、薄氷の上に立っているような危うさがある。

素知らぬ顔で踵《きびす》を返そうとしたが、先ほどの傷跡が脳裏に過ぎり足が止まった。無意識のうちに、再び電光掲示板に目を向けていた。あと二分で到着予定の電車が、大幅に遅れてしまうかもしれない。また少し、彼女が線路内を覗き込むように前傾になる姿が見えた。悪い予感は、自然と両足を小走りにさせた。

「もう、電車来ますよ」

上擦《うわず》った声を、灰色のトレーナーに向けて投げ掛けた。ゆっくりと振り返った彼女の顔色は、相変わらず青白い。点在するニキビだけが、生垣の椿と似た紅を放っている。

「蝶々《ちようちよ》がいるの」

彼女は再び線路に目を落とした。視線を追うと、レールの上に一匹の蛾《が》が微動だにせず仰向けになっている。

「もう、轢《ひ》かれちゃうね」

彼女はそう呟くと、点字ブロックの内側にゆっくりと戻った。間もなく電車が到着するというアナウンスが響き始め、遠くの方で踏切の警告音が鳴っている。

車内は運悪く空いていた。口元を結びながら、ドア付近のシートに腰を下ろす。隣から、キツい香水の芳香を感じた。

「千明はどこまで行くの？」

彼女は他人との距離の取り方を全然意識していない。汚れたナイロンジャージが、私のチノパンツに触れそうになっている。

「池袋です」

「ウチと同じじゃん。オススメのビアガーデン知ってるから、一緒にどう？」

「……禁酒してるんじゃないんですか？」

「勿論。ウチはジュースしか飲まないよ」

緩んだ口元を見て、母と同じように嘘をついていると感じた。返事はせず、ゴシップが並ぶ中吊り広告を見つめる。何度読んでも上手く内容が頭に入らない。それでも目で追っていると、隣から呑気《のんき》な声が聞こえた。

「千明のママって、どんな人？」

「意志が弱くて、だらしない人です」

会話を遮断するように、冷たい声を放った。母という人間は、この二つの言葉だけで語ることができる。多分、隣に座る彼女も似たような人生だろう。

会話が途絶えたまま、車窓に映る街並みに目を凝《こ》らす。徐々に、何か忘れ物をしているような感覚が胸に沈殿していった。名付けられない気掛かりを覚えながら、幾つかの駅をやり過ごした。しばらくすると、唐突な質問が耳に届いた。

「少し前さ、雑誌の付録で『ダリアスイート』のポーチが付いてる号があったじゃん？」

チラリと隣に視線を向けた。ダリアスイートというのは比較的若い女性が好むファッションブランドだ。私の年代で着るには派手過ぎるため、一度も路面店に足を運んだことはない。

「ウチ、どうしてもそれが欲しかったんだけど、近くのコンビニじゃ全部売り切れてたんだよね」

「……突然、何の話ですか？」

「その雑誌が見つかるまで、塩塚さんとコンビニ巡りをした話」

彼女が左腕のトレーナーを摩《さす》る。伸びた袖口に、小さな血痕が赤黒く染み込んでいた。

「夕霧台から三駅離れたコンビニで、やっと見つけたんだ」

彼女はナイロンジャージのポケットから、チェック柄の小ぶりなポーチを取り出した。毎日持ち歩いているのか、黒ずんだ箇所も目立つ。

「結局、小銭入れにしちゃったけどさ」

「……それが、どうしたんですか？」

「サンカンシオンにいれば、誰かが隣にいてくれるってこと。そのうち、千明のママも酒飲まなくなるって」

「母のこと、あなたは何一つ知らないですよね？」

「でも、千明が看護師になるまで育てた人でしょ？」

「……それを差し引いたって、許したくはないので」

私が幼い頃に離婚した母は、確かによく働いていた。昼は建設会社の事務をやりながら、夜は場末のスナックで水割りを作っていた時期もあると思う。その他にもコンビニや交通誘導員の制服が、ベランダの物干し竿《ざお》で揺れていたのを見たことがあった。私が奨学金を借りずに看護学校を卒業できたのも、母の金銭的援助の存在が大きい。

「結局、娘に沢山《たくさん》迷惑を掛けてる訳だし、同情の余地はないんです」

「ウチの親よりはマシじゃん」

「それはあなたが……」

アルコール依存症の当事者という言葉を、苦い唾と共に飲み込んだ。

「親御さんも、敢《あ》えてあなたに厳しくしているだけだと思いますよ」

「だったら確かめてよ。これから会いに行くから」

突然の提案を聞いて、目を見張った。その口調には、微かな切実さが滲んでいる。

「どうして、私が？」

「傷の手当てもしてくれたじゃん」

「あの時は、塩塚さんに頼まれて仕方なかっただけです」

車内のアナウンスは、間もなく池袋に到着することを告げている。一方的に立ち上がろうとした時、私の手首を湿った掌が掴《つか》んだ。

「一時間で終わるから。お願い」

「やめて下さいよ、こんなところで……」

他の乗客が訝《いぶか》しむような視線を向けている。母がアルコール依存症になってから、同じような眼差しばかりを受けてきた。酔い潰れた居酒屋のカウンター席、救急外来の待合室、近隣住民と会釈を交わす時、面会表を渡す医療スタッフ。私が迷惑を掛けている訳ではないのに、母が起こす様々な波紋に自然と巻き込まれていた。

「ビアガーデン代、奢《おご》るから」

「無理です。本当に放して下さい」

「それじゃ、家族会の一つと思ってさ。お願い」

彼女の言葉を聞いて、振り解こうとする手が止まった。母の主治医からも、病院内で開催される家族会に参加してみるよう助言を受けたことがある。アルコール依存症の当事者以外が対象で、知識を習得すると共に悩みを共有し、気持ちの捌《は》け口の切っ掛けにもなるらしい。以前から興味はあったが、忙しさを理由にずっと頭の隅に追いやっていた。

「千明は看護師だし、そういう家族の話を聞くことも大事でしょ？」

「……都合良く、職業を持ち込まないで下さい」

「それに一人だと、また切っちゃいそうなの」

言葉が詰まり、伏し目がちな彼女の表情を見つめた。あの傷口を思い出すと、冷たく突き放すことに微かな抵抗が芽生える。

電車は、徐々にスピードを緩め始めている。車窓はホームで折り返し運転を待つ人々を映し出しているが、私の脳裏には狭い部屋に押し込まれた二段ベッドが浮かんでいた。漠然と感じていた気掛かりが、徐々に鮮明な輪郭を描いていく。

「だったら、一つだけお願いがあります」

「何？　金取るの？」

首を横に振ってから視線を逸らし、喉元に力を入れた。

「母が入居した後、ベッドの位置を交換してくれませんか？」

「それだけ？　別に良いけど」

「あの人、膝が悪いので」

彼女が摑む手を、ゆっくり解いた。

池袋の改札を通り抜けて西口に降り立つと、夕暮れの橙《だいだい》がアスファルトを染めていた。多くの人々が行き交う足音が、打楽器を打ち鳴らすようなリズムを刻んでいる。

「あっ、そうだ。千明のスマホ貸して」

軽い口調を聞いて、眉を顰《ひそ》めながら理由を尋ねた。彼女はまだ自由な私物の持ち込みや、単独外出の許可が下りていないらしい。塩塚さんが心配しないように、現在の所在だけは一応報告したいと告げられた。

「最初からスマホ使えたり、一人で外出できるとさ、どうしても滑っちゃう可能性が高くなるじゃん」

「……滑っちゃう？」

「再飲酒のことを『スリップ』って言うの。だから滑る」

他人事《ひとごと》のような口調が、派手な電飾看板がひしめく駅前の風景に重なる。

「問題行動がなければ、徐々に制限は緩くなるの。例えば、一人で外出できるようになったり、お金を自由に持てたり、スマホが使えたりさ」

「塩塚さんからも、そのような説明を受けました。最初のうちは、少し不自由だって……」

「シャブ喰《く》ったり、馬鹿みたいな量の酒飲んでる方が、よっぽど自由じゃないからね」

パサついた金髪が、西日の具合で透き通るように輝いている。その光景は絹糸が陽光を弾いているように思え、いつの間にか見惚《みと》れていた。

通話が終わりスマホを受け取ると、画面には汚い皮脂がべっとりと付着していた。すぐにウエットティッシュを取り出したい衝動を抑えながら質問する。

「塩塚さんは何と言ってました？」

「無事に帰ってこいって。千明と一緒って話したら安心してた」

「意外と無責任な人ですね……」

「とにかく、今日の外出のバディは千明ってことで」

彼女は冗談っぽく微笑み、駅前から外れた裏通りの方へ歩き出していく。納得できない想いを抱きながらも、金髪の後を追った。

池袋の印象は東口にある大型ファッションビルや、以前合コンで入店したワインバーのイメージが強かったが、そんな華やかな記憶はすぐに塗り替えられた。西口の路地裏は、雑然としている。開店前の居酒屋から漏れ出す臭いに顔を顰《しか》めながら、乱立するラブホテルの看板を見上げた。まだ日も暮れていないというのに、尖った靴を履いた茶髪の男性がホストクラブへ勧誘する声が耳元で響く。消費者金融の張り紙が、蜜に群がる虫のように至る所に張り付いていた。いかがわしい喧騒《けんそう》をやり過ごすのに必死で、自然と口元は固く結ばれてしまう。

駅前から遠ざかると、徐々に辺りの景色はどこにでもありそうな街並みに変化していった。こぢんまりとした商店や築年数が経っていそうな低層マンションが佇み、すれ違う人の数も減った。

「着いたよ」

彼女が立ち止まった目の前には『鞠田《まりた》病院』と記載された年季の入った看板が掲げられていた。訳がわからず、彼女の横顔に視線を向ける。

「親父が入院してんの。今日が初めての面会」

予想外の返答を聞いて、目を見張った。思わず、驚きと怒りが滲んだ声が零《こぼ》れ落ちる。

「家族会なんて言って……騙《だま》したってことですか？」

「そんなつもりはないし。実際、これから親父と会うんだから」

「入院してるんだったら、最初から言ってくれれば……」

「何も聞かなかったのは、そっちじゃん」

釈然としない気持ちを誤魔化すように、鞠田病院を見上げる。外壁は元々白かったようだが、様々な汚れでベージュに変色していた。規模は大きくなさそうで、病室の窓は少ない。時間外出入り口を示す案内板は上部が剝がれ落ち、寒空の下で風に揺れていた。

「一人で面会に行ったら、親父を殺しそうな気がするんだよね」

「何を言ってるんですか……？」

「ウチが犯罪者にならないように、ちゃんと見張っててね」

彼女の口元に笑みが浮かんだ。話した内容とのギャップに、頭が混乱した。

総合受付で愛想のない医療事務スタッフに入院病棟の位置を聞いてから、通路を進む。

年季の入ったエレベーターを待っている間、沈黙を埋めるように彼女が質問した。

「千明の親父ってどんな人？」

「あまり記憶はないですね。確か、背が高かった気がしますけど」

「死んじゃったの？」

「いえ。私が四歳の時に、両親が離婚したんです」

「そっか。お母さんが引き取ってくれて良かったね」

「……父親について行った方が、結果的には良かったと思います」

エレベーターは二階で長く止まっている。患者の急変等があって、ストレッチャーの出し入れに時間が掛かっているのだろうか。

「親父のこと、会う前に少し話して良い？」

私が頷くと、彼女は何かを思い出すように閉ざされたエレベーターを凝視した。長い睫《まつ》毛《げ》は瞬《まばた》きを忘れている。

「親父はさ、ずっとアルコール依存症なの。酒のせいで肝臓がイカれてて、もうそんなに長くないんだって」

「……ご家族も依存症なんですか？」

「うん。ウチが中一の時、病気でママが死んだんだ。それから家中に潰れた缶とかウイスキーの瓶が溢《あふ》れまくってヤバかった」

見知らぬ室内の様子が、手に取るように想像できた。彼女は一度言葉を区切ると、話を続けた。

「酒飲んで暴れて、警察のお世話になるなんて日常だったからさ、親戚や近所の人たちにも迷惑がられてた。唯一、廃品回収のおっさんには、人気のスポットだったと思うけど」

口元に浮ぶ自嘲《じちょう》気味な笑みを見て、胃の奥が冷たくなっていく。

「そのうち、ウチの顔や腹も本気で殴るようになってさ。でも一番キツかったのは、酒買う金ないから売春して来いって、言われた時かな」

「本当に、そんなことを命令する父親なんているんですか？」

「うん。この病院の三階にね」

ちょうどエレベーターが到着し、私たちは足を踏み入れた。彼女の妙に軽快な口調が脳裏に残響する。一つ疑問が浮かんだ。

「それでも会いたいんですか？」

彼女は一度乾いた唇を舐《な》めると、首を横に振った。

「別に親父を心配している訳じゃない。このまま酒を飲み続けたら、自分自身がどういう最期を迎えることになるのかを、知りたいだけ」

「……モデルケースみたいなことですかね？」

「ウチ馬鹿だから、英語で言われたってわかんないよ」

微かにイラついた声に交じって、エレベーターの扉がガタつきながら開いた。すぐに消毒液と排泄物《はいせつぶつ》が混じった臭いを鼻先に感じた。

ナースステーションの窓口で面会表に記入していると、夕食を載せた配膳車が到着するのが見えた。忙しい時間帯に足を運んでしまった事実に、若干の気まずさを覚える。

「親父がいるのは、３１７号室だって」

「個室ですか？」

「そんな金あるわけないじゃん。生保らしいし」

「生活保護を受給していても、治療に必要なら個室代が減免になることもありますよ」

「いちいち、揚げ足取らないで。そういうのよくわからないし」

各病室に掲げられた部屋番号を見上げながら歩みを進めた。フロアには車椅子に乗った高齢者が多く、軟菜食やお粥《かゆ》を摂取している。経管栄養のパックを持った看護師ともすれ違う。この場所は生活介助が必要な患者が多い慢性期病棟なのだろう。

「親父とは、十数年ぶりに会うの」

「それじゃ、当時と変わっているかもしれませんね」

「酒飲み出すと、暑がって真冬でもランニング姿だったからさ。今もそんな感じだったらウケる」

強がるような口調が耳に残った。部屋番号は３１３、３１５、３１６と進んでいく。３１４号室がないのは『４』という数字が死を連想させるためだろう。

３１７号室前の廊下に立ち、張り出された患者名を見つめた。四人部屋のようで、ベッドの配置通りに名前が記されたシールが貼られている。今更になって、彼女の苗字を知らないことに気付いた。

「お父さんの名前ってありますか？」

「あるね。残念ながら」

細い指が窓際の名前に触れる。その指先は小刻みに震えていた。

「……緊張してます？」

「この震えは、アルコールの後遺症だから」

「そうですか……」

「冗談だって、信じないでよ」

彼女は何度も口元にできたニキビに触れながら、その場で固まってしまった。不意に、酒ビンが転がる部屋で一人膝を抱える少女の姿を想像してしまう。

「ニキビに触り過ぎると、治りが遅くなるよ」

私の一言を聞いて、爪が伸びている指先がゆっくりと顔から離れた。触れ続けた皮膚は、微かに血が滲んでいる。その赤は色白な肌の上で、妙に生々しく発色していた。

「これからも敬語使わないで。慣れてないから、背筋が痒くなる」

パピコは独り言のように呟き、病室に向けてゆっくりと右足を踏み出した。


カーテンの降りていない窓には、私たちの硬い表情が映し出されていた。その背後に街に明かりが灯《とも》り始める風景が、ぼんやりと重なっている。

窓際のベッドでは、水色のウエアを着た年配の女性がスプーンで粥を掬《すく》っていた。多分、この病棟のヘルパーさんだろう。私たちに気付くと、軽く頭を下げる姿が見えた。

「ご家族の方ですか？」

　ヘルパーさんの一言を聞いても、パピコは口元を結んでいる。不審者と思われても困るので、代わりに私が小さな声を出す。

「私は違いますけど。もう一人は娘さんです」

「あらっ、キクさんに面会なんて珍しい」

　食事介助のため上半身がギャッチアップされたベッドの上で、白髪《しらが》の高齢者が笑みを浮かべていた。首元には、プラスティックのエプロンが巻かれている。食べ零しが多いのかもしれない。

「今日はタイミング良くお風呂も入ったし、男前の時に娘さんが来てくれて良かったねー」

「これから食事介助ですか？」

「ええ、いつも残さず食べるんですよ」

「私たちが代わります」

「あらっ、キクさん今日ツイてるじゃない。こんなオバさんに代わって、美人さんたちが口に運んでくれるってよ」

　キクさんと呼ばれた男性は、無言で笑みを浮かべ続けている。赤らんだ顔に目尻が下がった表情を見ていると、穏やかに入院生活を送っているような気がした。過去の暴力的な話を聞いて身構えていたが、高圧的な雰囲気は微塵《みじん》も感じない。

　ヘルパーさんが席を立つと、私は背後を振り向いた。

「お食事、これからだってよ」

パピコから返事はない。自分の父親を凝視するだけで、食事介助に応じるつもりはないらしい。食事が冷めても困るので、私は仕方なくベッドサイドのパイプ椅子に腰掛けた。提供されている食事形態はミキサー食だ。ポタージュ状になった粥や副食が器に満たされている。嚥下《えんげ》機能に問題があるのだろう。

「初めまして、柳岡と申します。今日だけお食事のお手伝いを致しますね」

私の声を聞くと、焦点が合っていないような瞳が微かに動いた。

「代金は後で払うから」

「はい？」

「龍鳳《りゆうほう》の五目タンメンは、麺《めん》が美味いな」

「あの……病院のお食事ですけど」

「餃子《ギヨウザ》は酢だけでいいから。醤油《しようゆ》は垂らさんで」

静かな口調の後に、貼り付けたような笑みが見えた。ヘルパーさんの子どもに話しかけるような口調や、噛《か》み合わない返答を聞いて、認知機能の低下があることを感じた。

「龍鳳って、昔ウチらがよく出前頼んでた中華屋」

背後にいたパピコがベッドの足元に向かう。正面からキクさんを見つめる眼差しは、酷く冷たい。

「ウチのことわかる？」

「おお、吉原《よしわら》の薫《かおる》じゃないか。相変わらずだな」

「誰、薫って。ソープ嬢？」

「今、出前取ったんだ。お前も食え」

「ここには、ドロドロの飯しかねえよ」

パピコが鋭い視線を向けても、キクさんの笑顔は変わらない。チグハグな雰囲気が二人の間に漂っている。

「酒飲んで、ウチに酷いこと沢山したよね？」

「焼酎には梅干し入れてくれ」

「ウチのこと、ゴミ屑《くず》みたいに扱ったこと忘れたの？」

「薫、お前も飲むか？」

意味のある会話を諦《あきら》めたように、大げさな溜息が聞こえた。

「千明、もう帰ろう」

「でも……食事がまだ残ってるよ」

「それじゃ、適当に詰め込んで」

その声を合図に、スプーンを握った。キクさんの前歯が欠損した口腔内は、先ほど窓に映っていた夜景と似た闇《やみ》が広がっている。

「キクさん、今日は娘さんが来てくれましたよ」

「このチャーシュー麺は美味えな」

「キクさんには、娘さんがいらっしゃいますよね？」

「カラオケあんの？　『漁港の娘』なら十八番《おはこ》だぞ」

食事介助中に必要以上に話し掛けてしまうと、誤嚥のリスクが高まる。それでも、今ここに家族がいることを認識して欲しかった。

「今日はキクさんの娘さんが来て……」

「千明、もういいよ」

冷たく遮る声が病室に響き、私は言葉を飲み込んだ。

「親父は、もうウチをわかんないよ」

「そんなこと……」

「都合良く全部忘れて。これって狡《ずる》過ぎない？」

「今はそう見えるかもしれないけど、昔のことを、ふとした切っ掛けで思い出す人もいるから」

「無理でしょ。酒のせいか知らないけど、頭もイカれてるんだから」

皮肉交じりの返事を聞いて、一つ提案をする。

「……手とか握ってみたら？」

「無理。それにこんな状態じゃ、何触ってるかわかんないし」

キクさんは変わらない笑みを浮かべながら、釣りの話を一人で喋《しゃべ》っている。

ヘルパーさんが言っていたように、キクさんの食欲は旺盛《おうせい》だ。もう残り少なくなった夕食を見つめながら、小さな声で呟いた。

「最後の一口ぐらい、代わったら？」

「なんで？」

「その方が、良いような気がする。職場でも様々な家族を見てきたから」

残された者たちが嘆く後悔の声を、何度も耳にしたことがある。些《さ》細《さい》な日常こそ、深く記憶に刻まれるのかもしれない。

「折角《せっかく》、来たんだから。ね？」

「……ムショに入るかもって、覚悟してたのに」

私と代わって、渋々パイプ椅子に座るパピコのツムジを見つめた。食器に入った粥をスプーンで掻き集める音が、冷たく響き始める。

「親父はさ、こんな清潔な病衣より、垢《あか》にまみれたランニング姿の方が似合ってるよ」

皮肉交じりの言葉を纏いながら、粥を載せたスプーンが運ばれていく。髭剃《ひげそ》り負けが目立つ口元が、ゆっくりと開くのが見えた。

「律子《りつこ》か……」

突然、名前を呼ばれたパピコは肩を震わせた。彼女が動揺する姿を見て、本名を呼ばれたのが伝わった。キクさんの両目には確かな意思が灯り、眼差しは憂《うれ》いを帯びている。

「な、何よ」

「今まで、どこにいたんだ？」

煙草のヤニで黄ばんだ指先が、ゆっくりと持ち上がる。私にはパピコの頬を撫でようとしているように見え、無言でその仕草の行方《ゆくえ》を追った。再び皺の寄った喉仏が緩慢に上下する。

「春、売って来たか？」

掠《かす》れた声の後、パピコが持つ粥を載せたスプーンが白いシーツの上に落下した。

「幾らになった？　俺に見せてみろ」

一瞬の間を置いて、パピコの悲鳴に似た金切声が病室を震わせた。夕食を載せたトレイが床に投げつけられ、派手な音を響かせる。パピコは座っていたパイプ椅子を蹴《け》り飛ばし、素早く袖を捲り上げた。左腕には緩んだ包帯がしがみつくように巻き付いていた。

細く白い腕が殺意を滲ませながら、キクさんの首元に伸びた瞬間、私の身体は勝手に動き出していた。

「やめて！」

無我夢中で、パピコを羽交い締めにした。細い身体なのに抵抗する力は凄まじい。揉《も》み合っている最中、すぐに折れてしまいそうな肋骨《ろっこつ》の感触が何度も鮮明に伝わった。

「落ち着いて！」

「放せよ！　放せ！　放せ！」

幾つもの足音が駆け寄ってくる振動が、リノリウムの床に響いた。

「何やってるんですか！　ここは病院ですよ！」

多くの病院スタッフに囲まれながらも、パピコは叫ぶことをやめない。私は必死で細い身体を抱きしめるように押さえながら、落ち着くのを祈った。この体勢では、パピコの表情は見えない。その代わり、私の手の甲に何度も生温かい雫《しずく》が落下した。

病棟スタッフに当面の面会禁止を宣告されてから、並んで敷地を出る。冷たい夜風が、お互いの前髪を揺らした。

「ごめん」

パピコの両目は、薄闇の中でも赤く腫《は》れているのがわかった。生気を失った表情を見ていると責める気にはなれず、疲労感だけが募っていく。

「もう当分、面会には来られないね」

「わかってる。行く気もないし」

「……私が、余計なことさせたかもね」

点々と並ぶ街灯に照らされる度に、確かな罪悪感が渦を巻く。白衣を纏っている気分で放った一言が寒々しい。あの時、母のことを思い出していれば、最後の一口をパピコに勧めただろうか。

「千明、ビアガーデンあったよ」

パピコの平淡な声を聞いて、辺りを探った。近くにそれらしき場所は見当たらない。薄闇を纏った民家やコンビニが並ぶだけの風景が広がっている。

「こんな住宅地に、ビアガーデンなんてある訳ないでしょ」

「あるじゃん、そこに」

パピコが近くにある小さな公園を指差した。ブランコや砂場もあるが、日の暮れた時間帯に人気はなく、薄い闇の中で遊具が沈黙している。

「公園で待ってて。飲み物とお菓子買ってくるから」

私の返事を待たず、パピコは近くのコンビニへ駆け出していく。このまま駅に向かって歩き出そうか逡巡《しゅんじゅん》したが、左腕に刻まれた傷跡が脳裏に過ぎる。肩を落としながら寂しい一角に足を踏み入れた。

コートの裾《すそ》が湿ったベンチに触れるのが嫌で、立ったままパピコを待った。五分もせずに、ビニール袋が揺れる音が聞こえた。

「お待たせ」

パピコが持つ膨《ふく》れたビニール袋からは、大量のお菓子が透けて見えた。

「すぐ帰るし、そんな食べ切れないよ」

「いいから、いいから。ビールとサワーならどっちが良い？」

「……お酒飲むの？」

「うん。クリーンなウチは今日でさよなら」

「でも、飲んじゃいけないんじゃ……」

グレープフルーツサワーが、押し付けられた。よく冷えた缶は、すぐに掌の体温を奪っていく。

「いい大人が、こんな所で飲むなんてみっともないって」

「家もお金もある人は、公園で飲むなんて考えないか」

「……寒いし、やっぱり帰ろうよ」

「寒いから、飲むんだよ」

公園の中央にそびえ立つ街灯が、パピコの顔半分を照らしている。陰る表情は仮面を着けているように青白い。

「ウチ、公園の多目的トイレで初めて酒飲んだの。十五歳の時だったかな」

「そんな早くから？」

「別に酒が美味《おい》しそうと思った訳じゃないよ。親父のせいでむしろ視界に入るのも嫌だったし」

「じゃあ、どうして？」

「親父から逃げるように、彼氏の家に転がり込んだんだけどね。ある日、喧嘩《けんか》して唯一の居場所がダメになっちゃって」

パピコはビールを片手に持ちながら、ベンチに腰を下ろした。

「漫喫やファミレスに行くお金もなかったし。夜になったら、雨が降ってきてさ。多目的トイレなら屋根があって、鍵《かぎ》も掛けられるから」

パピコの声が、誰もいない公園に漂う。私はどう反応していいかわからず、何度か前髪を掻き上げた。

「でも、超寒くて。氷で作ったみたいに便座が冷たいの。眠れないまま色々考えてたら、親父が酒飲んでる時の姿が過ぎったんだ」

粥をスプーンで運ぶ際に聞こえた、皮肉交じりの言葉が蘇る。

「ビールを万引きして、飲んでるうちに眠っちゃって。気付いたら朝になってた。あの日は感動したね。こんな魔法みたいな飲み物が世の中にあるんだって」

パピコがプルタブを引くと、ビールの泡が飲み口に溢れた。街灯の光を受けて、その白い魔法は輝きを増した。

「親父の葬式まで、滑らないように我慢してたんだけどなー」

間延びした声が響き、乾杯を促すように缶が掲げられた。戸惑いながら、私もプルタブを引いた。嘘っぽい果実の芳香が、夜の冷たさに混じり合っていく。

公園に設置された時計を見ると、飲み始めてから一時間近く経過していた。パピコはビールのロング缶を三本空け、今はカップの焼酎に移っている。勝手な思い込みでアルコールに強いと思っていたが、薄闇の中でも顔が紅潮しているのが伝わった。

「でね、その男の喘《あえ》ぎ声が蛙みたいなの」

パピコが一方的に喋るため、私はずっと聞き役に徹した。飽きずにベンチから腰を上げなかったのは、単純に話が面白かったからだ。ほとんどが過去の恋愛経験や稀有《けう》な性体験の内容に終始していたが、身振り手振りでモノマネを交えながら話す姿は、過激さとユーモアが絶妙なバランスで混じり合っていた。

「千明も変な男に引っ掛からないようにね」

「うん。大丈夫」

パピコが吸い終わった煙草を空き缶の中に落とす。火種が消える音と同時に、舌打ちが聞こえた。

「あー、零しちゃったよ」

見ると焼酎のカップは地面に落下し、左腕のトレーナーの色が濃く濡れていた。

「傷に沁みない？」

「大丈夫、大丈夫。消毒だと思えば」

「清潔にしないと、感染しちゃうよ」

私がサコッシュからウエットティッシュを取り出すと、渋々左袖を捲る姿が見えた。包帯は、焼酎のキツい臭いを放っている。

「これじゃ、不潔だよ」

包帯を解くと、数時間前に軟膏を塗った傷口が見えた。ウエットティッシュで拭《ふ》くと、瘢痕《はんこん》化し硬くなった皮膚の感触が指先に伝わる。知らず知らずのうちに酔いが回っていたのか、ナイーブな質問が口を突いた。

「どうして、自分を傷つけちゃうの？」

「千明は看護師なんだから、当ててみてよ」

「心配されたいとか、かまって欲しいとか？」

「ウチは誰かを意識して切ってないよ。自分のため」

「それじゃ、血を見れば生きてるって実感できるとか？」

「全部、不正解」

残り少ないグレープフルーツサワーを飲み干した。先ほどまで冷たかった風が、火照《ほて》った頬にはちょうど良い温度で吹き抜けていく。

「皮膚を切るのは、水中から顔を出すため」

意味不明な返答を聞いて、眉を顰めた。私の表情に笑ってから、パピコが続ける。

「十五歳の話に戻るけどね。公園生活も限界になって、初めて身体を売ったんだ」

「お父さんに命令されても、拒否してたんじゃないの？」

「当時はお腹空き過ぎてたから。よく花より団子って言うでしょ？」

諺《ことわざ》の使い方を間違っているような気がしたが、余計な口は挟まずに耳を澄ました。

「全部終わって、三万握りながら一人でファミレスに入ったの。最初は家族連れが多くてうるさかったのに、気付いたらプールに潜ってるみたいに周りの音が遠のいてた」

「身体を傷つけられたショックで、朦朧《もうろう》としてたってこと？」

「わかんない。水の中としか言えないかな。それに傷付けられたって言うけど、ウチの身体は血も出てないし、貰《もら》った三万円は使うと消えていくから。全部なかったみたいに」

遠くの方でパトカーのサイレンが鳴っている。その響きは、この会話のＢＧＭによく似合っていた。

「四度目に身体を売った男は爪が伸びてて、終わったら腕に薄っすらと血が滲んでた。痛みもないような、小さな引っ掻き傷だったけどね」

淡々とした口調だったが、パピコの呼吸は若干荒くなっている。

「帰りに、一人でその小さな傷を見つめたの。そしたら不思議とあの水中に潜ってるような感覚が消えていった。お酒も飲んでいないのに」

「どうして？」

「多分、安心したんじゃない。見えない場所にできた傷が、ちゃんと目に映ったような気がして」

他人事のような口調の後、パピコは左腕を一瞥しながら言った。

「訳わかんない苦痛をいつまでも引き摺《ず》るより、身体に置き換えた方が楽じゃん」

「でも……」

「治ってく過程も見えるし、その方が簡単」

歩道から年配の女性が、訝しむ視線を向けている。こんな眼差しを、パピコは何度も受けてきたのかもしれない。

「他人が見ると、引いちゃったり気持ち悪がられたりするんだけど、ウチにとっては大事な傷なんだよね」

「辛い時期を乗り越えた、勲章《くんしょう》みたいな？」

「勲章って、メダルみたいな物だっけ？」

「多分、そんな感じ」

　できるだけ平淡な口調で呟いた。見上げた夜空には幾つもの星が散らばっている。意味もなく、その光る点を数えた。

　不意に地面に水を撒《ま》くような音が聞こえ、不快な臭いを感じた。隣に顔を向けた瞬間、酔いは一気に冷めた。パピコの口から嘔吐物が弧を描きながら落下し、地面に広がっている。涙目で嗚咽《おえつ》する声が鼓膜に突き刺さった。

「ちょっと、大丈夫!?」

　私の声を遮るように嘔吐は止まらない。全ての内臓が口から吐き出されそうな切迫感だ。パピコの見開いた両目は激しく充血し、焦点を失っている。顔面は発火するように紅潮していた。

「ねえ！」

　背中を摩っている最中も嘔吐は止まらない。酔った結果にしては異常すぎる吐き方だ。蛇口から放水するように、嘔吐物が飛び出していく。くも膜下出血等で観察される噴水状嘔吐を呈していた。

「救急車呼ぶから！」

　サコッシュから、スマホを急いで取り出した。画面をタップしようとすると、嗚咽交じりの声が公園内に漂った。

「大丈夫だから、やめて」

「でも、この吐き方はマズいって」

「もう終わるから」

嘔吐物で濡れ、てかった唇は妙に生々しかった。何度か同じやり取りを繰り返しているうちに、吐き出す量は減っていく。最後は胃液すら出ず、口元から透明な唾が糸のように垂れるだけだった。

嘔吐がようやく終わり、パピコはベンチの上で仰向けになった。測定した脈拍は異常な速さでリズムを刻んでいるが、意識レベルの低下はなさそうだ。

「ねぇ見て、切った爪みたい」

パピコの呟く声が聞こえ、視線の先を追った。夜空には細い三日月が浮かんでいる。

「そんなことより、大丈夫なの？」

「明日の朝には、回復してるから」

「本当に救急車を呼ばなくて平気？」

「酒のせいだから。こんな風に吐くのは二回目だけど」

パピコは上半身を起こすと、何度か深呼吸を繰り返した。私は様子を観察した後、散らばった空き缶を近くのゴミ箱に捨てた。地面に広がった嘔吐物の処理をするため、砂場に向かう。

放置されていた玩具《おもちゃ》のシャベルを発見し、手を伸ばした。同時にポケットの中から振動を感じた。スマホを取り出すと、青白い光が顔面を照らす。画面には知らない番号が表示されていた。

「……もしもし」

「夜分にすみません。柳岡千明さん、ご本人様でいらっしゃいますでしょうか？」

電話口の相手は、先日受診したレディースクリニックだった。丁寧だが事務的な口調を聞いて、冷たい汗が背筋を這《は》う。

「先日実施した、細胞診の結果が届きましたので、ご連絡をと思いまして」

「確か、結果は二週間後って……」

「医師より、できるだけ早く受診できないかと提案があり、一報を入れた次第です」

「何か問題があったということですか？」

「私は事務の者でして、詳しい病状に関しては医師からご説明致します。直近で受診できる日があるようでしたら、優先的にご予約を入れさせて頂きたいのですが」

核心には触れないが、問題があったと言っているようなものだった。内診時に聞いた、医師が唸るような声が鼓膜の奥で何度も蘇る。

明日の午前中に予約を入れ、通話を終えた。見下ろした砂場は夜露で湿って冷たそうだ。無言で立ち尽くしていると、背中に間延びした声が張り付く。

「ねぇ、誰から電話？　塩塚さん？」

「いや……違う人」

「うわー。その反応、男でしょ？」

訂正する煩《わずら》わしさより、正直に打ち明ける欲求が勝った。よく知らない他人の方が、話しやすいこともある。

足早にベンチへ戻り、一気に話し出した。不正出血が続いていることや、子宮頸癌検診を受けたことを告白している間、パピコは余計な相槌《あいづち》を打たなかった。

「そういうことなの」

全て話し終わり、乾いた唇を静かに舐めた。パピコはまだ紅潮している頬を撫でた後、金髪を耳に掛けながら言った。

「それって、なんかヤバくない？」

「あんな風に連絡が来るってことは、何かしらの異常が見つかったんだと思う」

「もし癌とかだったら、子宮を取らなきゃいけない訳？」

「異形成っていう状態だけなら、子宮を全摘する以外の選択もできると思う」

子宮頸癌は、子宮の入り口に発生する癌だ。正常な細胞が異形成という前癌状態を経て、次第に癌化していく。高度異形成や上皮内に癌が留まっている初期であれば、子宮を温存できるケースがあることを知っていた。

「千明は、まだ若いじゃん。だから癌じゃないって」

「そうでもないの。性交をした経験があれば、誰でも容易に罹患するリスクがある疾患だから」

子宮頸癌のほとんどは、性交や皮膚の接触で感染するヒトパピローマウイルスに起因している。性交経験があれば、多数の男女が一度は感染するありふれたウイルスだ。感染しても、たいていの人々は無治療で完治するケースが多いが、一部の人々は感染を維持してしまい、癌に移行する場合がある。

「ウチもヤバいじゃん！　色んな男とヤッてきたし」

「定期的に検診を受けた方が良いかもね。そうじゃないと、私のようになるかもよ」

　明日の結果次第では、出産ができない身体を選択することになるかもしれない。最悪の場合、命の危険もありうることが指先の感覚を奪っていく。

「子宮頸癌は、ヒトパピローマウイルスっていうのが原因でね……」

　パピコに疾病教育を実施するような時だけ、陰り始めた未来を幾らか忘れることができた。

　少しの間、頷きながら私の説明を聞いていたパピコは、話をまとめるように言った。

「なんか千明って、可哀想だね」

「まだ結果を聞いてないし、私の勝手な勘違いかもしれないけど」

「そうじゃなくて、全く男と縁がなさそうなのに、運悪いなーって」

　思い掛けない返事に、喉が閉塞《へいそく》していくような感覚を覚えた。視線を逸らすと、隣からライターを着火する音が聞こえる。

「吐いたばっかりだし、今は喫わない方が良いんじゃない？」

「大丈夫、大丈夫」

手で蠅《はえ》を払うような仕草の後、何度かむせ返る声が響く。少し離れた場所に撒き散らした嘔吐物の表面に、薄く膜が張り始めていた。

「そろそろ後始末しようよ」

「そのままでいいじゃん。誰かが片付けるって」

「あなたが吐いたんでしょ？　他人任せは良くないって」

「ウチ、曇りで生理前はいつもこんなんだから。千明もそうでしょ？」

「何それ……勝手に決めつけないでよ」

「ウチを責めるより、今日の天気と生理周期に文句を言えば」

パピコは卑屈な笑みを浮かべ、足元の地面に煙草を投げ捨てた。投げやりで意味もなく反発する態度が幼稚に思えた。

「あなたのこと、可哀想って思ってたのに」

「ウチに同情する余裕なんてないんじゃない？」

二本目の煙草に火を付ける音が聞こえる。毛先に枝毛が目立つ金髪は、吐き気がするほど下品だ。そんな姿を見ていると、抱え切れない虚しさが胸の奥に風穴を開けていく。

「やっぱり、あなたも母と同じなのね。意志が弱くて、モラルがなくて、無責任」

「千明も、みんなと同じこと言うんだ」

パピコは先端しか燃え尽きていない煙草をもみ消し、腰を上げた。頼りない足取りで、公園の出入り口に向かっていく。タイミング良くタクシーが通り掛かると、おもむろに片手を上げる姿が見えた。

「ねえ、帰るの？」

少し離れた位置から呼び掛ける。振り返った口元に、微かな笑みが浮かんでいた。

「また、いつか手当てしてね」

タクシーのヘッドライトが夜の路地を照らしながら走り出す。テールランプの光が消えるまで、目を離すことができなかった。車窓越しに見たパピコの口元は、確かに『新宿』と運転手に告げていた。

身勝手な別れに戸惑いながらも、肩の力が抜けていく。彼女のような人間は、誰かを傷つけることも優しくすることも全て気分次第なのかもしれない。やはり母に似ているような気がして、小さく舌打ちをした。

独りで、シャベルに載せた砂を嘔吐物に被《かぶ》せていく。砂場とベンチ付近を何度か往復した後、地面に刻まれた文字を発見した。

『さんきゅう』

手の甲に雫が落下する感触が蘇る。コートからスマホを取り出し、履歴を呼び出した。上から二番目に表示された見知らぬ番号をタップし、強く耳に当てる。

「はい、塩塚ですが」

「柳岡です。今、電話大丈夫ですか？」

淡々と採血をするように、現状を報告した。塩塚さんが相槌を打つ声を聞きながら、できるだけ詳細まで話す。

「嘔吐が続くようでしたら、受診した方が良いと思います」

短い沈黙の後、受話器の向こうから溜息交じりの声が聞こえる。

「その必要はないかな。多分嘔吐の原因は、抗酒薬の影響だから」

「でも……噴水状の酷い吐き方でしたけど」

「パピコちゃんが内服していた抗酒薬は、飲酒した場合に不快反応が出るタイプなの。例えば頭痛や動悸《どうき》、呼吸困難や顔面の紅潮。勿論、激しい嘔吐もね」

確かに全て当てはまる。発火しそうな顔色と息苦しそうな荒い呼吸。高速でリズムを刻む脈の感触が指先に残っている。

「不快反応を通して、飲酒行動にブレーキをかける薬だから。あんな気持ち悪くなるんだったら、もう飲まない方が良いって思わせる」

「知らなかったです……」

「初めて見た人には驚く吐き方よね。内臓まで吐き出しそうな勢いだもの」

鮮明に思い出せるのは、パピコが嗚咽を繰り返す姿ではなく、不思議とタクシーに乗った後に前を見据える横顔だった。

「……今日、彼女は戻らないかもしれません」

「突然、行方をくらませちゃう娘も多いから」

「捜さないんですか？」

「戻ってくるのを待って、以前と同じように迎え入れるだけ。無理やり連れて帰っても、同じことを繰り返すし」

「随分と寛容なんですね」

「何度も言うけど、依存症は病気なの。それに、あの娘が抗酒薬を内服しながらスリップするのは二回目。一回目の時は、もうあんな苦しい思いはしたくないって、事あるごとに言ってたのに」

「そんな酷い苦痛も、お酒の前では忘れちゃうんですね」

「勿論、単純に飲酒への渇望が抑えられなかったのかもしれないけど」

塩塚さんは一度言葉を区切ると、静かな声で続けた。

「ある種の自傷行為かもね。辛い出来事に折り合いをつけて、明日もまた生きていくための」

「……上手いやり方では、ないような気がします」

「今日を生き延びるために、そうするしかない人たちもいるから」

「結局……身勝手な人でした」

　自分でもよくわからない感情に蓋をするように捨て台詞《ぜりふ》を吐き、通話を終えた。見知らぬ公園で、玩具のシャベルを持って立ち尽くしている自分自身が滑稽だ。またどこかでサイレンが鳴っている。

自宅に辿り着くと、すぐソファーに横になった。怠い疲労感が身体を沈めていく。化粧を落としていないせいか、妙に居心地が悪い。数メートル先の浴室が、異国のように遠く感じる。

明日は、絶対に寝坊できない。微睡み始めた瞼を擦り、スマホをサコッシュから取り出した。普段より一時間も早くアラームをセットしていると、画面が突然切り替わった。

着信を知らせる振動と共に『公衆電話』という文字が、針のように両目を突き刺す。ラグマットの上に放置しようと思ったが、見学の結果を告げるまでは夜通し鳴りやまない予感がした。

「もしもし……」

「風邪引いちゃったよ」

回線を通して菌を撒き散らすように、母は豪快に咳き込んでいる。心配する言葉を掛けずに、黙ってその音に耳を澄ました。

「昼間より、熱は下がったけど怠いね」

「電話なんてしないで、早く寝たら」

「今日は一回も、千明の声聞いてないから」

いつもより掠れた声を聞きながら、業務連絡のように必要なことだけを告げる。

「見学行ってきたよ。色々制限はあると思うけど、良い場所かな」

「一人部屋だった？」

「お母さんが一人になったら、すぐお酒飲んじゃうでしょ？」

「せめて、若い子と相部屋が良いわ。ババア二人だったら、老人ホームに来たような錯覚を起こしそうだから」

「普通の民家みたいな場所なの。良い意味で、治療的雰囲気も感じられなかったし」

「あんたが太鼓判を押すなら、そこに決めて」

　体調が悪いせいなのか、意外とすんなり受け入れる声が聞こえる。通話を切ろうとしたが、街灯の光を受け発光するような金髪の姿が過ぎった。

「今までずっと、お酒やめてしか言ってこなかったじゃん」

「何、急に？」

「お母さんは、どうしてそんなに飲むの？」

　だらしない姿や約束を破る母を非難することばかりに時間を費やしていたせいか、当たり前の質問をしたことはなかった。回線の向こうで、また激しく咳き込む声が聞こえる。緑の受話器を握りしめながら、胸に手を当てる母の姿が浮かんだ。

「あたしは、酒が好きってわけじゃないの。元々は弱くて、すぐ顔が赤くなってたし」

「それじゃ、何で？」

「睡眠薬の代わり。休む時間が少なくても、酒飲めば帰ってすぐ眠れたから」

　派手な化粧を施し玄関から出て行く姿や、物干し竿に吊るされた数々の制服を思い出す。

あの時期、母が家で休む時間は確かにごく限られていた。

「……ホットミルクとかにすれば良かったのに」

「台所に立つのも億劫《おっくう》だったから。酒ならどこでも買えるでしょ」

私が黙り込んでしまうと、母が続ける。

「徐々に酔うまでに量が必要になって、結局はこんな場所にいる羽目になってるけど」

「耐性がついていったってことね」

「何それ？」

「習慣的な飲酒を続けていると、段々とこれまでと同じ酒量では酔えなくなっていくの。だから同じ効果を得るために、酒量が増えていく。耐性がついていくと、依存は進行していくから」

患者に対するような言葉より、もっと他に言うべきことがある気がした。そんな逡巡を、寄せては返す下腹部痛が塗り潰していく。

「千明、今日はありがとね」

珍しく母の方から通話を終えようとした。痛むお腹を摩りながら、静かな声を出す。

「セゾン・サンカンシオンに行っても、ごくたまにだったら電話してもいいよ」

「当たり前じゃない。言われなくてもそうするわよ」

半笑いで呟く声が聞こえ、通話が途切れた。断続的に響く不通音に耳を澄ましてから、スマホをローテーブルの上に置いた。

カーテンを閉めようと窓辺に向かう。八階から見る夜空は、地上より近い。煙《けむり》のような雲の隙間から、ちょうど三日月が顔を出した。

「確かに、似てるかも」

カーテンは閉めずに、室内灯の明かりを消した。青白い部屋のフローリングに仰向けになってから、窓越しに夜空を見上げる。

自然と明日は晴れるよう祈ってしまう。絶対に触れることはできないとわかっていても、輝きながら浮かぶ切った爪に手を伸ばした。

＃1　新世紀の彼女

窓にはカーテンが降りていて、診察室は薄暗い。診察台に横になりながら、何度か深く息を吐いた。お腹に塗った検査用ジェルの冷たさが、私の体温と静かに馴染んでいく。

「性別わかったけど、知りたい？」

医師が超音波の機械を片手に、薄闇の中で柔和な笑みを向ける。私は二度深く頷いた。

「男の子だね。お股にピーナッツのような突起物が見える」

「本当ですか？　嬉《うれ》しい！」

「発育も問題なさそうだ」

モニターに映し出された、エコー画像を見つめる。妊娠中期にもなると、頭や手の形がはっきりとわかる。荒い白黒の画像なのに、不思議と血の通った肌色が確かに脳裏に過ぎった。

超音波検査が終わると、看護師がお腹のジェルを拭きながら言った。

「去年、多かった男の子の名前は翔《かける》とか大輝《たいき》だったかな」

「呼びやすくて、格好良い名前ですね」

「これから、旦那さんと一緒に沢山悩まなきゃね」

「実は、もう決めてるんです」

辛かった悪阻《つわり》の日々が、ずっと遠い昔のように思える。正直、まだ母親の自覚はないが、毎日願うことはたった一つしかない。

「渚《なぎさ》って名前にしようかなって」

「あらっ、良いじゃない。出産予定日も夏頃だし、よく似合ってるわ」

自然と膨らんだお腹を撫でていた。診察室にいるスタッフが優しい笑みを向けている。

会計を済ませ外に出ると、春の霞《かす》んだ日差しがコートに触れた。転ばないように足元に注意しながらゆっくりと歩き出す。空き缶やビニール袋に交じりながら、梅の花弁が排水溝に流れ落ちていた。

待ち合わせのファミレスに辿り着き、店内を見回した。奥の窓際の席で、紗織《さおり》が手を振っている。私も大げさに手を振り返した。

「ごめん、待った？」

「全然。それよりお腹大きくなったね。服着ててもわかるじゃん」

革張りのソファーに腰を下ろし、久しぶりに会った友人に笑みを向けた。紗織の目元は淡いブルーのアイシャドウが煌めき、唇はベージュのグロスで控えめな艶《つや》が見える。少し陽に焼けた肌は、カリスマ歌姫の影響だろう。

「生まれるのは、夏頃だっけ？」

「そう。今日の診察で、性別わかったんだ」

「え？　本当？　教えて教えて」

「男の子だって」

「ミレニアムボーイじゃん！　おめでとう！」

　去年、ノストラダムスの大予言に酷く怯《おび》えていたことが懐かしい。年明けの際も２０００年問題がニュースで騒がれていたが、私の生活に直結する不自由は何も起こっていない。様々な憶測に振り回されながらも、安定期に入った現在に安堵《あんど》の溜息が漏れる。

「あんたが、お母さんなんてねぇ。去年まで一緒にカルテ作ったり、診察券を発行したりしてたのが嘘みたい」

「本当、懐かしいよね」

「出産して落ち着いたら、また医療事務に戻んないの？」

「裕司《ゆうじ》が家にいて欲しいって言ってるし、当面は考えてないな」

「専業主婦になるのか。それはそれで大変そう」

「料理はあまり得意じゃないけど、なんとか頑張ってるよ。昨日はミートローフを作ったの」

「えー、美味しそう。今度ご馳走してよ」

　大きく頷いた後、ゆっくりとお腹を撫でた。両親が幼い頃に事故死したせいで、家族で食卓を囲んだ記憶は少ない。まだお腹の中にいるこの子には、私が恵まれなかった時間を沢山与えてあげたい。美味しい料理から立ち昇る湯気は、きっと幸福の香りがするはずだ。

「あたしも今のとこ辞めて、東京の病院に移ろうかなって考えてるし。何か気持ちが変わったらさ、また一緒に働こうよ」

「その時はよろしくね。一度主婦になると、再就職が大変そうだけど」

紗織と並んで窓口に座っていた日々が脳裏に過ぎる。患者で溢れ返る外来のソファーやカルテの革表紙の手触り。フロア全体に漂う消毒液の匂いを思い出していた。

「でも、出産したら引っ越すんだっけ？」

「うん。少し落ち着いたら、裕司の実家の方にね」

「そっちに知り合いはいるの？」

「全く。でも、裕司とこの子がいればなんとかなるよ」

裕司の故郷は、宮城県の仙台《せんだい》市だ。彼の強い希望で、都会より自然豊かな場所で子育てをすることが決まっていた。彼の両親と同居はしないが、同じ県内に家を借りる予定になっている。私たちが住む場所は海が近く潮風が厳しいらしいが、長閑な風景が広がっていると聞いていた。

「裕司さんは公務員だったよね？　戻ってからの再就職先は大丈夫？」

「お世話になった先輩のコネがあるらしくて、心配するなって言われてるよ」

「なら、安心ね。あんたも真面目《まじめ》な男を選んだもんだよ」

紗織が茶髪のロングヘアーを掻き上げる。色気のある仕草が、清潔な窓に反射した。

「そうそう、プレゼント持ってきたの。ミレニアムボーイが生まれたら使って」

「気を遣わなくて良いのに」

「あたしの買い物のついでだからさ」

紗織のハンドバッグから、リボンの結ばれた包装が目の前に差し出された。

「ありがとう。早速、開けて良い？」

「別に大した物じゃないよ」

包装紙のセロハンテープを剝がすと、桃色のヨダレ掛けが目に映る。中央にはクマがキャンディーを舐めるイラストが刺《し》繡《しゅう》されていた。

「うわー可愛い。この子も喜ぶだろうな」

「男の子って知ってたら、水色にしたんだけどね」

「この色が素敵だよ。大切に使うね」

グリム童話に出てきそうなキャンディーの刺繡を見つめていると、沙織の自慢気な声が聞こえた。

「ねえ見て見て、携帯電話変えたの。初のカラーディスプレイなんだよ」

「へえ、すごい」

「本当、色々と変わっていくわ。そのうちテレビとかも観られるようになったりして」

携帯電話のアンテナを伸ばしながら、沙織は笑みを浮かべた。

夕食の準備が終わった直後、玄関の鍵が回る音が聞こえた。エプロンで手を拭きながら顔を出すと、朝より皺の寄ったスーツ姿が革靴を脱いでいる。

「おかえりなさい」

「おう。検診どうだった？」

すぐに返事をせずに、勿体ぶった表情を向ける。「なんだよ」と言いながらネクタイを緩める首元を見据え、表情を崩した。

「男の子だって」

「おっ？　性別わかったのか？」

「うん。今日エコー画像を見ながら言われたんだ」

「蛭間《ひるま》家の跡取りができたってことか。お袋も喜ぶよ」

テーブルにポテトサラダとカレーを並べ、裕司のグラスにビールを満たしていく。綺麗に泡が作れないと彼は口を尖らせてしまう。白と黄金の比率に、真剣な眼差しを向けた。

「私、今日から『渚くん』って呼び掛けようかな」

泡が理想通りにできたグラスを差し出す。裕司はビールを一気に半分以上飲み干すと、口元を拭った。

「どうだろうな？」

「でも、生まれる前から赤ちゃんに話し掛けるのって、良いって聞くし」

「そっちじゃなくて、名前だよ」

海のように広い心を持ち、波打ち際のように人々が集まってくるよう願いを込めた名前だった。暇があれば裕司と話し合って、男の子でも女の子でも、そう名付けようと決めたはずだ。

「俺、別の名前が良いな。渚はやめる」

「なんで、急に……」

「この前、よく当たる易者に占ってもらったんだよ。その人が言うには『圭《けい》』って名前は、蛭間の苗字と相性が良いんだって」

「……お互いが話し合って決めた名前の方が良くない？」

「今、こうやって話し合ってるじゃん。お前は、女のくせに占いとか風水とか信じないからな。今後家を建てる時も、そういう見えない力って大事だよ」

女のくせにという言葉に、冷たい違和感を覚える。全ての女性がそのような類《たぐ》いを信じてはいないし、頼っている訳でもない。私は別に、占いも風水も圭という名前も否定はしていない。一方的に決めようとしている裕司の姿に憤りを覚えているだけだ。

「そんな膨れんなよ。俺が悪いみたいじゃん」

「だって……」

「疲れてるから、もうこの話はお終い。また後でな」

空になったグラスが、当たり前のように差し出された。様々な言葉を飲み込みながら、数分前のように白と黄金の比率だけを考える。スプーンが食器に当たる音に交じって、独り言のような声が聞こえた。

「俺、生まれるまで酒やめようかな」

「どうして？」

「破水したら、お前を病院に運ばなきゃいけないし。酔っ払ってたらマズいじゃん」

裕司は上手く泡が作れなかったグラスを一瞥し、白い歯を覗かせた。

「この一杯で終わりにするよ」

その表情を見て、澱み始めていた胸の内が徐々に透き通っていく。

「ありがとう。気を遣ってくれて」

「やっぱり、冷蔵庫に残っている分を飲んでからやめようかな」

「あー、早速約束破った」

「だって、勿体ないじゃん。でも、明日から本当に禁酒する。ついでに禁煙も」

裕司がカレーを食べ進める姿を見つめながら、何度かお腹を撫でた。不思議と、妙に新しい名前を声に出したくなっていた。

「圭も良い名前だね。運気が上がるなら、そうしよっか」

「だろっ？　字面が良いよな。何より呼びやすい」

得意気な口元に、カレーがこびり付いている。笑いながら指摘した後、もう一度胸の中で新しい名前を呼んだ。

「無事に生まれてくれれば、それだけで良いから」

毎日祈っているたった一つの願いを、カレーの香りが包み込んでいく。

夕暮れの橙に、油蟬《あぶらぜみ》の声が交じっている。窓の方を見ると、茶色い羽が網戸に張り付いていた。今はどんな小さな命でも、粗末に扱いたくはない。扇風機の温《ぬる》い風を浴びながら、十八時の微睡みをあと少しだけ続けることにした。

完全に陽が落ちてから、台所に向かう。冷蔵庫の横には、空き缶で膨れたゴミ袋が放置してあった。数ヶ月前に交わした約束は、半月もしないうちに破棄されたことをふと思い出す。今では出産予定日を過ぎた妻を残し、納涼会に参加する裕司の気持ちを知りたかった。飲み会がある日は、日付を跨《また》いで帰ってくることがほとんどだ。怒りや呆《あき》れを通り越すと、寂しさに似た何かだけが残る。

冷蔵庫からパックの葡萄《ぶどう》ジュースを取り出し、コップに注ぐ。そのとき、両足に生温い感触を覚えた。

「……嘘っ」

排尿とは違い、自分の意思では止めることのできない液体が滴る。混乱した思考をなんとか解きほぐし、やっと破水の事実を受け止めた。

「電話しなきゃ……」

不安定な足取りで、居間に放置してあった携帯電話に向かった。震える指先は、上手くアドレス帳を呼び出すことができない。四回押し間違ってから、やっと電子音が聞こえる。しかし、いくら待っても裕司の声は聞こえない。

直接の連絡を諦め、職場の電話番号を選択した。すぐに、時間外窓口の警備室に繋がる。淡い期待を抱きながら裕司の名を告げたが、もう退社したと返答された。

納涼会の会場がどこかはわからない。気付くと葡萄ジュースを一気に飲み干していた。

「どうしよう……」

そのまま崩れ落ちるように蹲《うずくま》る。視界は涙で滲み始め、深い穴に落ちていくような底の見えない不安を感じた。あれほど煩かった蝉の鳴き声を聞いていたい。誰でも良いから、何かを言って欲しかった。心臓がゆっくりと潰れ、喉に真綿でも詰められたような気がする。呼吸の仕方すらわからなくなった時、窓の外から呑気《のんき》な声が聞こえた。

「わらびー餅、ひんやーりと、冷たーくて、おいしーいよ」

移動販売車の呼び声に呼応するように、お腹の内側を二度強く蹴る感覚が伝わった。脳裏に漂っていた霧が徐々に晴れていく。

「ママといつか、一緒に食べようね」

お腹を摩りながら立ち上がり、本棚から出産に関する参考書を取り出す。破水後の流れを確認すると、掛かり付けの産婦人科へ連絡をしていないことに気付いた。

携帯電話を握りしめ、ボタンに触れた。もう指先の震えは止まっている。

第2章　花占い

目覚め始めた街に、車輪の軋《きし》む音が響いた。中古で買ったママチャリに、変速ギアは付いていない。緩やかな坂道を立ち漕ぎで登っていると、額に汗が滲んだ。

深夜から早朝に掛けて、霧のような雨が降っていた。色が濃くなったアスファルトから立ち昇る空気が、薄っすら肌を湿らせる。

夕霧台駅に向かうスーツの行列が視界に映り、ペダルを漕ぐ足に力を入れる。梅雨《つゆ》明け前から、三十度を超す真夏日が何度かあった。ネクタイを必要とする人々にとっては、これから鬱陶《うつとう》しい時期が続くだろう。彼らとすれ違う瞬間、革靴やハイヒールの音が耳に届き、逃げるように加速した。

大学卒業後に就職した保険会社はノルマが厳しかった。上司からは人格までも否定するような叱責《しつせき》が続き、あからさまな嫌がらせを何度も受けた。頭の中に雨雲が垂れ込めるような感覚が常に漂い、気付くと契約書の文字さえ目で追うことができなくなっていた。今は汚れたスニーカーでペダルを漕いでいる。当時履いていた革靴を捨ててしまったのか、それとも下駄箱の奥にまだ仕舞ってあるのかを、どうしても思い出せない。

　西口のリニューアルオープン前のパチンコ店を横目に、ひたすら真っ直ぐ歩道を進む。五分程度湿った風にＴシャツをなびかせていると、国道２５４号に突き当たる。数々の車両が吐き出す排気ガスに顔を顰めながら、川越《かわごえ》方面にハンドルを向けた。

　点在するファミレスやラーメン屋を通り過ぎると、視界の先に見慣れ始めた恐竜が映る。その横には等間隔で並んだ幟《のぼり》が開店前から客を出迎えていた。俺はスピードを徐々に緩め、巨大な恐竜の前でブレーキを握った。

　裂《さ》けそうなほど大きく開かれた口の中には、乱立する尖った歯。爬《は》虫《ちゅう》類のような鱗《うろこ》肌《はだ》が、全身を覆っている。今にも長い尻尾《しっぽ》を振って動き出しそうだが、胴体の側面に描かれた『焼肉バイキング・ティラノサウルス』の文字が見え、唐突にプラスティック製の置物なんだと実感してしまう。

　自転車を降りてから、まだ車の停まっていない駐車場を横切り、従業員出入り口に向かう。施錠された扉の前では、いつものようにリュックを背負い待機する後ろ姿が見えた。

「おはようございます」

小《こ》林《ばやし》さんは俺に気付くと、装着していたイヤホンを外して深々とお辞儀をした。少し前にロングヒットを記録したアイドルソングが、小さく漏れ出している。

「小林さんって、出勤早いっすね」

「遅刻はしたくありませんので。千葉《ちば》さんこそ、いつも僕の次に早いですね」

小林さんの短髪に、玉粒の汗が光っていた。近くに日陰は見当たらない。夜に濡れた街をいち早く乾かそうとする日差しが、地面を照らしている。

「もう、すっかり夏っすね」

「昨夜《ゆうべ》の雨の影響で、今日は湿度が高くなるそうです。ニュースで見ました」

「チャリで来たから、汗が酷いっすよ」

「僕はお母さんが送ってくれたので、涼しかったです」

「いいすっね。店長、もう来ますかねぇ？」

汗ばんだ首筋を手で扇ぎ始めると、小林さんがリュックの中から一冊のノートを取り出した。表紙には『なんでもノート』と大きくマジックで表記されている。

「僕の調査によると、店長は八時四十五分から八時五十分の間に到着することが多いです」

「えっ、全部メモしてるんすか？」

「はい。今年の四月二十三日のように車のタイヤがパンクして、九時を過ぎても来ない場合もありますけど」

開いたノートに目を凝らす。そこには店長の到着時間の他に、毎日の天気や気温、その日の食事メニュー等が、罫線《けいせん》に沿って羅列《られつ》されていた。

「すごい几帳面っすね」

「日記みたいなものです。小学三年生の二学期から始めたんです」

「そんな昔から続けてるなんて、ある意味才能じゃないっすか」

「僕の生まれつきの性格ですから。お母さんは障害の特性なんて言いますけど」

その声はすぐ雨上がりの街に消えていくのに、『障害』という単語だけが耳の奥で残響した。

「俺は大雑把《おおざっぱ》な人より、几帳面な人の方が好きっす」

「どうしてですか？」

「お金の管理とか、ちゃんとしてそうなんで」

「僕が貰ったお給料は、全部お母さんが管理しているんです。将来の貯金も兼ねて」

「俺も姉貴の小遣いを管理してるんすよ。一日ぴったり五百円。値上げは一切応じない」

「お姉さんのお金なのに、弟の千葉さんが管理してるんですか？」

「最初は両親が管理してたんですけど、姉貴に甘くて。結局、今は俺が管理してるんす」

「甘い人はダメなんですか？」

「姉貴はだらしない人で、すぐパチンコに使っちゃうビョーキなんで。六つも年上なのに、可笑《おか》しな話っすよ」

小林さんが背負うナイロン生地のリュックには、掠れた新幹線のイラストが大きくプリントされていた。サイドポケット辺りには、十字とハートが描かれたヘルプマークが揺れている。

店長が到着し、従業員出入り口が解錠された。足早に小林さんと男子更衣室に向かう。与えられて日が経っていないロッカーから、制服のパンツとシャツを取り出す。腰エプロンは外注しているクリーニング業者から返ってきたばかりのようで、表面をビニールが覆っていた。

薄い透明を見つめていると、様々なA型事業所のパンフレットが脳裏に浮かんだ。確か、企業のユニホームや病衣のクリーニング事業が多かった気がする。この腰エプロンも、俺と似た誰かが清潔にしてくれたのかもしれない。

「千葉さん、手が止まってますけど」

「……なんかボーッとしちゃって」

「朝ご飯を食べてきました？　飴《あめ》でもあげましょうか？」

「いや、大丈夫っす。暑さで頭がヤラれちゃったみたいで」

「ヤラれちゃったというのは、逆上《のぼ》せたという意味ですか？」

「まぁ、そんな感じっす」

腰エプロンを巻き、最後にティラノサウルスのキャラクターが刺繍された黒いキャップを被る。鏡を見つめながら具合を直していると、小林さんの平淡な声が聞こえた。

「僕は最初の二ヶ月で、風邪を三回引きました」

「俺はまだ、平日の四時間勤務ですから。体調は万全っす」

鏡から目を離した。こんな変なキャップなのに、小林さんには似合っている。

ホールに立ち、無人の客席を見回した。全ての窓にはロールカーテンが降ろされていて、全体的に薄暗い。各テーブルの中央には肉を焼くための無煙ロースターが設置してあり、そこだけ深い穴が空いているように見える。

ティラノサウルスの開店時間は午前十一時三十分からだ。その前に約二時間を掛けて、客を迎え入れる準備をしなければならない。数名の従業員が談笑する声を聞きながら、オープン前準備が始まる九時三十分を隅の方で俯きながら待った。

「千葉さん、おはようございます」

顔を上げると、俺のサポーターの社員さんが笑みを浮かべていた。清潔な白い歯が口元から覗いている。

「業務スケジュール表は持ってます？」

「はい、ポケットの中に」

急いで腰エプロンのポケットからラミネート加工された紙を取り出す。

「今更ですが、それ見にくいですか？　もう少し、大きい紙の方が良いかなって思いまして」

「エプロンにちょうど入るサイズなんで、このままで十分っす」

取り出した業務スケジュール表に目を落とす。無機質なパソコンの文字ではなく、達筆な手書きで記入されている。分単位の時間配分の横には、詳細な業務内容が並んでいた。

「そういえば、店長が褒めてましたよ。千葉さんと小林さんは、いつも誰よりも早く来るって」

「遅刻するのが怖いだけっす」

「無理はしないで下さいね。慣れない業務で、体調を崩す利用者さんも多いですから」

　入り口の自動ドアに張り出されているポスターに目を細めた。利用者募集と大きく描かれた文字の上に『就労継続支援Ａ型事業所』と表記されている。茶色の小さめなフォントで、あまり目は引かない。

「俺にとって、一般就労はアルゼンチンですから」

「どういうことでしょうか？」

「それほど、遠いっていう意味っす。少しぐらい無理しないと」

「アルゼンチンは言い過ぎだと思います。一駅離れた、コンビニぐらいにしときましょうよ」

「そうだったら、嬉しいんですけどね」

　脳裏に自宅の本棚が浮かぶ。福祉就労関係の書籍に、マーカーや付箋で色付けされた幾つものページ。

　障害者総合支援法には、一般就労への移行を推進する事業が明記されている。その一つに『就労継続支援Ａ型事業所』がある。

　Ａ型事業所の対象者は、適切な支援があれば雇用契約を結び働くことができる障害者だ。社会参加の機会を得た対象者は、働く中で技能や対人スキルを高め、一般就労への移行についても支援を受けることができる。この働き方は、俗に福祉的就労と呼ばれ「労働者」と「福祉サービス利用者」という二つの側面を併せ持つことになる。

「千葉さんは、初給料で何か欲しい物はあるんですか？」

「ひたすら貯金っすね。俺はこんなんだし、姉貴もビョーキなんで」

A型事業所では基本的に利用者と雇用契約を結んでいるため、最低賃金は保証されている。A型の他に、B型事業所もあるが、そこでは雇用契約を結ばず、支払われるのは「最低賃金」ではなく「工賃」であり、一般的にはA型利用者の方が収入は多い。

ちょうど時計の針が九時半を示し、従業員たちがそれぞれの持ち場に散っていく姿が見えた。

「それじゃ、いつも通りカーテンを開けることから始めましょうか」

「はい。今日も一日よろしくお願いします」

親切過ぎるほど、具体的に記載された業務スケジュール表を思い出しながら、ロールカーテンを上げた。一般就労の人々や学生アルバイトにも、これほど丁寧な指導を実施するのだろうか。そんな疑問は小さな棘《とげ》となって、胸の奥に微かな痛みを走らせる。

床のモップ掛けが終わった後、箸《はし》やスプーンのセッティングに熱中しすぎて、気付くと時刻は十一時を回っていた。何度かタイムスケジュールを意識するように声を掛けられたが、少しでも汚れや乱れを発見してしまうと無視することができない。

店内のショーケースや中央にある惣菜コーナーには、いつの間にか様々な色や香りが溢れ始めている。九十分間・税込み千二百円のバイキングコースは、メニューも豊富なうえリーズナブルと評判らしい。平日の昼間は、大学生風のカップルや主婦グループで賑わうことも多い。客が新鮮な肉や湯気が昇る惣菜を美味《うま》そうに頬張る姿より、昼飯に千二百円も出せる懐《ふところ》事情の方が正直羨《うらや》ましかった。

オープン前準備も終わりに近づき、仕上げとして自動ドア前にマットを敷いた。『いらっしゃいませ』という文字と共に、ティラノサウルスのキャラクターが刺繍されている。

「千葉くん、これどう思う？」

振り返ると、太い眉と彫りの深い目元が映った。まだ夏が始まったばかりというのに、よく日焼けした菊地《きくち》さんがポスターを両手で広げている。

「新しいポスターっすか？」

「そう。試作品なんだけど、利用者さんの生の声も参考にしたくて」

菊地さんが持っているポスターに視線を移す。『利用者募集』の文字より、大きくプリントされたティラノサウルスのオブジェの写真に目が行ってしまう。

「肉喰うぞ感は出てますけど、写真がちょっとパンチ効きすぎてるような……」

「だよね。やっぱ、普通に従業員たちの笑顔に差し替えるか」

「それと……働くスタッフについても、ちょっと触れてあった方が目に留まるかもっす。学生バイトや一般就労の人が交じったA型事業所って、この辺りでは意外と少なかったんで」

「県外にはあると思うけど、ウチは割と特殊な形態だから」

ティラノサウルスの母体は、県内大手の飲食関係の会社だ。障害者雇用に力を入れ始めたのは、東日本大震災が切っ掛けだと聞いていた。当時被災地では、多くの事業所が被害を受け、障害者雇用の場が激減したらしい。ティラノサウルスは社会的課題に取り組む意味を込めて、福祉事業の登録をし、六年前からＡ型事業所として運営が始まっている。

「すみません。生意気に色々言っちゃって」

「いや、貴重な意見だったよ」

「とにかく、今日も最後まで頑張ります」

「サービス管理責任者の立場からすると、まずは無理をせずに体調を崩さないことかな」

「初回面接の時も、同じことを言われたような」

「二回言うってことは、それほど大事なアドバイスってことで」

就労継続支援事業所では、菊地さんのようなサービス管理責任者、通称『サビ管』を配置しなければならない。利用者の意向に添った個別支援計画を作成し、心身の状態までも把握する。俺のような人間を、包括的にサポートする重要な役目だ。

「そろそろ『開店の儀』が始まる時間だな。千葉くんも行こうか」

開店の儀と称した朝礼の時間が迫っていた。ホールのショーケース辺りに、スタッフが集まり始めている。俺の制服とは違う厨房の白衣を身に纏った小林さんの姿も見えた。

「俺、レジ業務もやってみたいっす」

「了解。検討してみるよ」

円を描くように並んだスタッフたちに交じると、何年もここで働いているような錯覚を覚えた。全員が集まったのを確認した朝礼担当者が、一歩踏み出す姿が見える。

「みなさん、おはようございます。もう梅雨が明けて、本格的な夏が始まりますね」

斜向《はすむ》かいに小林さんが立っている。ずっと俯き加減で視線は合わない。白い制服の胸元には、小さな新幹線のアップリケが刺繍されていた。

開店後は、テーブル上を片付けるバッシング作業を黙々とこなした。バイキングでは通常の飲食店より、取り皿が多く使用される。重ねた皿は重く、落として割らないよう常に気を抜けない。

「千葉さん、最後に十二番テーブルのバッシングお願い」

サポーターの指示が聞こえ、腕時計を確認した。百均で買った安物は、勤務終了時刻の十分前を表示している。

「了解っす」

十二番テーブルに座っていたのは二人組の客だったようで、オレンジジュースとアイスコーヒーがグラスの底に残っていた。手早く残飯を集めながら、散らばった皿を重ねる。汚れた皿を両手に持って、洗い場を目指す。厨房に置かれた三つの冷蔵庫の扉には、大きく数字が記載された紙が張り付けられている。俺たちのような人間に、指示を出しやすくするためだ。

「小林さん、二番の扉からキャベツ出して」

スタッフの声が飛んでも、小林さんは餃子の具を捏《こ》ねることに夢中だ。俺はそんな姿を見据えてから、汚れた食器を洗い場の泡の中に滑り込ませた。

退勤の挨拶を終え、駐輪場に停めたママチャリに跨《また》がる。漕ぎ出す前にTシャツの襟元《えりもと》を扇ぐと、賄《まかな》いで食べたチンジャオロース丼の香りが汗の臭いに混じって鼻先を撫でた。前方の空には、朝より熱を放つ真昼の太陽が張り付いている。

「アルゼンチンも、暑いっすか？」

吐いた息は湿っていた。遠くで誰かが鳴らすクラクションの音が、熱を上げたアスファルトに反射した。


築二十九年、二階建ての自宅に辿り着くと思わず深い溜息が漏れた。こんなにも外は日差しが眩《まぶ》しいのに、玄関のドアは湿ってカビ臭いにおいを放っているような気がする。老《ろう》朽《きゅう》化だけが原因じゃない。姉貴が帰ってきてから、暗い陰りが家全体を覆っていた。

玄関の横には、行燈《あんどん》仕立ての朝顔がツルを伸ばしていた。葉は瑞々しい緑を発色しているが、花は一輪も咲いていない。暑さにヤラれたのか、萎《しお》れた蕾《つぼみ》が垂れ下がっている。

室内には、出汁《だし》の香りが漂っていた。汚れたスニーカーの紐を解き始めると、居間の引き戸がガタつきながら開いた。

「おかえり。お昼に素麺《そうめん》湯がいたけど」

姉貴は灰色のTシャツに、色褪せたカーキのパンツを穿《は》いていて、全体的にくすんで見えた。ずっと家にいるせいか、汗一つ掻いていない。三十歳を超えて目立ち始めたほうれい線が、血色の悪い細面に刻まれている。

「俺、賄い食ってきたんだけど」

「昨日は帰ってきて、カップ麺食べてたじゃない」

「昨日は昨日じゃん。今日は腹減ってないから」

「折角《せっかく》作ったのに。麺伸びちゃうし、勿体ない」

身勝手に嘆く姿を見て、舌打ちをしてから奥歯を噛み締めた。

「何が勿体ないだよ。ドブ川に金捨てるようなことを、散々してきたくせに」

「それはわかってるけど……」

「食べるよ、勿体ないから。姉貴のせいで、家計に余裕なんてないし」

尖った声を放ちながら腰を上げた。最低賃金は保証されているとはいえ、ティラノサウルスの四時間勤務だけだと月給は八万円にも満たないだろう。薬剤師の両親がいなければ、炎天下の路頭に迷ってしまう。働き盛りの二人が、日当たりの悪い家で温い素麺を啜《すす》る姿は、吐き気がするほど情けない。

居間のダイニングテーブルに座ると、すぐに素麺が盛ってある平皿が差し出された。

「七味はいる？」

「いらない。ワサビにして」

採光が悪い磨りガラスの窓から、近所の子どもたちのはしゃぐ声が透けている。そんな雑音を掻き消すように、勢いよく素麺を啜った。

「美味しい？」

「別に」

「さっぱりするように、梅肉入れたんだけど」

酸味の強いつけ汁は、慣れ親しんだ千葉家の味じゃない。姉貴が離婚前にあっちの家で習得した見知らぬ味だ。

「今度からは、梅干し入れないで」

「あれっ？　苦手だっけ？」

「食べられるけど、余計つけ汁が酸っぱく感じる」

テレビの横に貼られたカレンダーが視界に映る。今日の日付の備考欄に『ギャンブラーズ・アノニマス』と書かれた俺の文字が見えた。

「姉貴、今日は何の日か覚えてる？」

「ん？　何だっけ？」

「姉貴みたいな、どうしようもない人たちの集まりに行く日だよ」

「……ギャンブル障害に悩んでる人たちの集まりでしょ？」

「俺が言うまで、忘れてたくせに」

低い声が、陰る居間に漂った。姉貴は週に一回、通称『ＧＡ』と呼ばれるギャンブラーズ・アノニマスに参加することになっている。近所の市民センターで開催されるらしく、当事者たちが中心となって運営されるギャンブル依存症の自助グループだ。

「昨日までは、ちゃんと覚えてたから」

「どうせ、いつもの嘘だろ」

「違うし……本当だから」

斜向かいで視線を逸らしながら素麺を啜る姿を見ていると、姉貴のギャンブルに関連した数々の偽りの言葉が脳裏に過ぎる。当初パチンコで作った借金は、一社から借り入れた八十万円程度と聞いていた。蓋を開けてみると五社以上の消費者金融から借り入れがあり、総額三百万円以上であることが発覚した。

「俺的にはＧＡに行くより、寺で写経でもした方が良いと思ってるんだけどね」

「この病気は、お寺に行っても治せないから」

「迷惑かけまくった末にビョーキって言えるんだから、姉貴は幸運じゃん」

ギャンブル依存症は、かつて『病的賭《と》博《ばく》』と呼ばれていたらしい。現在は『ギャンブル障害』と名称を変え、世界保健機関のＷＨＯが認める正式な疾患だ。受診が必要な際は、健康保険も適用される。

「俺も市民センターまでついていくから。ＧＡには参加しないけど」

「一人で行けるよ」

「無理！　直前で行かなくなるんじゃないかって、母さんが心配してる」

「そんなことしないよ……」

「姉貴の言葉を、信じられるかよ」

カレンダーの横には額縁に入った手書きの誓約書が掲げられている。姉貴の癖のある丸文字で『もうパチンコは一切しません』と記載されていた。俺や両親に向けて涙声で交わした約束は、現在までに四回も破棄されている。今となっては、何の意味も持たないただの掲示物に変わっていた。

「匿名でミーティングするだけなんだから、サボるなよ」

「……参加費用は高いの？」

「百円ぐらい。参加者の細やかな献金で成り立ってる。姉貴の一日の小遣いから考えると、痛い出費だけど」

「……私、上手く喋れるかな」

「何、寝ぼけたこと言ってんの？　借金、事件、離婚。ネタには困んないじゃん」

「そうだけどさ……」

「今は一日五百円の小遣いなんでパチンコには行けませんって、正直に言えよ」

いつの間にか呼吸は荒くなっていた。こんな風に熱量を消費しても、姉貴に響かないのはわかっている。何度も嘘と借金を繰り返した過去の事実が証明していた。

「私、朝顔にしようかな」

「……何がだよ？」

「ＧＡで名乗る名前。匿名なんでしょ？」

「勝手にすれば。『親不孝』なんかも似合ってるよ」

流しに食器を放置してから、足音を響かせ自室へ続く階段を上る。踊り場に澱んだ熱は頬に一筋の汗を伝わせた。

自室のドアを開けた瞬間、今日の昼薬を飲んでいないことに気付いた。机に置かれたクリアケースから薬包を取り出す。口に含むと苦い味が広がった。

今日のＧＡは十九時からだ。それまで、小説でも読みながら時間を潰そうと思い本棚に向かう。指先で数々の背表紙をなぞっていると、端《はし》に差し込まれた週刊誌が目に留まった。日付は二年前のもので、表紙には胸を強調したグラビアアイドルが笑みを浮かべている。パラパラとページを捲っていると『女性銀行員』『着服』『六十二万』『モラル崩壊』等の見出しが毒々しい文字で躍り、初老の役員二名が深々と頭を下げるモノクロ写真が目に映った。二年前の姉貴は、元行員Aという名称で淡々とした文章に変わり描かれていた。

『地方銀行に就職した元行員Aは、入行一年目に預金・融資窓口等の内勤業務を経て、入行四年目には渉外《しょうがい》係として従事することになる。仕事の評判は上々で、外訪活動を通して顧客のニーズに合わせた金融サービスを提供していた』

渉外係は外回りの営業だ。内勤業務を続けていれば監視の目も多く、余計な誘惑に搦《から》め捕られることはなかったかもしれない。そんな憤りは、今となっては何の意味もない。

『元行員Aは、六月から九月に掛けて、複数の顧客から預かった現金や払い戻し請求書の不正使用により、合計六十二万円を着服。その後、顧客からの問い合わせがあり、行内調査を実施したところ当該事件が発覚した。調査に対し元行員Aは「遊興費や消費者金融の返済に充てた」と着服を認め、懲戒解雇処分となっている。既に元行員Aの両親が全額弁済しているため、刑事告訴は見送る方針』


　遊興費という文字が滲んでいく。ストレートにパチンコ代と書かないことに、意味なんてあるのだろうか。事件発覚後に聞いた、父親の怒声や母親の啜り泣く声が蘇り、軽く眩暈《めまい》がした。

　小さな出窓から玄関のドアを開ける音が聞こえ、小雨が降り始めたような響きが続く。姉貴が朝顔に水を掛けているようだ。そんな気配を感じながらベッドに横になった。天井の木目が透けて、六十二万という文字がぐるぐると脳裏で渦を巻く。

「俺の給料、半年以上じゃんよ」

　気怠く寝返りを打つ。出窓から差し込んだ日差しが、六畳間の畳に斜線を描いている。

　飴色に染まり始めた部屋に、白いシーリングライトがぼんやりと霞んでいた。スマホで時刻を確認すると、十八時半を過ぎている。鼻の下に滲んだ汗をTシャツの襟元で拭ってから、階段を下った。

居間では、素っぴんの姉貴が夕方のニュース番組を眺めていた。俺は台所でコップに満たした水道水を一気に飲み干してから言った。

「準備は？」

「もう、できてるよ」

「化粧とかは？」

「別にいいや」

姉貴は再びテレビを凝視した。画面からは、カジノ法案関連のニュースが流れている。

俺は近くにあったリモコンを無言で手に取り、テレビの電源を落とした。暗くなった画面に、青白い姉貴の顔が反射している。

「なんで、勝手に消すの？」

「もう出るから」

「このニュースだけ見せてよ」

「そんな暇があるなら、口紅の一つでも塗れよ。少しは小綺麗にして、印象を良くしろって」

尖った声を放ってから、トイレに行き薄い尿を出した。玄関を開け、渋々パンプスを履く姉貴を待ちながら、ツルが巻きつく竹の支柱を一瞥した。姉貴と二人で出掛けるなんて、数年ぶりだ。妙な気恥ずかしさを、どうでも良い話題で塗り潰す。

「この朝顔って、いつ植えたの？」

「五月の下旬ぐらいかな。二ヶ月もしないで、花開くことが多いから」

「蕾はあるけど、咲いてないじゃん」

「朝顔って、その日限りの一日花だから。多くは昼頃には萎《しぼ》んじゃう。花弁が薄くて、水分が蒸発しやすいの。健太《けんた》も小学生の頃、観察日記をつけてたでしょ」

「適当だったし、そんな昔のこと忘れた」

　姉貴と少しだけ距離を空け、乾いたアスファルトを歩き始める。夕暮れの街は、昼間の暑さが幾らか和らいでいた。俺が履いているサンダルが路上を擦る音に混じって、生温い風が首筋を撫でる。寝汗で湿っていた肌に、夕日の茜色《あかねいろ》が滲んだ。

「どんな朝顔、育ててんの？」

「ヘブンリー・ブルーっていう品種。朝顔の代名詞みたいな青が咲くの」

「確か……子どもの頃、花弁潰して色水作ったっけ」

「うん。私も一緒だったはず」

　地面に伸びた二つの影を見つめた。無邪気に色水を作っていた二人はもういない。今は埋まらない距離を空けて歩くだけの、煩わしい関係に成り下がっている。

「朝顔って沢山品種があるの。花弁に白い筋が入った曜白朝顔とか。極小輪の花を咲かせるつばめ朝顔とか。雨粒のような斑《まだら》が入った時雨《しぐれ》絞りとか。他にも色々あって、写真を見てるだけで飽きないかな」

「……そんなに朝顔に詳しかったっけ？」

「離婚する前に通ってたクリニックの先生から色々教えてもらったの。そこは名前もアサガオ産婦人科クリニックだったし……」

言い淀む言葉じりに、過去三回の流産経験が未《いま》だに癒えていないことを察した。確か全てこんな季節に発覚し、姉貴もまだギャンブル障害を患ってはいなかった。初孫を期待していた両家にとっては悲しい出来事だったが、今となってはこれで良かったのかもしれない。少し後ろを歩く自堕落な女に、子育てなんて無理だろう。

赤信号で並んで立ち止まった時、隣から独り言のような声が聞こえた。

「朝顔って、朝陽に反応して開花するんじゃないの。日没になった段階で開花の準備が始まるから、早朝に咲くのよ」

「へぇ、そうなんだ」

「開花するために、夜を吸い込んでるみたいだよね？」

「……毎日、咲いてるか見てんの？」

「早起きして、生活リズムを整えないと。来週はアルバイトの面接も控えてるし」

赤が青に変わる。数メートル先の突き当たりを右折すれば、市民センターにもう辿り着く。

「興味があるなら、健太も育ててみる？」

「無理。すぐ枯らしそう」

「どうせ開花しても短い時間で萎むんだから。蕾がついたツルを瓶に挿すだけで、すぐ花が咲くよ」

　姉貴が微笑む表情を、久しぶりに見たような気がする。何故《なぜ》かハッキリと首を横に振ることに躊躇《ちゅうちょ》を覚えた。

「とにかく、帰りも迎えに来るから」

「うん、ここまでで良いよ」

「会場に入るまで見届ける。母さんにそう言われてるし」

　清潔な白い外壁を見つめてから、並んで自動ドアを通り抜ける。受付で場所を確認すると、一階の会議室で今日のＧＡは開催予定と告げられた。

「それじゃ、ありがとう」

　リノリウムの廊下を進む後ろ姿が、突き当たりの部屋に吸い込まれていく。華奢な肩幅から伸びる細い首筋は、萎れた朝顔の蕾に似ていた。

　すぐには帰宅せず、出入り口付近に設置してあった自販機でコーラを買った。プルタブを引きながら、近くの長椅子に腰を下ろす。ここからだと、会議室の扉がよく見えた。薄い引き戸からは、中にいる人々の声が微かに漏れ出している。

　何喰わぬ顔でＧＡから退出する姉貴の姿を想像していると、甘ったるいコーラの後味だけが喉に残った。重みが減っていく缶を握り締めながら、最低の裏切りに備えてしまう。

「ヤバっ、始まってるかも。塩塚っち、早く早く」

自動ドアが開く音に交じって、快活な声がフロアに響いた。俺より年下に見える小太りな若い女と、ショートカットの女性が並んで受付に向かっていく。

「ピアノさんが、化粧に時間が掛かったからでしょ」

「だって、日焼けしたくなかったから。意外と夕方も紫外線が強いらしいし」

「ＧＡがあるって知ってたんだから、間に合うように準備してよね」

ＧＡというワードが聞こえ、二人の会話に耳を澄ました。ピアノという呼び方はアノニマスネームだろうか。年上に見える方の女性は、こんな季節に革ジャンを羽織っていた。

「ねぇ、塩塚っち。帰りにコンビニでアイス買って良い？」

「昼間に食べてたじゃない。お腹壊すよ」

「チョコミントしか食べられない。夏バテなの」

「さっき車内で『焼肉食いてー』って言ってたのはどこの誰よ」

知らず知らずのうちに、二人を目で追ってしまう。普段からこんなやり取りを繰り返しているのか、親密さが会話に滲んでいた。

「それじゃ、他の方々にもよろしく伝えて」

「あっ、塩塚っち。帰る前に、アレ押してよ」

小太りの女性が、革ジャンに向けて右手を差し出した。

「ＧＡなんだし、大丈夫じゃないの？」

「たまに生々しい話をする人がいるからさ。やりたい渇望が強くなる時があるし」

「そう。ちょっと待って」

革ジャンが、おもむろにポケットを探る。取り出したのは印鑑のような物体だ。それはすぐに、焼きたてのパンのような手の甲に押し付けられた。

「滲んじゃった？」

「ちゃんと押せてる。塩塚っち、ありがとう」

「夏だから、汗掻いたらすぐ消えるかもね」

「それぐらい弱い魔法の方が、気楽でちょうど良いよ」

「何それ。こっちはスリップしないように、祈りながら押してるのに」

お互いに笑い合う声が聞こえ、小太りの女性が会議室の方へ駆けていく。

革ジャンはしばらく手を振った後、俺の側の自販機に近寄った。五百円玉を入れたようだが、すぐに硬貨が落下する乾いた音が耳に届く。何度か同じ動作を繰り返した後、革ジャンは言った。

「うわっ、釣り切れ」

独り言にしては大きい声がフロアに響く。相当喉が渇いていたのか、肩を落とす姿が目に映った。同じようにギャンブル障害の人間を送迎している状況に親近感が湧き上がる。

「あのっ、五百円玉ならくずせますけど……」

「えっ、本当ですか？」

「はい。ちょうど細かいの持ってるんで」

財布を取り出し、姉貴の小遣い用にくずしていた百円玉を五枚差し出した。

「すみませんねぇ、ありがとうございます」

「こんな暑いと、すぐ喉が渇きますよね」

「ええ。炭酸飲みすぎて、水太りしそうですよ」

革ジャンは小さく頭を下げてから、夏蜜《なつみ》柑《かん》サイダーのボタンを押した。俺はその場で喉を鳴らす姿を見つめながら、控えめな声で言った。

「さっきＧＡについて話しているのが、聞こえたんですが……」

「私、この近所にある依存症の治療共同体に従事してるんですよ。さっきの彼女は、ウチのメンバーなんです」

「夕霧台にも、そういう場所があるんすね」

「夜は各々の依存対象に合わせた自助グループに参加してもらっています。その送迎が、なかなか大変で」

「俺も姉貴の付き添いで来たんすけど、サボるんじゃないかって心配で……実は見張ってて」

情けない現状を誤魔化すように、苦笑いを向けた。革ジャンは夏蜜柑サイダーを半分以上飲み干してから、俺から一人分距離を空けて長椅子に腰を下ろした。

「お姉さんを監視するような行動は、控えた方がいいですよ」

「どうしてですか？」

「家族は相談には乗るけど、直接的な援助はしないってスタンスが大切だからね」

「そうは言っても……放置すれば絶対にパチンコに行くと思うし、そういう時は俺が止めないと」

「あなたの気持ちもわかるけど、依存症は『否認の病《やまい》』とも言われてるの。干渉し過ぎると、家族の方が体調を崩しちゃうかな」

　革ジャンが微笑んだ。口元に小さなエクボが刻まれる。

「手出してくれる？　私、占いができるんで」

「……突然何ですか？」

「結構当たるって評判なの。すぐ終わるからさ」

　強引な口調に負け、ゆっくりと両手を差し出した。革ジャンは目を閉じながら合掌し、突然低い声で呪文のような言葉を唱え始める。

「ケセラセラ、ピッピピッ、ポロポンポン」

　異常な仕草を見て、声を掛けてしまったことに後悔を覚えた。暑さとは関係のない汗が脇下に滲み始める。革ジャンは目を開けると、真面目な顔付きで言った。

「お姉さんは、ギャンブルが原因で借金を繰り返していますね。その都度、ご家族が返済をされているようですが、キリがなさそうだ。おやっ？　誓約書まで作っているようですが、効果は薄いみたいですね」

いつの間にか瞬きが止まっていた。芝居掛かった口調だが、全て的を射ているため馬鹿にされているようには思えない。

「お姉さんのせいで、家族は随分と苦しんでますね。貯金も底をついてしまいそうだ。裏切りと失望と怒りで家庭も随分荒《すさ》んでいるように見えますね。ギャンブルが原因で、世間を騒がすようなこともしたとかしないとか」

「もう、十分っす……」

長椅子に置いたコーラの缶を再び手に取り、口元に運んだ。温くなった液体が喉の内側に膜を張るようにへばり付く。

「一応言っとくけど、私は占い師ではないんで」

「あんな胡散《うさん》臭い呪文聞いたら、誰だってそう思います」

「さっき話したことは、私が出会った人々の統計。借金と嘘は、ギャンブル障害の特徴なの」

「……だいたい姉貴もそんな感じっす」

「ギャンブル障害は進行する慢性疾患だから。糖尿病や高血圧のように上手く付き合っていかないといけない」

「そう言われても……ギャンブル障害に対する特効薬なんてないじゃないですか」

「そうね。少し難しい話をすると、ギャンブル障害は脳の機能変化も関係してるしね」

革ジャンの説明に耳を澄ます。人間には『報酬系』と呼ばれる快楽を感じさせるための脳内システムがあり、それを活発化させる中心的な役割に『ドーパミン』という神経伝達物質が存在しているらしい。

　ドーパミンは快楽に働き掛けるホルモンだが、過剰に放出されると幻覚や妄想が出現しやすくなってしまう。そのため健康な人々はドーパミンの分泌を抑制する『セロトニン』と呼ばれるホルモンによって、精神の安定が図れるようになっている。

　しかし、ギャンブルを繰り返し行うと、ドーパミンの代謝異常が起こる場合があり、脳内バランスが崩れてしまうらしい。その結果、衝動的なギャンブル行動が目立ち始め、深みにハマっていく人々も多いと告げられた。

「神経伝達物質を、自分の意思でコントロールなんてできる訳ないでしょ？　だから、叱責や涙交じりの説得に効果はないの」

「じゃあ……どうすれば？」

「今のところプログラムやミーティングに参加して、支え合う仲間に出会うことで回復している人たちが多いね」

　革ジャンが会議室の方に視線を向ける。誰もいない廊下に、薄い引き戸から漏れ出した拍手の音が反響している。

「ま、そんな感じです。ごめんなさいね。時間とらしちゃって」

「いえ……」

　革ジャンは短い前髪を掻き上げ、長椅子から腰を上げた。立ち去ろうとする後ろ姿に向けて、思わず声が漏れる。

「来週も、ここに来ますか？」

「毎週金曜日の夜にね。今度は小銭を忘れないようにしないと」

自動ドアが開いた先に、暗闇が漂っている。夜と同化する革ジャンの姿を見据えても、立ち上がることができなかった。

結局、会議室の扉が再び開くまで、廊下の長椅子に座り続けた。合皮の表面に触れ続けた尻は汗ばんでいる。パンツが食い込んで、妙に居心地が悪い。

退出してくる人々は様々だ。目つきが尖ったガラの悪そうな者もいれば、ネクタイを締めたサラリーマン風の男性もいる。革ジャンと一緒に来た小太りな女性は、平凡な主婦に見える人物と肩を並べながら自動ドアを通り抜けていった。年齢層に一貫性はなく、傍《はた》から見たら何の集まりなのか絶対にわからないだろう。

最後に、姉貴の姿が見えた。元々血色の悪い顔が、さらに青白くなっている。俺は労いの言葉は掛けず、単刀直入に言った。

「効果はありそう？」

「……今は、良くわかんないや」

「なんだよ、それ」

「一応、来週も参加してみる。強制はしないけどとりあえず三回は通った方が良いよって、アドバイスを受けたから」

歯切れの悪い返答を聞いて、苦い唾を飲み込んだ。外に出ると駐車場には誰の姿もない。蒸し暑い闇を纏いながら、等間隔に並んだ街灯の下を歩き続ける。

「今日のテーマは『現在』についてだったの」

「知ってる。声や拍手が漏れ出してたから」

「ずっと待ってたんだ？」

「待ってたっていうか、監視」

「そっか……来週のテーマは『寂しさ』なの」

「どうでもいいけど、ちゃんと通えよ」

尻に残った気怠さを、生温い風がどこかへ運んでいく。少し後ろを歩く足音が、人気のない帰り道に響いていた。

週が明けても、先週と変わり映えのない日々が続いた。早朝の従業員出入り口で小林さんと適当な会話を交わし、オープン前準備やバッシングを繰り返した。菊地さんからは会う度に体調の変化を聞かれ、腰エプロンのポケットには業務スケジュールが常に入っていた。

姉貴はスーパーの面接に落ちたらしい。ＧＡに通うため金曜日の夜にシフトを入れることができないと話すと、面接官はその場で不採用を決めたと聞いた。

いつまでこの生活が続くかなんて考えない。地球の裏側はずっと遠く、簡単に辿り着けないことはわかっている。朝、昼、夕、就寝前に飲んでいる薬は、相変わらず苦かった。

　今週最後の業務を終えた。厨房の奥で賄いの麻婆《マーボー》豆腐丼を食べていると、小林さんが笑顔で近寄ってきた。

「今日は、千葉さんの初給料日ですね。何か買うんですか？」

「特に何も。小林さんは？」

「新幹線のビジュアルブックを買います。最新車両の、Ｎ７００Ｓが紹介してあるので」

　小林さんはこだわりが強く、自宅で厨房着を洗濯している。それに、曜日によって胸元のアップリケが違うものを着ていた。金曜日はＥ５系と呼ばれるエメラルドグリーンの新幹線だ。確か時速三百二十キロの高速運転を実現した、東北に向かう車両だったはず。小林さんと過ごす早朝の待ち時間で、だいぶ新幹線に詳しくなった。

「俺は家に四万入れるって約束してるし、今日は月一の受診日なんで、給料はあまり残らないっすね」

「残念です。千葉さんにも同じビジュアルブックを買って欲しかったのですが」

「本を見るより、小林さんに教えてもらった方が楽しいですから。今度、Ｎナントカっていう車両のことを話して下さいよ」

「わかりました。間違った情報を教えないように勉強しときます」

　小林さんが深々と頭を下げる。薄くなった頭頂部を見つめてから、麻婆豆腐丼の器に再び視線を落とした。残りをスプーンで掬おうとした瞬間、呟くような声が聞こえる。

「僕の話を真面目に聞いてくれるなんて、千葉さんは優しいですね」

「急にどうしたんすか？」

「単純に、そう思っただけです」

真っ直ぐな視線を向けられ、耳たぶが熱くなる。そんな気恥ずかしさを誤魔化すように、苦笑いを浮かべた。

「姉貴には優しくないっすけど」

「僕もたまに、お母さんと喧嘩します」

「でも、仲直りするんすよね？」

「はい。大体その日のうちに」

「俺と姉貴には埋まらない溝があるんで、小林さん家とは違います」

「埋まらない溝？」

「気持ちが通じ合わないってことです」

「なるほど。いつか通じ合えば良いですね」

「多分、無理っす」

小林さんの悲しそうな表情を見るのが嫌で、麻婆豆腐丼を一気に搔き込んだ。

いつもとは違う道路を、ママチャリで駆け抜ける。まずは銀行のＡＴＭに立ち寄り、残高を確認した。予想より少額の七万五千五百円が振り込まれている。

就職をしていた頃と比較すると四分の一にも満たない額だが、真面目に一ヶ月間働いた証《あか》しだ。姉貴もこんな達成感を覚えていれば、湯水のように消えた三百万も、他人を騙して得た六十二万も存在しなかっただろう。

　全額を引き出し、事前に用意していた茶封筒の封を閉じる。数枚の紙切れが入っているだけなのに、鉛《なまり》のような重さを感じた。

　掛かり付けのクリニックに辿り着き、待合室で名前を呼ばれるのを待った。事前予約をしていたせいか、五分もしないうちに診察室から声が掛かる。扉を開けると、白衣を身に纏った医師が電子カルテを見つめていた。

「どうですか？　調子は」

　あまり笑わない人だが、意外と親身に話を聞いてくれる。何より、俺に合った薬を処方してくれるのがありがたい。ティラノサウルスに通い続けられるのも、医師の功績が大きかった。

「夜はよく眠れてます」

「そうですか。確か今月から、Ａ型事業所で働き始めたんですよね？」

「はい。今日が初めての給料日でした」

「お疲れ様です。働き始めて人間関係に悩んだり、過度なストレスを感じることはありませんか？」

「職場では大丈夫っす。みんな親切に指導してくれるので、気分の落ち込みも感じないっすね」

無意識に『職場では』と答えてしまった。疲れを癒やすための自宅が、今では湿った暗い場所に変化している。

「それは良いことですが、千葉さんの数ヶ月後が少し心配ですね。疲れも出てくると思いますし」

「夏ですけど、五月病みたいな？」

「そうですね。適度な息抜きも大切です」

　適応障害と下された診断が、うつ病に変わるまでに時間は掛からなかった。背中がベッドに張り付いたように起き上がることができず、カーテンレールに吊るしたスーツを意味もなく眺めて過ごした。何かを考えようとすると思考回路は細い糸のように途切れ、言葉を発することすらできない時期があった。

「今回の職場では、上手くやれると思います。家には姉貴もいますし」

「家族のサポートがあるのは、喜ばしいことですね」

「その、逆っす。姉貴はギャンブル障害なんで」

　医師の表情が微かに曇った。俺は呆れた声で話を続けた。

「姉貴を見ていると、自分への戒めになるんです。こんな風に迷惑を掛けないで生きようって。うつが改善する切っ掛けにもなったような気がしますし」

「迷惑を掛けずに生きている人間なんて、いないと思いますが」

「姉貴の場合はレベルが違いますから。俺より酷い現状を見ていると、胸の奥がスーッと楽になる瞬間がたまにあるんで」

　思わず本音が漏れてしまった。それが歪んだ感情であることには気付いている。俺自身を肯定するために、姉貴の過ちを嗤《わら》ってしまう時があるのは事実だ。

「あまり健全な関係とは思えませんね。少し、お姉様と距離を取ったらどうでしょうか？」

「同じ屋根の下じゃ、距離なんて取れませんから」

「ギャンブル障害は、家族を巻き込む病です。お姉さんが治療に専念するためにも、それなりの距離感が必要ですよ」

　俺が仕方なく頷くと、医師が電子カルテのキーボードを叩く音が聞こえた。

「忙しいと思いますが、薬は飲み忘れないように」

「はい、勿論っす」

「それと、いつか食べに行きますよ。千葉さんが働いているお店に」

　社交辞令だとしても嬉しかった。深く頭を下げ、診察室から足を踏み出す。受付で渡された処方箋《しょほうせん》を見ると、眠前薬が少しだけ減っていた。

　熱くなったハンドルから手を離し、ポケットから自宅の鍵を取り出す。行燈仕立ての朝顔を一瞥すると、萎んだ花弁が目に映った。俺がティラノサウルスに向かう時には、綺麗に咲いていたのだろうか。発色の良い青より枯れ始めた群青の方が、この家には似合っている。

　スニーカーの紐を解いてる最中も、普段のように姉貴の声は聞こえない。不審に思いながら居間に向かうと、消音にしたテレビを虚ろな眼差しで見つめる横顔が映った。

「見るんだったら、ちゃんと音出せよ」

「……リニューアルオープンのＣＭが嫌で。音消してたの」

「駅前のパチ屋？」

「そう。朝から何回も流れてる」

「消せばいいじゃん」

「カジノ法案特集をやってるから。それを見てから」

　化粧をしていない肌に、砂塵《さじん》のような雀斑《そばかす》が点在している。寝巻きで着ているグレーのＴシャツは、汗で濡れた部分が濃く変色していた。

「素麺ある？」

「今日は作ってない」

「姉貴は、昼飯食ったの？」

　首を小さく横に振る姿を見てから、台所に向かった。鍋に水を溜め、冷蔵庫からめんつゆを取り出す。「姉貴も食べる？」という言葉が喉につかえたまま、鍋が沸騰するのを待った。

　使い切っためんつゆの瓶を洗っていると、背後から足音が聞こえた。振り返った先には、空洞のような二つの瞳が浮かんでいる。

「お小遣い貰っても良い？」

「あぁ、今日渡してなかったっけ」

いつもはダイニングテーブルに五百円を放置してからティラノサウルスに向かっていたが、今朝は忘れていた。濡れた手を布巾で拭いてから財布を取り出す。小銭入れには、十円玉数枚しか入っていない。

「今、細かいの持ってないや。後で渡すよ」

「……できれば、すぐ欲しいの」

「何で？　どっか行くの？」

「駅前の花屋に行こうかなって。綺麗な花を贈りたい人がいるから」

「節約しろよ。育ててる朝顔で良いじゃん」

「届く前に、枯れちゃうでしょ」

その声色には、切実さが滲んでいた。大げさな溜息をついてからダイニングテーブルに置いたバックパックを探る。茶封筒を取り出し、五百円玉だけを差し出した。

「今日、初給料日だったんだ。姉貴が家でぼんやりしている間、一生懸命働いたからさ」

「……お疲れ様」

「こんな紙切れ数枚なのに、お金って重いんだなってしみじみと思ったよ。改めてパチンコに何百万も使える神経を疑ったね」

「もう、あんなことしないよ」

「嘘だね。あんたはビョーキなんだろ？　自分の意思じゃ、どうにもできないくせに」

　五百円を押し付けるように渡してから、茶封筒をバックパックに戻した。姉貴の陰りのある表情を見るのが嫌で、コンロに向き直る。火にかけた鍋からはふつふつと気泡が発生し、熱い湯気が立ち昇っていた。俺は無言で素麺が入った袋を破り、斜めの角度で鍋の中に麺を投入した。何か手を動かしていないと、不穏な塊《かたまり》が胸の奥で大きくなっていく。

「初給料おめでとう。お姉ちゃんも頑張るから」

　背中に掠れた声が張り付き、すぐに玄関を開ける音が続いた。菜箸を片手に鍋の中で麺が泳ぐ光景を見つめていても、腹は鳴らない。磨りガラスから入り込んだ日差しが、シンクの銀色を照らしている。

「花なんて、贈ってる場合かよ」

　コンロの火を止めてから、鍋の中はそのままで浴室に向かう。シャワーノズルから温い湯が落下する音を聞いていると、夕立の中に独りで立っているような錯覚を感じた。

　バスタオルで髪の毛を拭きながら、心地よく火照った身体に新しいＴシャツを纏う。汗と一緒に不快な感情も洗い流したせいか、空腹はいつの間にか蘇っていた。

　台所に立つと、瞬きが止まった。確か鍋の中に素麺を放置していたはずだが、流しに置かれたザルの中で湯が切ってある。

　ボディソープが香る皮膚が一気に汗ばんでいく。考えるより先に、バックパックに駆け寄っていた。ジッパーに触れる指先は震えている。

「ない……」

両手を突っ込み、中に入っていた品々を乱暴に取り出すが結果は同じだった。あの茶封筒が消えている。

「ない、ない、ない、ない」

瞳は潤《うる》み始め、喉が締め付けられていく。一つの疑惑が脳裏に過ぎりながらも、茶封筒を入れた記憶のないサイドポケットや財布の中身を必死で探った。虚しい詮索を続ければ続けるほど、腹の底から怒りの気泡が湧き上がっていく。

「あいつ、ふざけんな……」

バックパックを床に投げ付け、階段を上った。自室を通り過ぎ、姉貴の部屋のドアを勢い良く開けた。すぐにベッドと机しかない殺風景な空間が視界に広がる。何度か深呼吸を繰り返し、冷静さを失った頭に酸素を送った。家庭内窃盗《せっとう》をした後、呑気に家に留まる人間はいないだろう。

無人の部屋で立ち尽くしたまま、浴室に向かう前の記憶に潜る。確実に茶封筒はバックパックの中に仕舞《しま》った。それは間違いない。俺がシャワーを浴びている間に姉貴が戻り、バレないように茶封筒を抜き出した。それしか考えられない。行き先は、音の消えた画面から何度も告知していたあの場所だろう。

「また嘘つきやがって……」

今、追いかければ最小限の被害で済むかもしれない。踵を返そうとすると、机の上に載った三枚の写真が目に留まった。

近づき、モノクロの粗い画像を見つめた。全て白黒の霧を映したような写真で、目を凝らすと中心には漆黒の点が写っている。姉貴が妊娠していた時期のエコー写真だ。表面はどれも、手垢で汚れていた。

一瞬、破り棄てたい歪んだ思いに駆られたが、奥歯を噛み締めながら再び机の上に写真を戻した。早足で階段を下り、急いで玄関のドアを開ける。

「痛っ」

足元に行燈仕立ての朝顔が倒れていた。鉢は割れ、長い髭《ひげ》のような根が剝《む》き出しになっている。大きな葉や幾つかの蕾は踏み付けられたのか、変色しながら潰れていた。多分、姉貴の仕業だろう。

ママチャリに跨り、ペダルを漕ぎ出そうとしてから躊躇した。舌打ちをしながらハンドルを離し、朝顔の残骸《ざんがい》を日陰の方へ追いやった。誰のためでもない。こんな風に人間の気分一つで息絶える命に向けた最低限の慰《なぐさ》めだった。

西口に辿り着くと、視界の先には『祝・開店』と表記された花輪が幾つも並んでいた。店員らしき数名が道行く人々に、ポケットティッシュを配っている。

駐輪場にママチャリを停め、足音を響かせながら自動ドアを通り抜けた。すぐに銀玉を弾く音の洪水が鼓膜に流れ込む。誰かが吐いた紫煙が、髪の毛に絡み付くのを感じながら狭い通路を進んだ。

確か姉貴はグレーのＴシャツを着ていたはずだ。インカムを付けた店員やドル箱を積み上げた高齢者とすれ違いながら、陰りのある背中を捜した。

端から順に通路を行き来したが、目当ての姿は見当たらない。辺りに響く喧騒が耳鳴りとなって頭の中を痺れさせていく。

最後の通路を進んでいると、途中で足が止まった。先週、革ジャンと一緒にＧＡに来ていた小太りの女性が、背中を丸めながら台を打っている。声を掛けようか迷いながらも、足は勝手に動き出していく。

「あのっ、市民センターのＧＡに参加していた方ですよね？　革ジャンを着た女性と一緒に」

腫れぼったい瞼が俺を見つめた。右手はずっと台のハンドルを握ったままだ。

「姉貴を捜しているんですけど、知りませんか？　多分、ＧＡでは朝顔って名乗っていたと思うんですけど」

「え？　何？」

「姉貴を捜してるんです。朝顔って名乗っていた！」

辺りの喧騒が、腹から出した声を掻き消していく。難聴の高齢者と話しているような心地がした。

「朝顔？」

「そうっす！」

「渋すぎる台のせいで、こっちは花なんて咲いてないわよ」

「そうじゃなくて……」

「あぁ、クソッ」

彼女は顔を歪ませると、汚れた長財布から一万円を取り出した。なんの躊躇もなく紙幣投入口に滑り込ませていく。その光景はパチンコ台が金を喰っているように見えた。

「朝顔っていうのは、姉貴のアノニマスネームで……」

「しつこいな、あっち行ってよ！」

「本当に急用なんです……」

「辛気臭い顔向けんなっつーの。運気が下がったらあんたのせいだからね！」

台の中で、銀玉が蝿のように蠢《うごめ》いている。彼女はもう俺の方を見ていなかった。顔も体型も雰囲気も全然違うのに、目の前に座っている女が姉貴の姿と重なった。

「……あんたもＧＡに通ってんじゃないのかよ？」

「はぁ？　こんな場所で説教？」

「ＧＡに送ってくれた人を悲しませるようなことすんなって」

「あんたヤバッ、店員呼ぶよ」

怒りが滲む声を放つ時だけ、正確に伝わるのが悲しい。彼女は針のように尖らせた視線を、真っ直ぐ俺に向けている。

「姉貴もあんたも、ビョーキ、ビョーキって……ただの意志が弱くてだらしない人間のくせに」

「あんた、本当になんなんだよ！」

彼女が苛立ちながら腰を上げようとした時、台から派手な轟音《ごうおん》が聞こえた。全体に施された装飾が虹色に点滅し始める。台に嵌《は》め込まれた液晶画面が、忙しなく華やいだ。

「おっ」

彼女は短く呟くと、急に俺の存在を忘れたかのように台へと向き直った。あからさまに喜んでいる風ではない。むしろ表情が失われている。彼女の右手には、朱色のインクが歪みながら薄く延びていた。

「確変、おめでとうございます」

嫌みな言葉は彼女に届かない。肩を落としながらパチンコ店の自動ドアを通り抜ける。店員から差し出されたポケットティッシュを睨み付けながら、駐輪場へ足を向けた。

ママチャリを漕ぐ気にはなれず、手で押しながら歩道を進んで行く。外気に触れた方が、Tシャツに染み付いた不快な臭いは輪郭を増した。車輪が回る乾いた音を聞きながら歩き続けると、視界の隅に鮮やかな色彩が過ぎった。

顔を上げた先にあったのは、チェーン展開をしている花屋だ。店先には向日葵《ひまわり》やラベンダーが咲く鉢が陳列されている。特に目を引いたのは、紫や青、赤や桃色に染まった数々の朝顔だ。竹の支柱に巻き付く葉が、太陽の光を弾いている。

自然と足は出入り口に向かう。エプロンを着けた年配の女性店員を見つけると、小さな声で言った。

「あのっ、ここ数時間の間にグレーのTシャツを着た女性って花を買いに来ました？　顔に雀斑があって、三十代前半ぐらいの」

「あぁ……来ましたね。ご家族の方ですか？」

冷淡な声色を聞いて、表情が強張ってしまう。

「お姉さんって、心のご病気か何か？」

「いえ……その……」

「困るんですよね。あんな風に店内で号泣されちゃ。他のお客さんが、怖がって帰っちゃったし」

「……号泣ですか？」

「一輪花を三本欲しいっていうからご案内したんですよ。そしたら突然泣き出しちゃって。こっちとしては全然意味がわかりませんよ。蹲って動こうとしないし。私が腕を支えて立ち上がらせたんですから」

「そうでしたか……ご迷惑をお掛けしました」

「普通に接客していた私が、何か酷いこと言ったみたいに勘違いされるじゃないですか。結局何も買わないで出て行くし……ご家族からも注意して下さい」

　年配の女性店員はよほど憤慨しているのか、鋭い目つきを向けていた。何度も頭を下げ続けてから、逃げるように花屋を後にした。

先週は二人で歩いていた道を、一つの影だけを伸ばしながら進む。時刻は十九時を過ぎている。

あの人は、毎週金曜日に送迎をしていると言っていたが、今日は来ているだろうか。微かな可能性を祈りながら足を進めた。

市民センターの自動ドアを通り抜ける。自販機の近くの長椅子で、足を組みながら欠伸をしている姿が映った。確かな高揚感を覚えながら、小さく頭を下げる。革ジャンに向かって自然と足早になってしまうことが、少しだけ恥ずかしかった。

「今日は、一人なのね？」

「……姉貴はどこにいるか、わかんないんで」

「あらっ、そうなんだ」

「俺の給料持って消えました。リニューアルオープンしたパチ屋も捜したんすけど、見つからなくて」

会議室から拍手の音が漏れ出している。姉貴と同じような人間が集まっていることを思い出すと、耳障りな雑音に変わった。

「俺、どうすればいいんすかね？」

「別に何もしなくていいんじゃない。もし家庭内窃盗の事実があるなら、お姉さん自身が家族にちゃんと返金するしかない。そんな経験を積んで、徐々に自分が依存症だってことに気付いていくの」

「簡単に言いますけど……」

「中途半端な優しさは、毒にしかならないから。家族が余計巻き込まれて、終わり」

淡々とした声を放ち、革ジャンは静かに足を組み替えた。

「厚生労働省の調査によると、生涯でギャンブル依存が疑われる状態になったことがある人は、推計で三百二十万人。君のお姉さんだけじゃない。ありふれた事象なの」

「そんなに多くの人が……」

「日本にある『公営ギャンブル』は競馬や宝くじを含む六種だけ。君はパチンコやスロットが定義上『遊技』と定められていることは知ってる？」

革ジャンの質問を聞いて頷いた。以前ネットで見た記事が脳裏に蘇る。パチンコやスロットが『ギャンブル』ではなく『遊技』と定められている理由は、店内で換金をしていないからだ。刑法で禁止されている賭博にならないように、パチンコ店、景品交換所、景品問屋を独立させ『三店方式』というシステムで擬似的に換金できるようになっている。

「ギャンブル障害の多くにパチンコやスロットが絡んでいるんだけど、結局は遊技という認識だからね。至る所にパチ屋はあるし」

「……確かに、どこにでもありますよね」

「看板やチラシが目に映るだけで、渇望の引き金になる人間も多いから。ある種の人々にとっては、生活しづらい国ね」

消音にしたテレビ画面を見つめる横顔が蘇る。あの時の姉貴は、内側に渦巻く何かと闘っていたのだろうか。

「でもさ、君は何も悪いことなんてしてないんだし、そんな暗い顔しなくてもいいじゃない」

「まぁ、そうっすけど……」

「お姉さんは、お姉さん。君は、君。それだけは、忘れちゃいけないよ」

微かに胸の内が凪《な》いだ。何一つ解決なんてしていないのに不思議だ。同時に送迎する人物を失った今、革ジャンがここにいることを疑問に感じた。

「昼間、ピアノさんって呼ばれていた人に会いました……パチ屋で」

「そう。今はＧＡで思うことを話してるんじゃない」

「……パチンコに行ったのに参加しているんですか？」

「再遊技は、ギャンブル障害の症状だから。失敗を責めるより、正直に告白できたことを賞賛した方が回復に繋がる」

「……随分と、優しい人たちの集まりなんですね」

「病気の人を排除するより、受け入れる世界で生きていたいだけよ」

視線を逸らすように俯いてしまう。騒音の中で放った言葉が蘇りそうになり、話題を変えた。

「今日って、俺のこと待っていてくれたんですか？」

「それもあるけど、持病の頭痛が酷くてね。少し休んでたの」

「……大丈夫ですか？」

「すぐ治るから。心配しないで」

革ジャンが、何度かこめかみを摩る姿を見つめた。廊下には、ＧＡに参加している人々の拍手が漏れ出している。鳴りやんだ後、誰かがあの名前を呼んだ気がして、会議室の方を凝視した。

「どうかした？」

「いえ……今、名前を呼ぶ声が聞こえたので」

「ＧＡに参加してる人じゃない？　朝顔さんって聞こえたから」

心臓の拍動が一気に速くなる。舌が乾き始め、肺の中に水が溜まったように息苦しい。忘れ掛けていた怒りが、胃の粘膜を焦がした。

「姉貴かもっす」

「偉いじゃない。ちゃんとＧＡには来てたんだ」

「……俺、引き摺り出してきます」

威勢良く立ち上がろうとしたが、両足の骨が抜き取られてしまったかのように、力が入らない。姉貴の不明瞭な声が、微かに耳に届き始めていた。

「せっかくだし、お姉さんの話を最後まで聞いてあげたら？」

「どうせ、その場限りの嘘ですって」

「見知らぬ他人に嘘をつくだけのために、わざわざ来るかな？」

「……姉貴はそういう人なんで」

「家庭内窃盗の疑いで、失踪《しっそう》中にもかかわらず？」

言葉が詰まり、拳を強く握った。掌に爪を立て、揺らぎ始めた気持ちを痛みで掻き消す。再び太腿に力を入れて立ち上がろうとした時、淡々とした声が俺の動きを止めた。

「依存症は足から回復していくの。次は耳で、そして口に続く」

「……言っている意味が、よくわかんないっす」

「治療的環境に『足』を運べるようになった段階で、もう回復は始まっているの。そして当事者同士の話を『耳』で聞く。最終的には自分の本当を『口』を使って話せるようになっていけば、紆《う》余《よ》曲《きょく》折《せつ》ありながらも以前の生活を取り戻せるようになっていくはず」

頷きもせず、革ジャンの鼻先を見つめた。握り過ぎた拳の中は熱くなっている。焦点を失い始めた視界で、途切れ途切れに漏れ出す姉貴の声を聞いた。「初夏」「三回とも九週」「稽留流産」「遺伝子レベルの淘汰《とうた》」「空洞」そんな言葉たちが、乾いた胸の奥に染み込んでいく。

「俺、やっぱり行きます」

「そう」

「でも、引き摺り出すのは姉貴が話し終わってからにします」

「それじゃ、二人の話し合いがうまくいくように……」

革ジャンはポケットを探り始め、この前柔らかそうな手の甲に押し付けた印鑑を取り出した。

「お風呂に入れば消える、弱い魔法だから」

俺の手首を、体温の低い手が掴む。手の甲に、くすぐったい感覚が広がった。

「それじゃ。お姉さんによろしく」

目を落とすと、猫のイラストと一緒に『お大事に』と朱色の文字が張り付いていた。革ジャンが音もなく立ち上がる。夜に消えていく後ろ姿を見つめてから、会議室の方へ一歩を踏み出した。

薄い扉の上部にはガラスが嵌め込まれていた。控えめに中を覗き込むと、円を描くように並べられたパイプ椅子に多くの人々が座っている。この位置からだと一人だけ立ち上がった姉貴の横顔が見えた。

「辛かったのは、義母に『あなたの不妊治療のお金は出すから』と言われたことです。夫にも原因があるかもしれないのに、最初から私だけに問題があると決めつけられるのがショックでした」

パイプ椅子に座った人々は姉貴の声に耳を澄ましているようだ。誰もが真剣な表情を浮かべている。

「夫からは『俺は、もう慣れたから大丈夫』と言われました。友人には『赤ちゃんが天国に忘れ物を取りに行ったんだよ』と言われました。慣れることもできず、童話のような話で片付けもできず、悪気のない慰めの言葉を憎んでしまう私は、可笑《おか》しい女なんでしょうか。正直、今でもわかりません」

　姉貴は一度言葉を区切ると、鼻を啜った。俺は窓から中を覗き込むことをやめ、近くの壁に凭《もた》れ掛かった。硬く冷たい感触が背中に広がる。

「パチンコに行く切っ掛けは、様々な言葉や街中ですれ違うベビーカーから逃げたかったからです。夜遅くまでやっていて、何も考えられないような光や音が常に鳴っている。あの騒音の中にいれば、他人の赤ちゃんも視界に映らないし、数々の慰めの言葉も聞こえませんから。台の前に座っている時だけ、正気を保てるような気がしました。ビギナーズラックが二回立て続けに起こり、誰かに認められているような錯覚を感じてしまったことも、ハマった理由の一つにあるとは思います」

　鼓膜の奥で、耳鳴りのような音が蘇る。銀玉の行方を虚ろな眼差しで追う、姉貴の姿を想像した。

「今日、私は最低の行動をしたんです。弟が一生懸命稼いだお金を盗んでしまいました。一度は別の目的で外に出たんですが、催してしまい家に戻ったんです。その時、弟はお風呂に入っていました。ドア越しに聞こえるシャワーの音が店内の騒音に似ていて……気付くと、弟のバッグに手を伸ばしていました。家を出る時に自分自身が情けなくなり、育てていた朝顔を地面に叩き付けたんです。そんなことをしながらも、再びお金をバッグの中に戻さなかったのは、パチンコがやりたかったからです。結局、渇望には抗えない惨《みじ》めな女がいました」

姉貴の告白を聞いて、唇を強く噛んだ。叫び出したい気持ちを抑えられたのは、その言葉に嘘がないような気がしたからだろうか。

「でも、お店の前まで行って、最後の最後に踏み止まったんです。シャワーの音が引き金となったように、心の錨《いかり》も音でした。ＧＡに参加した時に何度も聞いた拍手の音が、不意に頭の奥に響いたんです。今は弟にちゃんと謝って、全額返そうと思っています」

壁から背中を離し、扉の窓を覗き込む。会議室の端に置かれたホワイトボードには、大きな汚い字で本日のテーマが記載してあった。

「今日、消えてしまった命のために花を買おうと思ったんです。結局、余計悲しくなってやめましたが……」

最後に姉貴の横顔を見つめた。潤んだ瞳が光っている。

「寂しいと思う時は、モノクロのエコー写真を眺めています。指先で表面をなぞると、ほんのちょっとの時間だけ、独りじゃないような気がするので」

手垢まみれの白黒写真が思い出される。俺は踵を返し、自動ドアの方へ向かった。正直、形容できない思いが胸に漂っている。この世界には流産を経験しても姉貴のようにはならず、痛みを抱えながら健全に生活をしている人も多くいるはずだ。そんな思いとは裏腹に、これは顔の見えない誰かの話ではないと思う。俺の姉貴の話だ。

外に出ると、温い風が頬を撫でた。点々と並ぶ街灯の下を俯きながら歩いていく。蹴飛ばす小石さえ見当たらない舗装された道路は、夏の夜の熱を籠《こ》もらせていた。

　涼しげな音が聞こえ顔を上げた。ある民家の縁側で風鈴が揺れている。その響きに耳を澄ましていると、朝顔を潰して色水を作った光景が微かに蘇った。二人でどんな会話をしたかまでは思い出せないが、姉貴は青い色水を作っていた。また風鈴が鳴って、すぐに過去の残像は薄らいでいく。幼い記憶を路上に残したまま、帰り道を進んだ。

　両親はまだ帰っていないようで、自宅の玄関は暗闇に沈んでいた。鍵を開ける前に、放置された朝顔の残骸を一瞥する。

　不意に姉貴が話していたことを思い出し、勢いよく玄関を開けた。早足で台所に向かい、流しに放置していためんつゆの空き瓶を手に取る。蛇口を開き、瓶に水道水を満たしてから再びスニーカーを履いた。

　三本ほど蕾の付いたツルを千切り、瓶の口に挿し込んだ。長く伸びるツルが落下しないように注意しながら階段を上っていく。自室に辿り着くと、出窓にめんつゆの瓶を飾った。

　背後に群青の夜が漂う朝顔を見つめながら、蕾を摘んだ時に考えた馬鹿げたことを思い出す。

　明日、花が咲いていていたら姉貴はいつか回復する。

　このまま枯れてしまったら、ずっとギャンブルの毒に冒されたまま。

「ケセラセラ、ピッピピッピッ、ポロポンポン」

　姉貴の行く末を占う声が、自然と零れ落ちる。手の甲に押された朱色は、汗のせいで滲んでいた。

アルゼンチンに近づくためには、体調を整えないといけない。夕方の薬を飲んでいないことに気付き、クリアケースから薬包を取り出した。

ベッドに横になる前に、もう一度ツルを伸ばす朝顔を見つめた。すぐに花が咲きそうな蕾を選んだことは、ずっと俺だけの秘密だ。

小さな蕾が、夜を吸い込む息遣いが聞こえる。

#2　はんぶんこ

起きてから朝一番に換えるオムツは、ずっしりと重い。多分、生まれたての子猫ぐらいはあると思う。臭いが漏れないようにできるだけ丸めてから、ビニール袋の中に捨てた。

「クマちゃんがいいの」

圭は頑なに、用意した長ズボンを穿こうとはしない。オムツ姿のまま、何度も地団駄を踏んでいる。

「クマちゃんのズボンは洗ってるの。今日は、これを穿いて。ね？」

「それヤダ！」

「こっちの方が洗濯したばっかりで綺麗だし、お日様の匂いもするよ」

「クマちゃんをはくの！」

「だから、クマちゃんのズボンは洗濯機の中なんだってば！」

また声を荒らげてしまった。圭は二歳を過ぎた頃から自己主張が目立ち始め、俗に言うイヤイヤ期に突入していた。

「お願いだから、このズボンにして」

「ダメ！　はかないの！　クマちゃんの」

「朝から、我が儘《まま》ばっかり言わないでよ！」

　圭の表情が一気に歪む。すぐに鼓膜を焦がすような泣き声が狭い居間に広がった。テレビを付け、朝から放送している子ども番組にチャンネルを合わせるが、涙で滲んだ瞳に効果はない。

「騒がしいな。近所から苦情くるぞ」

　ネクタイを締め、スーツを身に纏った裕司が冷たい眼差しを向けていた。

「だって……」

「そんな格好させてたら、風邪引くんじゃないか？」

「嫌がって、このズボンを穿かないのよ」

「圭、ちゃんとママの言うこと聞きなさい」

　裕司は義務のように一言だけ告げ、食卓に並ぶ茶碗を手にした。それから私たちの方を一度も見ることなく、黙々と箸を動かしている。当たり前のように並んだ朝食が、すぐに消えていく。『いただきます』も『ごちそうさま』も聞こえない。

　圭を抱っこし、機嫌が直るのを待った。毛が生えていない太ももは柔らかい。思わず、つねりたくなるほどに。

「今日も送別会で遅くなる」

「そう……」

「帰ったら、うどん作ってくれ」

「カップ麺で良い？」

「生麺にしてくれよ。具はネギと油揚げだけでいいから」

裕司はそれだけ言い残すと、足早に出て行った。空になった食器だけがテーブルの上に残っている。せめて作り置きができるおにぎりとかにして欲しい。眠たい目を擦りながら、麺を湯がくのは辛い。

「おりょうり、ちてる」

圭がテレビ画面を指差す。着ぐるみのキャラクターが、フライパンを持って目玉焼きを作っていた。

「そうね。ご飯作ってるね」

「けいちゃんも、たべたい」

「それじゃ、ズボン穿こうよ。ね？」

素早くズボンを穿かせる。テレビを見ている隙に、圭の朝食をテーブルに並べた。

「いただきますしようね」

私の声を聞いて、素直にベビーチェアによじ登る姿が映った。やっと過ぎ去った癇癪《かんしゃく》に、静かに胸を撫で下ろす。首元に食べ零し防止のエプロンを巻いていると、圭が言った。

「パンがいいの」

並んだ朝食は和食だった。

「今日、パンはないの。ふりかけ掛けるからお米を食べようね」

「いや。パン、パン」

「小さいおにぎりにするから、これ食べよう」

「パンがたべたいの！」

圭が、消し忘れたテレビを目で追っている。先ほどのキャラクターが、目玉焼きと食パンを美味しそうに頬張っていた。

洗濯と掃除を終え、一息つく頃には十時を過ぎていた。圭に見えない台所の隅で、遅めの朝食を立ちながら掻き込む。ご飯を食べている姿を見つかったら、面倒なことになる。昼食前であるのに「けいちゃんもたべる」が始まってしまう。

食べ終わった食器を洗っていると、甘えるような声が聞こえた。

「おさんぽいく」

「今はダメ。お昼ご飯食べてからね」

「おさんぽいきたい」

「……もうちょっとしてから」

「おさんぽ！　おさんぽ！　おさんぽ！」

一気に水道の蛇口を全開にした。勢い良く水がシンクに流れ落ちる。そんな轟音でも、圭が絶叫する声を掻き消すことはできなかった。

昼食を食べさせてから、近くの公園へ向かう。圭は出掛ける前に、中綿入りの青いジャンパーを頑なに着ようとしなかった。二月の太平洋から吹き抜ける海風は厳しい。最後は無理やり身体を押さえながら着させた。

外に出ても、圭は全く言うことを聞かなかった。突然走り出すのは当たり前で、田んぼや畑が目に映るとすぐに足を踏み入れようとした。用水路を覗き込もうと道路に寝そべった時は、また声を荒らげてしまった。

コンビニも近くにない田舎とはいえ、原付バイクや農家の軽トラックがそれなりに通る。走行音が耳に届く度に、行動が予測できない身体を必死に押さえ付けた。数日前に高齢者が乗る自転車と衝突しそうになった記憶が、寒空の下で冷たい汗を滲ませる。

公園に辿り着くと、安堵の溜息が漏れた。圭は小さな靴を鳴らしながら、滑り台に駆け寄って行く。

「ママ、みててね」

寒さに肩を震わせながら、滑り台の階段を上る小さな背中を見つめた。

「ママもきてー」

「ママは下で待ってるよ。落ちないようにね」

「いっしょに、すべろう」

「圭が一人で滑って。ちゃんと見てるから」

公園の隅に、梅の花が咲いていた。曇り空の下では、桃色の花弁が一層美しく見える。この街に引っ越して来てから、花をゆっくりと眺めた記憶はない。思わず見惚れていると、視界の端で青色が霞んだ。

「きないの」

やっと着させたジャンパーが、地面に落下している。薄い長袖だけになった圭は、滑り台の上で嬉しそうに笑っていた。ジャンパーを拾い上げてから、表面に付着した細かい砂を払う。内側には圭の体温が、まだ残っていた。

「服を投げちゃダメでしょ！」

「イヤなの」

「お願いだから、言うこと聞いてよ……」

哀願する声に、海風が混じる。もし、風邪を引いて体調を崩したら病院に連れていくのは私だ。仕事と飲み会を往復するような生活を送っている裕司は、当てになんかならない。発熱して潤む瞳より、受診に向かう苦労を先に考えてしまう。

「ママもすべろう」

「だったら、上着を着て」

「いやー」

遊び歌を口ずさみながら、無邪気に戯《おど》ける姿を見つめた。

胸の中でいつものように『愛してる』を繰り返す。

何度も何度も、私がそう信じられるまで。呪文のように。祈りのように。言い訳のように。

十七時のサイレンと一緒に、痰が絡んだ咳が居間に響いた。小さな鼻腔からは、粘稠《ねんちゅう》度《ど》の高い鼻水が垂れている。ぼんやりとした瞳に、午前中の活気はない。

「圭、お熱測ろう」

抵抗されると思ったが、素直に従った。膝に乗せると、いつもとは違うじっとりとした熱を感じる。測定し終わった体温計は、三十七度八分を表示していた。

「……どこか痛い？」

「あたま」

「お外で上着を脱いだから、お熱が上がってるよ」

鼻水が絡んだ咳をする声が聞こえた。これからもっと発熱するような予感を覚えながら、汗ばんだ髪の毛を梳《す》くように撫でる。

「ママ」

「何？」

「だっこする」

「これから、夕ご飯だよ」

「たべないの。だっこがいいの」

活気のない声を聞いて、十三キロを超える身体を持ち上げる。密着していると、病的な体温が伝わった。

「もう、お布団でねんねしよう。お風呂も入らなくていいから」

「いやなの、だっこ」

「ずっとこうしてても、余計お熱が上がっちゃうよ」

頑なに首を横に振る動作を見て、抱っこを続けた。すぐに両腕が痺れていく。圭は私の肩に顔を埋め、ぐったりとしている。

やはり布団で寝かし付けた方が良い。

降ろそうとするが、小さな手は私のセーターを強く掴んでいる。

「ママがいいの」

仕方なく抱っこをしたままで、ソファーに座った。取り込んでいない洗濯物を気にしながら圭の頭を撫で続ける。しばらくすると、寝息が聞こえ始めた。

居間から襖《ふすま》一つを挟んだ和室に、敷布団を広げる。圭を抱っこしているため、片手でとりあえずの寝床を作った。横にしようと腰を屈めるが、敏感な丸い目はすぐに薄っすらと開いてしまう。

「お熱があるから、早くねんねしようね」

「いやなの。ねんねしないの」

ソファーから布団への往復を何度も繰り返す。最初は身体に籠もる熱を振り払うように撫でていた手が、今はこの重さから解放されるためだけに動いていた。

裕司が帰ってきたのは、深夜一時頃だった。スーツに染み込んだ煙草と油っぽい居酒屋の臭いに、夜の冷たい空気が重なっている。圭が発熱していることをメールで知らせてはいたが、返信はなかった。

「メール見た？」

私の声を聞いて、赤らんだ顔が眉を顰めた。

「見てない」

「圭が熱出てるの。さっき測ったら、三十八度を超えてる」

和室の方へ視線を向ける。予想通り、熱は上がっていた。鼻が詰まって呼吸が苦しいのか眠りも浅く、何度も中途覚醒を繰り返している。

「明日の朝一で、掛かり付けのクリニックに行ってくる」

「何時からだ？」

「九時には開いてたと思う。ただの風邪ならいいんだけど」

裕司は羽織っていたコートをダイニングテーブルの椅子に掛けると、大きく欠伸をしながら言った。

「やっぱりな」

「何……やっぱりって？」

「朝、ズボンを穿かせずにオムツだけでウロウロさせてるからだろ。身体が冷えたんだ」

否定しようとしたが、裕司の確信めいた眼差しを見ていると、言葉が続かない。

「手早く着替えさせないとダメなんだよ。特に朝は冷え込みが酷いんだからさ」

「……今は色々なことを嫌がる時期だし、一つのことに時間が掛かることも多いの」

「二歳って言っても、会話が成立することが多くなってきたんだし、ちゃんと説明すれば伝わるだろ」

「だけど……」

「お前が怒ってばっかりいるから、圭が余計反発するんじゃないのか」

オムツ交換一つしたことがない人間に、この大変さが理解できるはずはない。そんな思いとは裏腹に、思わず声を荒らげてしまう罪悪感も過ぎる。

「うどんは作ってんのか？」

「……換気扇回すと、圭が起きるから」

「だったら、メールの一つでも寄越せよ」

「……どうせ、見ないでしょ」

小さな舌打ちが聞こえた。裕司は椅子に掛けたコートをそのままに、寝室の方へ消えていく。結婚当初より丸くなった背中を見つめながら、この人は圭の発熱を知らせるメールを読んだのではないかと唐突に思った。

圭の隣でうつらうつらしていると、ぐずる声が耳元で聞こえた。寝ぼけ眼のまま柔らかい髪の毛を撫でる。火傷《やけど》しそうなほどの熱が、小さな額から伝わった。

「圭、辛い？」

私を呼ぶ声は聞こえない。急いで枕元に置いたままの体温計を圭の脇に挟む。薄闇の中で目を凝らすと、四十度を超えていた。

携帯電話の液晶画面は午前三時を表示している。数時間後のクリニック受診まで、酷く遠く感じた。一応チェックしていた小児夜間救急病院の場所を思い出しながら、裕司が眠る寝室に向かった。

ドアの先には、アルコールと口臭が混じった臭いが充満していた。息を止めながら豪快な鼾を掻く身体を揺する。すぐに地鳴りのような鼾が止まった。

「ねえ、起きて。熱が四十度超えてる」

「ん？」

「熱がすごく上がってるの」

裕司は短い返事をするが、目は閉じたままだ。気怠く頭を掻く動作を見つめながら、苛立ちと焦りだけが募っていく。

「熱性の痙攣《けいれん》とかあったら大変だし、今から夜間救急に連れてく」

「救急車呼ぶのか？」

「そうするしかないよ。裕司はお酒飲んでるから、運転できないじゃない」

ペーパードライバーの自分自身を恨んだ。動こうとしない夫に痺れを切らし、寝室のドアの取っ手に触れる。背後でネチャリと口を鳴らす不快な音が聞こえた。

「こんな夜更けに救急車呼ぶなんて、近所に迷惑だろ」

裕司は背を向けるように寝返りを打ってから、籠《こ》もった声で続ける。

「国道まで行けば、タクシーが通ってるぞ」

「……それ、本気で言ってる？」

「今までだって、何度も高熱が出たことがある訳だし。焦ることじゃない」

返事の代わりに、寝室のドアを強く閉めた。心臓に氷を押し付けられたような感覚を覚えながら、保険証や換えのオムツをトートバッグに詰め込む。手を動かしている最中も、寝室で嗅《か》いだ不快な異臭が鼻腔の奥にこびり付いて消えない。刃物で鼻先を切り落としたい衝動が胸を焦がした。

携帯電話を忘れたことに気付いたのは、閑散《かんさん》とした国道を見た時だった。深夜の暗闇には、大型トラックしか走行していない。長く伸びるヘッドライトが、裕司の話を鵜《う》呑《の》みにした後悔を照らす。

タクシーが通ることを祈りながら、胸元に目線を落とした。抱っこ紐に支えられた圭が、変わらない熱を放っている。

「今からブーブで、病院に行くからね。ねんねしてていいよ」

何も見えてないような、虚ろな瞳が空を仰いでいる。三分程度、途切れ途切れに聞こえる車の走行音に耳を澄ましたが、タクシーが通る気配はない。

「少しママ走るからね。揺れるよ」

足は駅前に向けて動き出していた。ここから近道の畦道《あぜみち》を通れば十分程度で辿り着く。終電はとっくに過ぎている無人駅だが、周りにはスナックが何軒かあったはずだ。誰かが乗り捨てたタクシーが残っているかもしれないし、お店の人に救急車を呼んでもらうこともできる。

国道から離れると、聞こえるのは私の靴音と荒い呼吸と抱っこ紐が軋む音だけになった。

「圭、大丈夫だからね」

街灯もない薄暗い畦道を、こんな夜更けに疾走することが惨めだった。

都会に住んでいれば。

日頃から運転をしていれば。

救急車を呼んでいれば。

タクシーが通っていれば。

携帯電話を忘れなければ。

ちゃんと上着を着ていれば。

圭が言うことを聞いてくれれば。

裕司が優しかったら。

圭がいなかったら。

脳裏に浮かび始めた陰る思いを、必死に『愛してる』で塗り潰す。胸元から伝わる熱い体温がなければ、血液すら凍ってしまいそうな冷たさを身体の芯《しん》から覚えた。

「痛っ」

夜露に濡れた雑草に足を取られた。倒れこそしなかったが、小さな身体を潰さないように無理な体勢を取ったせいで左足首を捻《ひね》った。

薄闇の中で、痛みだけが鮮明になっていく。駅前はもう少しなのに、走ることができない。胸の奥で唱え続けた『愛してる』が、泡のように消えていく。

「ママ、もう走れないや」

汗なのか涙なのかわからない液体が音も立てずに頬を伝う。湿った草の匂いと足首の痛みだけが強さを増した。

「ママ……」

「うるさい！　そんな声を出さないでよ！」

大声で怒鳴った声は、誰にも届かない。抱っこ紐が刃物のように皮膚に食い込み、息継ぎができなくなっていく。澱《おり》のように堆積した疲労に、愛情が負けていく。こんな畦道で溺《おぼ》れてしまいそうだ。圭を抱えて立っていられないような脱力感が、両足から伝わった。

「はんぶんこちてるよ」

無邪気な声が、手放す寸前の意識を摑んだ。

「おそらで、はんぶんこちてる」

丸い瞳が空を見上げている。視線を追った先には薄黄色に輝く半月が浮かんでいた。

「おそらが、たべちゃったの？」

「……違うよ。そういう形のお月様なんだよ」

「ママもみてー」

「ちゃんと見てるよ」

不思議と足首の痛みを忘れていた。自然と一歩を踏み出す。湿った草を踏み付けていると、徐々に小走りに変わっていく。

「お熱が下がったら、もっと大きいお月様を一緒に見ようね」

手で目元を擦った。声は震えてはいない。前方で輝く薄黄色を目指すように、肺に力を入れる。月から落下した砂塵のような白い息が、畦道に漂った。


　小児疾患を受け入れている救急外来に到着した時、熱は四十一度まで上昇していた。寝癖のついた当直医が採血、レントゲン、心臓のエコーを実施し、最終的にウイルス性の上気道感染症と診断を下した。

　検査の結果、炎症所見の上昇と脱水が見受けられたため、圭はそのまま短期の入院を余儀なくされた。この病院の小児病棟では、二十四時間保護者付き添いを事実上前提にしているらしい。柵で囲まれたベッドの上で、点滴抜去防止の厚い手袋を着けている圭の姿を見ると、頷くしかできない。

　ベッドサイドの椅子で一睡もせずに朝を迎えた。回診に来た小児病棟の医師は、痩《や》せた年配の女性だった。子どもを常に相手にしているせいか、目元が優しい。

「夜間帯の入院で、お母様も大変だったでしょう？」

「ええ……急な入院だったので。着の身着のままで」

「それじゃ、オムツや着替えなんかも持ってきてはいないですよね？」

「オムツは何枚か……でも、着替えは持ってきてないです」

「今日、他のご家族の方が面会に来る予定はありますか？」

「夫に連絡したんですが、仕事が忙しくて二日後の土曜日に顔を出すと……」

裕司には外来に設置してあった公衆電話から連絡をしていた。流石《さすが》に驚いた様子が伝わったが、命に別状がないとわかると、仕事を理由に当日の面会を見送られていた。

「大変ですね。それじゃ、付き添いは夕方からで良いので、お母さんは一度自宅に戻られたらどうです？　色々準備もあるでしょうし」

「……良いんですか？」

「ええ、数時間でも仮眠してきて下さい。付き添い中は、着替えや内服の際に手を借りることが多いと思うので」

ベッドの上で寝息を立てながら上下する薄い胸元を見つめる。逡巡してから、深々と頭を下げた。

畦道で捻った左足首は、赤く腫れていた。寄せては返す痛みを感じる。我慢しながら、電車を乗り継いだ。

ダイニングテーブルの上には、お茶漬けの空袋と汚れた茶碗が残っていた。窓から見える物干し竿には、昨日から吊るされたままの洗濯物が風に揺れている。どんな状況でも家のことは私の役割という一方的なメッセージが、それらから滲んでいた。

一週間分の着替えとオムツを用意してから、家事を終えた。時刻は正午を過ぎている。流石に仮眠を取らないと身が保たない。

ベッドに横になっても、なかなか眠りは訪れない。妙に気持ちが高ぶっているせいだろうか。足首の痛みが強くなっている気もする。泥の中に沈んでいくような疲労感を覚えてはいるが、頭の芯は冴えていた。少しでも眠らなければと焦る度に、睡魔は遠ざかってしまう。

ふと昨夜の豪快な鼾を思い出し、冷蔵庫へ向かった。残された缶ビールを恐る恐る一本取り出す。

ちょっとは、眠れますように。

アルコールは強くもないし、そもそも好きじゃない。グラス一杯程度で酔いは回り、すぐに眠くなってしまう。圭は母乳で育てていた。断乳してからも、お酒は一滴も飲んでいなかった。今だけは、アルコールに対する弱さが役に立つような気がする。

「はんぶんこちてる」

畦道で聞いた言葉を呟き、グラスの半分を黄金と白い泡で満たした。薬を飲むように一気に喉に流し込む。

すぐに頬が火照る感覚が、眠気を手繰り寄せる。

酔い始めると、足首の痛みが消えた。

第3章　葡萄の子

籐《とう》製の丸椅子に立ち、台所の戸棚を探る。饐《す》えた臭いに眉を寄せながら、奥に放置してあったカセットコンロに手を伸ばした。

五徳《ごとく》やつまみ部分は綺麗だったが、ガスボンベを設置するカバーに茶色い汚れが固まっていた。汁の飛沫《ひまつ》か、干からびた醤油の残骸だろう。擦ると簡単に剥がれ落ちる。

汚れた指先を綿のパンツに擦り付けながら、最後にこれを使った日の記憶を探る。

どうしても、思い出せない。

「お父さん、気を付けてね」

声が聞こえ首を回すと、すぐ後ろに直美《なおみ》が立っていた。

「おう、もう降りる」

「どうしたの、それ？」

「夕食は、すき焼きにしようと思ってな」

籐製の丸椅子が軋む。こんな何気ない登り降りも五十代の膝には響いた。

「別に、そんな豪勢にしなくていいのに」

「何も言わず、肉喰っとけ。明日に向けての景気付けだからな」

直美が肯定とも否定とも取れる笑みを浮かべた。明日の判決公判次第では、当分一緒に食卓を囲む機会が失われてしまう。陰り始めた思いを打ち消すように、ワザと陽気な声を出す。

「他に食いたい物はあるか？」

「すき焼きだけで十分だよ。ありがとう」

「こんな時に遠慮すんな。食後に葡萄《ぶどう》なんてどうだ？　最近のは実が大きくて甘いからな」

「……葡萄は嫌いだから」

二十二年間も一緒に生活していて、初めて知る事実だった。それとも過去の凄まじい過食・嘔吐を見ていたせいで、勝手に好き嫌いのない印象に変わってしまったのか。当時の食事というより、胃に詰め込むような姿が脳裏を過ぎる。

妙に気まずい沈黙を、直美の無邪気な声が終わらせた。

「午後に斎藤《さいとう》先生が、顔出してくれるって。それまで近所を散歩してくる」

「おう。肌寒くなってきたから、ジャンパー着てけよ」

「うん。ブルゾン着てく」

それがどんな服なのか、俺には想像がつかない。とにかく何か羽織って外に出てくれれば良い。秋の風は、細い身体を簡単に冷やしてしまうだろう。

しばらくして、玄関の扉が閉まる音が聞こえた。完全に一人になった居間に、深い溜息が落ちる。自然と座椅子の背もたれに寄り掛かりながら、テレビの電源を入れた。適当にザッピングを繰り返すが、何一つ見たい番組はない。

腰を上げた後、自然と足は直美の部屋へ向かっていた。家賃五万三千円の平屋は狭い。傷んだ廊下を進み、一番奥の襖を開けた。

六畳程度の部屋に、甘い香りが仄《ほの》かに漂っていた。直美が使っている柔軟剤の芳香だろう。足は踏み出さず、襖の外側から室内を見回す。

箱ティッシュはブロック塀のように部屋の隅に積み重なり、多くの化粧品は採光の悪い部屋で輝きを失っている。本棚には夏目《なつめ》漱石《そうせき》が執筆した同じタイトルの書籍が、何冊も並んでいる。勉強机の一角には、花瓶のようなペン立ての中で多くのボールペンが咲いていた。壁に飾られた様々なネックレスは束になり、太いしめ縄のように垂れ下がっている。

散らかっている訳ではない。単純に物が多いのだ。一つあれば足りる物すら、予備の予備まで置かれている。余計な物まで溜め込んでいる部屋だが、以前のように異常な数のスナック菓子やコンビニ弁当の類いは消えていた。

窓際に生理用ナプキンの袋が三つ並んでいた。一つは封が切られている。思わず目を凝らしていると、保釈後入院した病院で看護師から告げられた言葉が蘇る。

『直美さん、四年間も生理が止まっていたらしいんです』

　過食・嘔吐が盛んだった頃、直美の体重は三十キロを切り、両腕は枯れ枝のように生命力を欠いていた。今は三十九キロまで増加している。身長は低いとはいえ、それでもかなり軽い方だろう。

　ベッドの枕元に大きなクマのぬいぐるみが転がっていた。葡萄のイラストが前面に描かれたTシャツを身に纏っている。サイズは合っておらず、直美が私服の一つを気まぐれに着させたのかもしれない。

「嫌いじゃなかったのかよ。葡萄」

　呟いてから、静かに襖を閉めた。

　何か手を動かしていないと落ち着かず、小さな庭に停めてある車を洗った。曇り空の下に、ホースから飛び出した水飛沫《みずしぶき》が跳ねる。年季の入った軽自動車は、幾ら掃除をしても汚れているような気がした。

　車内の掃除も続けて行う。助手席前のグローブボックスの中にあるＣＤに交じって、ダンヒルのライターが残っていた。禁煙をする前に上司から譲り受けた物だ。捨てようか迷ったが、多分それなりに高値の品だ。いつか喫煙者の友人に譲ろうと思い直し、そのまま元に戻した。

「ただいま」

　振り返ると、直美の色白な肌が映った。

「寒くなかったか？」

「最初だけね。歩いているうちに、身体が温まった」

「どこまで行ってきたんだ？」

「近くの神社でお参りしてきたの。五百円分もお賽銭《さいせん》投げちゃった」

「だいぶ、奮発したな」

「明日、執行猶予が貰えるように祈ったから」

直美は塩化ビニール素材の透明なバッグを肩に掛けていた。中に入っている携帯電話や財布が透けている。俺はそんな品々を見つめながら、小さな声で言った。

「散歩中、どこか店に入ったのか？」

「寄ってないよ。自販機でコーヒーは買ったけど」

「一応、買い物をする時は、俺もついて行く」

直美が呆れるように苦笑いを浮かべた。口元から覗く前歯は角が欠け、妙に磨り減っている。胃酸で脆《もろ》くなった歯は、繰り返した嘔吐の代償だ。

「流石に、もう盗らないって」

「そうだよな……疑うようなことを言ってすまない」

「ごめんね。心配掛けて」

「いや……あとは天命を待つだけだからな」

雲行きが変わったのか、一筋の日差しが地面を照らす。肩に掛けた万引き抑止用の透明なバッグが、陽光を反射していた。

十六時を過ぎた頃に、玄関のチャイムが鳴った。磨りガラスの向こうに、細長いシルエットが透けている。扉を開けると、柔和な微笑みが見えた。

「どうも、失礼します」

斎藤弁護士は身体に張り付くような紺色のスーツを身に纏っていた。胸元で天秤が刻まれたバッジが、黄金を放っている。

「近くで所用があったもので、直美さんの様子を見に伺いました」

「わざわざご足労を」

「明日はいよいよ判決の言い渡しですから。少しでも不安を和らげようと思いまして」

俺は深々と頭を下げた。直美が逮捕されてから今日まで、こんな動作を何度繰り返しただろう。履いていた靴下の親指に穴が空いている。覗いた白い爪先を見つめてから、顔を上げた。

「どうぞ、上がって下さい」

斎藤弁護士を居間に通し、直美を呼んだ。台所でお茶を用意しながら、聞こえてくる二人の会話に耳を澄ます。

「調子はどうかな？　過度に不安が増したりはしてない？」

「緊張はしていますけど、ご飯はちゃんと食べてます」

「判決前は誰だって落ち着かないものだから。直美さんだけじゃない」

「斎藤先生には色々とお世話になりました。改めて、本当にありがとうございます」

「直美さんは気が早いね。明日の判決公判が終わるまで、その言葉は取っておいてよ」

「はい……今日、神社でお参りもしてきたんです」

「きっと、ご利益があるんじゃないかな。最近の判例では、窃盗症に対して刑罰より治療が優先されることもあるから」

茶葉の入った急須に湯を注ぐ。湯気で顔面を曇らせながら、これまでの数年間に思いを馳せた。

常習窃盗。

クレプトマニア。

万引き依存症。

直美の日々は、そんな言葉にまみれている。

「私は執行猶予中の再犯ですから……服役する可能性が高いんじゃないかって」

「確かに、通常なら実刑判決の可能性は高い。でも、被告人質問では正直に話せたし、情状証人尋問ではお父さんが頑張ってくれた訳だから。裁判官も直美さんの気持ちを汲《く》んでくれてると思うんだ」

「……全てを受け入れる覚悟はできています」

「とにかく今日、直美さんがするべきことは、明日に備えてゆっくりと眠ることだよ」

仕事とはいえ、優しい男だとつくづく思う。窃盗症の弁護に慣れている斎藤弁護士に出会えたことは大きな幸運だった。直美は執行猶予期間中の再犯ということで、保釈も簡単には認められなかった。斎藤弁護士が窃盗症の治療や心理検査の必要性を説く保釈請求書を提出し、やっと保釈許可が決定した。その後も、彼に紹介してもらった病院へ入院し、窃盗症の治療に三ヶ月間専念することができた。裁判進行中ではあったが、速やかに治療に繋げられたことは、直美にとっても、明日の結果にとってもマイナスではないはずだ。湯呑みに目線を落とすと、小さな物体が浮かんでいた。思わず小走りで居間に向かった。

「茶柱が立ってるぞ」

俺の差し出した湯呑みに、二人が一斉に視線を向ける。

「本当だぁ」

「僕も初めて見ました。直美さんに、追い風が吹いているようですね」

穏やかな空気が、辺りに充満した。湯呑みから伝わる熱さを、いつの間にか忘れていた。

数分、たわいもない話が続いた。直美が便所に立つと、斎藤弁護士が居住まいを正した。

「直美さん、顔色は悪くないですね」

「これも全て、斎藤先生が色々と奔走して下さったお陰です」

「僕はただ、職務を遂行しただけですよ」

謙遜《けんそん》する言葉を聞きながら、湯呑みを口に運んだ。冷め始めた緑茶は、渋みだけが舌に残る。

「摂食障害を患っている方々が窃盗症を併発する割合が高い事実は、司法の現場でも周知されてきています」

「そうですか……」

「直美さんのように執行猶予期間中であるにもかかわらず、再犯をしてしまう人間は多いので。摂食障害が酷い状態のまま数年間服役し、出所したその足で万引きをしてしまったケースもありますから」

小さく頷く。直美は摂食障害を患ってから、過去五回も万引きで罪を犯している。一回目、二回目は駅前の個人商店で過ちを犯した。その際は店舗での厳重注意と警察での微罪処分で終わっていた。三回目に大型スーパーで弁当とスナック菓子を万引きした際は、前歴があったせいか逮捕後、起訴されてしまった。最終的には略式命令が下り、二十五万円を支払う罰金刑で済んだ。しかしその後も悪癖《あくへき》は止まらず、四回目には公判請求され裁判となり、判決は懲役一年・執行猶予三年を宣告された。なんとか臭い飯を食わずには済んだが、半年後に今回の万引き事件が起こった。防犯カメラの粗い映像には、店員を気にする素振りもなく、バッグに食品を詰め込む痩せた身体が映っていた。

「本当、何でこんなことに……」

「それほど難しい病気で、治療が必要ということです」

直美が万引きする商品は全て食品であり、金額も三千円に満たない。それがいつの間にか二十五万円の罰金に変わり、明日の判決次第では塀の中で生活することになるかもしれない。

「法務省が毎年出している『犯罪白書』によると、窃盗が原因で服役し、釈放された者の五年以内の再入率は四十%台と高率です」

「半数近くはまた同じ過ちを犯してしまうんですか……」

「特に窃盗症が根底にある場合、刑務所の矯正では根本的な解決に至らないことが、多数あるということです。万引き衝動を制御できない場合は、治療が不可欠ですので」

「万引き衝動ですか……」

「俗に言う『分かっちゃいるけど、やめられねぇ』ってヤツですね」

古い歌が脳裏に再生された。無意識のうちに湯呑みを口に運んでしまう。もう緑茶は残ってはいない。

「……昨今では客の万引きが原因で、潰れる小売店も多いと聞いております。今回の件で被害に遭った店舗へ謝罪に行った際も、凄まじい剣幕を放たれましたから」

その時の怒号を思い出すと、口の中が乾いていく。苦い唾を飲み込み、喉に力を入れた。

「結局、直美は加害者ですから。たとえ病気だとしても、罪を償う責任はあります。被害に遭われたお店は、病気だろうが何だろうが関係ないと思いますし」

「どんな依存症でも、本人が責任を取ることは重要だと思います。しかし刑罰より治療を優先した方が、結果的に社会の安寧に繋がる場合もありますから」

「……とにかく、明日で一区切りとなるんですね」

便所のドアが開閉する音が、廊下から聞こえた。斎藤弁護士は王冠のマークが光る腕時計に目を落としてから、柔和な声で言った。

「最後に直美さんへ声を掛けてから、お暇《いとま》します」

また深々と頭を下げた。胸の奥に空いた穴を、冷たい風が通り抜けていく。

　カセットコンロの上に銅鍋を載せ、牛脂を敷いてから具材を入れる。割り下を注ぐと、奮発して買った国産和牛の赤が、すぐ茶色に染まった。

「美味しそうだね」

「精肉店で買った肉だからな。脂の差しからして、違うだろ？」

居間は甘辛い香りが充満している。テレビを付けていないせいか、具材が煮立つ音が鮮明に聞こえた。

「食べていい？」

「おう。卵も普段より高いのにしたから、黄身が濃厚なはずだ」

酒でも飲みたい気分だったが、ほうじ茶で我慢した。

明日、勝利の美酒を飲めば良い。

今日は素面《しらふ》のまま、直美の表情を焼き付けていたい。

「お肉、すごく美味しい。割り下もちょうど良い甘さだし」

「黒砂糖を入れたんだ。上品なコクが出るからな」

「お野菜にも良く味が染み込んでる」

俺は肉を避け、椎茸を口に運んだ。直美が笑顔で咀嚼《そしゃく》する姿を見ていると、摂食障害を患っていた過去が全て幻《まぼろし》のように思える。

「肉喰え、肉。俺の分もやるよ」

「大丈夫だよ。お父さんが食べて」

「最近、すぐ胃がもたれるんだ。年取ると、どうも脂がダメになる」

見え透いた嘘を口にしながら、春菊を箸で摘まんだ。直美は薄く笑ってから、糸蒟蒻《いとこんにゃく》を取り皿に運びながら呟いた。

「刑務所の食事って、こんな風にすき焼きは出ないよね？」

「……多分、そうだろうな」

「だよね。カセットコンロ何台必要？　って感じだし」

直美なりの皮肉が交じった冗談だとわかってはいたが、愛想笑いの一つもできない。苦味の消えた春菊をガムのように噛み続ける。ようやく飲み込み、箸を置いた。

「斎藤先生も言っていただろう。温情が滲む判決になるさ」

「そうかな……」

「明日は明日の風が吹くんだよ」

「それって、どういう意味？」

「成り行きに任せろってことだ。やるべきことはやったんだから」

「だよね……入院もしたし、セゾン・サンカンシオンで仲間たちにも出会えたんだから」

　直美は退院した後、依存症の治療共同体で二日前まで生活していた。司法判断待ちの状況ではあるが、さらなる再犯予防に最大限配慮した結果だった。

「セゾン・サンカンシオンには生活指導員が何人かいるんだけどね、塩塚さんって人が一番好きだったの。怒ると怖いんだけど、最終的には優しくフォローしてくれるから」

「相性の良い人に出会えて良かったな」

「美人ではっきり物を言うところが、少しママに似てたよ」

　返事を誤魔化すように、カセットコンロのつまみを弄《いじ》る。弱火にしようと思ったが、青い火を消した。

「ママって、私の事件のこと知ってるのかな？」

「知らないと思うぞ。離婚してから連絡を取ってないしな」

「まだ九州にいるの？」

「さあな。あんな女の話をしても、湿っぽくなるだけだ」

　九州の女は情が深いと聞いていたが、涼子《りょうこ》は簡単に俺たちを残して出て行った。突然、多感な十四歳の娘と二人きりになった自宅は、しばらく他人と生活を共にしているような違和感が漂っていたのを覚えている。

「締めは、雑炊にするか？　うどんも買ってあるぞ」

「うどんが良いかな」

「それじゃ、九条ネギを追加するか。ちょっと待っとけ」

そそくさと腰を上げた。やはり缶ビールの一本ぐらい買っておけば良かったと、仄かな後悔が胸を満たした。

食器は直美が洗った。いいから早く休めと諭したが、頑なに首を縦には振らなかった。

再び居間に現れた直美は、薬局で貰ったカレンダーを見つめながら呟いた。

「今日、ＫＡだった」

「ＫＡって、サンカンシオンでも通ってた集まりか？」

「そう。クレプトマニアクス・アノニマス。夕霧台の市民センターでやってるの」

ＫＡは窃盗症の自助グループだ。参加者は全員匿名で、テーマに添った内容を一方的に話すだけのようだが、依存症からの回復に効果があるらしい。セゾン・サンカンシオンの入居説明の際も、外部の自助グループに通うことを告げられた。

「行っても良い？」

「今からか？　もう飯を食ったし、明日は大事な日だぞ」

「だから参加したいの」

真っ直ぐな眼差しを見つめてから、掛け時計の方へ目を逸らした。早めの夕食だったため、まだ十九時を過ぎたばかりだ。

「今日はやめといた方が良いんじゃないか」

「実刑になったら、当分参加できなくなるから」

「だとしても、休んだ方が……」

「ＫＡの仲間たちに、もしかしたらしばらくサヨナラかもって言っておきたいし。何も言わずにいなくなるのは、酷いでしょ」

直美が微かに俯いた。ほっそりとした輪郭に陰影が滲んでいる。煙のように消えた母親の面影を、思い出しているのかもしれない。

「今から行ったら、間に合うのか？」

「二十一時までだから。途中からの参加になると思うけど」

「それじゃ、俺が車で送ってく」

「いいの？」

「サヨナラの代わりに『また次も参加します』って堂々と宣言してこい」

顔を綻《ほころ》ばせ、何度も頷く仕草が見えた。直美が自室に着替えに向かうと、座椅子の背もたれに深く身体を預けた。


鍵を差し込むと、エンジンが唸った。眠りから覚めるような音が狭い車内に広がる。

「すき焼きの匂いがする」

助手席に座る直美が、前を向いたまま呟いた。袖口に鼻を近づけると、甘辛い匂いを微かに感じた。

「俺は着替えてないから」

「匂いが服に移ったら嫌だな」

「窓開けろよ」

「えー。寒いもん」

ヘッドライトが闇に沈んだ街を照らす。ハンドルを握りながら、アクセルペダルをゆっくりと踏んだ。

川越街道を走行し、夕霧台駅を目指す。隣に座る直美は携帯電話を弄ることに飽きたのか、窓の外に視線を向けている。

「ＫＡに参加すると、気持ちが楽になるのか？」

「うん。そうだね」

「ただ話し合うだけだろ？」

「話し合いすらしないよ。自分の経験や気持ちを一方的に喋ったり、誰かの話を聞いたりするだけ。コメントもしないし」

「……それだけなのに、参加したいのか？」

対向車のヘッドライトに目を細めた。少しの沈黙の後、隣から髪を掻き上げる気配を感じた。

「みんなといると、独りじゃないような気がするから」

「そうか……」

「友達でも恋人でも家族でもなくて、同じ病気で繋がってるだけなんだけどね。でも、リラプスしちゃって、勾留されたとか聞くとすごく悲しくなる」

「リラプス？」

「病気が再発しちゃうこと」

視界の隅に細く青白い指が映る。過食・嘔吐が始まる前は、もっと血色の良い手だった。

「直美のように、摂食障害を患っている人間が多いのか？」

「全員がそうじゃないけど、多いことは確か」

「……万引きを始めた理由は、みんな似たり寄ったりなんだろうな」

「人それぞれだよ。一言では説明ができないかな」

濁す言葉を耳にした後、ハンドルを強く握った。公判の被告人質問で、直美が語った言葉が鼓膜の奥を撫でる。

『食品を購入するのが、勿体なかったんです。どうせ吐いてしまうので』

窃盗症を併発した理由としては、単純明快だ。一言で片付けられる。そんな歪んだ考えが原因なら、当時俺がどんなに小遣いを渡したとしても直美は万引きをしていただろう。

「十代の頃はね、雑誌やネットを見る度に体重に関する記事ばっかりに目がいってたの。美容体重とかモデル体重とか沢山あるし……標準体重がまるで太ってるみたいに感じてた」

「俺なんて、健康診断の時にしか体重計は乗らんけどな」

「お父さんは、男だからでしょ。女は違うの」

公判で聞いた告白によれば、直美の摂食障害の原点はダイエットの失敗経験が関係している。テレビやネットを参考に様々な方法を試したらしいが、思うように痩せなかったらしい。ある日、自暴自棄《じき》になり抑圧していた食欲を解放した。菓子パンやカップラーメン、スナック菓子やアイス。その結果、トイレで盛大に吐いてしまった。

　翌朝、皮肉にも体重が減っていたのが過食・嘔吐の始まりだという。

「……そんなに痩せて、どうする気だったんだ？」

「ねえ、別にモデルとか芸能人になりたかった訳じゃないのに。もう忘れちゃったよ」

「飯を食うことは、生きる上での基本なんだからな。肝に銘じとけよ」

「今はそう思うけど、酷い時期は胃に食べ物があることが耐えられなかったんだ」

　自嘲する言葉が、道路を滑るタイヤの音に交じる。直美は再び車窓の方へ目を向けた。

「チューイングぐらいで、やめとけば良かったな」

「なんだそれ？」

「食べ物をガムのように噛み続けるの。満足したら、飲み込まずに吐き出して終わり」

　隣に座っているはずなのに、直美との間に遠い距離を感じた。娘のことを知れば知るほど、何もわからなくなっていく。

「お父さん」

「何だ？」

「夜の街って、綺麗だね」

　フロントガラスから透ける街の灯は、運転の邪魔でしかない。少し先の方に、夕霧台駅を示す道路標識が見え始めていた。

直美の指示を聞きながら、市民センターを目指す。緩やかな坂道が多い街だ。徐行しながら、細い道を進んだ。

「あそこの角を曲がったらすぐだよ」

「わかった」

市民センターの駐車場には、数台しか車は停まっていなかった。エンジンを切ると、お互いの息遣いが鮮明に聞こえる。

「終わるのは、二十一時頃だったよな？」

「うん、そのくらい」

「車で一眠りしてるよ」

駆け足で市民センターへ向かう後ろ姿を見つめた。強い風が吹けば簡単に吹き飛ばされてしまうような身体が、建物の中に消えていく。

座席を倒し、薄闇に染まった天井を見つめた。やめている煙草を妙に吸いたい。そうすれば頭の芯から感じる熱は消え、簡単に睡魔が訪れるような気がした。

五分もしないうちに、助手席から着信音が聞こえた。液晶画面からの光が車内を照らしている。

「携帯、忘れてんな」

そのまま放置しようとしたが『塩塚美咲』という文字が見え、目を細めた。逡巡してから恐る恐る指先で光に触れる。すぐ耳元に呑気な声が届いた。

「もしもし、ちゃんとご飯食べた？」

俺は二度咳払いをしてから、できるだけ穏やかな声で言った。

「初めまして、直美の父です。娘が大変お世話になっております」

「あら？　お父様でしたか」

勝手に娘の携帯電話に触れた罪悪感を隠すように、車内に置き忘れてあったことや、ＫＡに参加するため夕霧台にいることを早口で告げた。

「塩塚様には、娘が大変お世話になったようで」

「そんなことないですよ。大人しくて礼儀正しい娘でしたから」

「直美から、一番信頼していた生活指導員の方だと聞いております」

携帯電話を片手に頭を下げていた。話しながら、セゾン・サンカンシオンがこの場所から近かったのを思い出す。

「もし、ご迷惑でなければ、電話口ではなく一言お礼を申し上げたいのですが」

「気になさらずに。それに明日は判決の言い渡しですよね？」

「そうですが……ＫＡが終わるまで、待機しなければならないので」

まだ二十時だ。行って戻ってくるまでに時間的に余裕はある。車内でまんじりともしないで時間を潰すより、直美に代わって直接感謝を伝えた方が良い。

「セゾン・サンカンシオンは女性限定の治療共同体なので、男性をお上げすることができないんですよ」

「それでも構いません。玄関口で一言お礼を伝えることができれば」

「そこまでおっしゃるなら……到着する時刻に、私が外で待っています」

「恐縮です。十五分程度で伺うことができると思いますので」

通話を終えてから、急いで車のキーを差し込んだ。

この行動は純粋な感謝の気持ちと思い込む。明日の裁判に幸運が舞い込むような、打算的なゲン担ぎではない。

けたたましいエンジン音に耳を集中する。発進前にバックミラーの角度を調節すると、空洞のような二つの目が映っていた。

セゾン・サンカンシオンに続く林道を進む。コンビニで買った菓子折りが、助手席で派手にガサついた。辺りは木々に囲まれているせいで闇が深い。直美はこの道を何度も通っていたのだろう。

視界の先に、生垣のシルエットが滲んでいた。そこで一人の人影が夜空を見上げている。俺は徐行しながら車を停め、シートベルトを急いで外した。

「突然、伺ってしまい申し訳ありません。塩塚様でいらっしゃいますか？」

菓子折りを持った俺の声を聞いて、女性が頷く姿が見えた。

「寒い中、外で待機して頂き恐縮です」

「私なら大丈夫ですよ。月を見ていたので」

思わず頭上を見上げた。満月が群青の中に浮かんでいる。開けた場所であるため、先ほどの闇は消え去り、柔らかな光が俺たちを照らしていた。

「直美さん、今日もＫＡに参加しているんですね」

「はい……今日は休めと言ったんですが、どうしても参加したいと」

「悪いことではないと思います。彼女の安心できる居場所が、一つ増えたってことですから」

伏し目がちに頷き、手に持った菓子折りを差し出した。

「これ、皆さんで食べて下さい」

「気を遣ってもらって、すみません」

「入居時は、沢山ご迷惑をお掛けしたと思いますので」

「そんなことないですよ。直美さんは良い子過ぎるぐらいでしたから」

褒めてるのか、呆れているのかわからない返事を聞いて鼻先を掻いた。確かに万引きという悪癖さえなければ、心優しい素直な娘だ。思い返しても、反抗期すらなかった。

「私たち、よく二人で近所のスーパーに通ってたんです」

「買い物にも同行して頂き、お手数お掛けしました」

「いや、そうではないんです。条件反射制御法という訓練のためです」

俺が首を傾げる姿を見て、塩塚さんが話を続けた。

「直美さんが透明なバッグを持って、実際に行っていた万引き動作の素振りを繰り返すんです。最終的には、保安員役の私が毎回彼女を止めます」

「そんな訓練をしているなんて、知りませんでした……」

「報酬を獲得できない行動の反復は、彼女の衝動を抑制する可能性がありますから」

今日の昼間、眩い光を反射していた透明なバッグが瞳の奥に過ぎる。

「直美さん、自宅に帰ってからも食事はちゃんと摂れてますか？」

「以前のような、過食嘔吐はしていないと思います。今日はすき焼きを美味しそうに頬張っていましたので」

「すき焼きですか。良いですね。最近、食べてないな」

塩塚さんは口元だけで笑った後、切れ長の目を見開きながら言った。

「そうそう、彼女と一つ約束したことがあるんです」

「どんなことですか？」

「寛大な判決が出たら、壊れている車を直して一緒にドライブに行こうと。海岸線を思いっきり走りたいそうです」

塩塚さんがセゾン・サンカンシオンの庭の隅へ視線を向けた。そこには古臭い車が一台だけ停まっている。彼女の上着はバイク乗りが着るような革製のジャケットだ。薄闇に沈む型落ちした廃車より、オートバイの方が似合うような気がした。

「海辺で焚《た》き火をして、母親から貰った品を燃やしたいとも言っていましたね」

「直美がそんなことを？」

「私、最近は運転を控えてたんです。歳のせいか視界が霞むことが多いので。それでも、直美さんに哀願されましてね」

塩塚さんが指先で目頭を押さえた。そんな姿を見据えながら、掠れた声が喉を震わせた。

「可笑しな願望ですね。捨てれば済むものを」

「単純に捨てるだけでは、消えない想いもありますから」

「……映画やテレビドラマの影響でしょう。感傷が過ぎるような気がします」

思わず、否定的な言葉を発してしまった。元妻が絡む話になると、どうしても冷めた思いが胸を満たす。誤魔化すように、話題を変えた。

「判決の結果が出ましたら、またご報告に参ります」

「お気遣いなさらずに。私の方から連絡しますので」

塩塚さんは無表情で、また満月を見上げた。切り上げ時だと感じ、俺は深々と頭を下げてから踵を返した。数メートルも進まないうちに、呟く声が背中に張り付く。

「彼女の本当は、どうなんでしょうね？」

振り返り、群青を背負う姿を見つめた。

「何のことでしょうか？」

「万引きをするようになった原点です」

「それは公判で明らかになっています。結局、食べた物を吐いてしまうため、食品を買うのが勿体なかったらしいです」

「もっともらしい理由ですね」

「過食するのも、金は掛かりますし」

会話を終える合図のように、もう一度軽く頭を下げた。顔を上げると、短い前髪を掻き上げる姿が目に映る。

「窃盗症は慢性疾患ですから。治療をしないと、確実に悪化していきます」

「それはわかっているつもりです……直美の再犯の多さが証明していますから」

「放置していると徐々に万引き行為自体に耽溺《たんでき》するようになり、犯罪だと頭ではわかっていても、ある種の衝動が抑えられなくなってしまう。だから、執行猶予期間中でも再犯が多いんです」

「……分かっちゃいるけど、やめられねぇということですよね？」

「はい。窃盗症を患っている方々に話を聞くと『気付くと盗っていた』『手が勝手に動いた』等の曖昧な返答も多いです。万引き行為が、自動化されているのでしょう。そのような状態に陥ると、盗みに対する葛藤も消え、手技が大胆になっていくケースも見受けられます」

防犯カメラの粗い映像が頭に浮かんだ。直美は店員を気にする素振りも見せず、手当たり次第に食品をトートバッグに詰め込んでいた。塩塚さんが言う通り、何も考えていないような盗み方だ。

「私と一緒にいる時は、直美さんの過去をあまり掘り下げなかったんです。本人が余計辛くなってしまう場合が多いですし、これからの生活に目を向けて欲しかったので」

「過去ですか……？」

「でも、今は少し後悔をしています。もっと、違う接し方が良かったんではないかと」

　裁判の日々を思い出す。時には涙交じりで質問に答える直美がいた。法廷で思いの丈は全て吐き出したはずだ。

「何度も言いますが、万引きの原因は過食嘔吐が……」

「確かにそれも、一つの側面だとは思います」

　俺の言葉を遮り、塩塚さんは続ける。

「依存症を患っている方々は、誰にも言えない苦痛を抱えている場合が多いです。その痛みを和らげようと、ある人間はアルコールや薬物にハマる。その他にもギャンブルや性行為に溺れていく人間もいます」

「確かに直美も人並みに悩みはあるとは思いますが……」

「お父様にお願いしたいことは単純です。彼女の話に耳を傾けて下さい。『感傷が過ぎる』なんて言葉で、簡単に片付けずに」

　緩い風が頬を撫で、林道の木々が微かに揺れた。

「ＫＡが終わったら、直美さんに伝えて下さい。陰ながら、治療が継続できる判決が下るのを祈っていると」

塩塚さんは一度頭を下げ、敷地内に消えて行った。

助手席のドアを開けた直美からは、シャンプーの残り香が微かに漂っていた。すき焼きの匂いが衣類に移っていないことに、密かに安堵する。

「ごめんね。待たせちゃって」

「大丈夫。気にすんな」

「あと、私スマホ忘れてない？」

俺はダッシュボードの上に置いてある携帯電話を顎《あご》で示した。

「やっぱり。なくしたと思って、焦っちゃったよ」

液晶画面の光が、直美の清々しい表情を照らす。コンビニで買っておいた紅茶のペットボトルを差し出してから、車を発進させた。

人通りの少ない道を黙って走行する。少し先の信号が青から黄に変わった。先ほど見た満月を思い出しながら、ブレーキペダルをゆっくりと踏んだ。

「さっき、塩塚さんに会ってきた」

「え？　そうなんだ」

「お前の携帯に着信があってな。礼も言いたかったし、思わず出てしまったよ」

「えー。人のスマホ、勝手に触ったの？」

「でも、菓子折りを持って行ったからさ」

「あー、問題をすり替えてる」

呆れるような口調が耳に届いたが、怒りは滲んでいない。

「明日の結果を心配してたぞ。治療が継続できる判決を祈ってるだとよ」

後方からクラクションが鳴らされた。目の前の信号が青に変わっている。小さく舌打ちをしてから、アクセルを踏んだ。

「あとは何を話したの？」

「別に、たわいもないことだ」

「塩塚さん、何となくママに似てたでしょ？」

「全く似てなかったぞ」

冷たく言い放つと、会話が途切れた。あの林道に似た暗闇が車内を満たしていく。意識して穏やかな声を出した。

「涼子に、今でも会いたいのか？」

「そんなことないよ。とっくの昔にママがいない生活には慣れたし」

「別に気を遣わなくても良いんだぞ。離婚していたとしても、お前の母親に変わりはないんだから」

「本当に、大丈夫」

「でも、塩塚さんと約束したらしいじゃないか。判決次第ではドライブに行くって」

既に夕霧台駅が見え始めていた。直美から返事がないまま、川越街道を目指して進み続ける。途中、踏切に捕まった。降りた遮断機の内側を回送電車が通り抜けていく。

「ママと会って、話をしたいとかじゃないの。ただ、私の姿をもう一度見てもらいたいだけ」

「どういうことだ？」

「人は、変わるっていうこと」

　よくわからない返答で、頭上に疑問符が浮かんだ。回送電車の次は、池袋方面に向かう車両が走り抜けていく。車窓に映る疎《まば》らな人影は、皆一様に項垂《うなだ》れているように見えた。

「実はね、お父さんには内緒で一回だけママと会ったことがあるんだ」

「こっちでか？」

「うん。確か、離婚してから二年目の夏だったかな」

　知らなかった事実に、胸の底が乾いていく。警報機から繰り返される尖った音が、耳鳴りに変わった。

「その頃のママはね、彼氏さんの仕事の都合で、少しだけ赤羽《あかばね》に住んでた時期があったの」

「あの変な男と、まだ続いてたんだな」

「コンサル系の会社で勤務している人だったから、関東での仕事も多いんだって」

　自然とハンドルを強く握っていた。涼子の浮気相手の顔は、今でも正確に思い出せる。妙に鼻がデカい男だった。羽振りは良さそうだったが、俺より背が低く腹も出ていた。

「連絡来てさ、池袋のルミネで一度だけご飯食べたんだ。ママは相変わらず、高そうなワンピース着てたな。シルクっぽい生地でね、全面フラワープリントだった」

「見てくればかり気にする女だったからな」

「派手好きだったよね。総柄や明るいサテン生地の服を沢山持ってたっけ」

遮断機が上がった。徐行しながら踏切を通り抜ける。尻に響く振動が不快だ。

「その時に貰ったＴシャツを、捨てたいんだ。今はぬいぐるみに着せてるんだけどね」

「葡萄のヤツか？」

「そう。よく知ってるね」

「あんな小さいサイズ、もう着られないだろ」

「まだギリギリ着られるよ。脇はキツいけど」

贅肉《ぜいにく》がない痩身を見つめる。今もあのＴシャツを着られるのは、嘘ではないだろう。物が溢れる部屋で、無理やり袖を通す細い腕を思い浮かべながら言った。

「裁判が終わったら、服を買いに行くか。少し値が張ってもいいぞ」

「大丈夫。私のせいで色々とお金が掛かってるし」

「遠慮すんな。サイズの合ってない服なんて、すぐに処分した方が良いからな」

直美は無言で頷いた。車内の暗闇と街の明かりが織りなす陰影が、直美の横顔を斜めに染めている。

「コンビニ寄って良い？」

「腹減ったのか？」

「お手洗いに行きたいだけ」

目に付いたコンビニに車を停めた。直美は静かに扉を閉めると、明るい空間に吸い込まれていく。一人になった車内で、鼻に袖口を近づけた。割り下の甘辛い匂いは、もう完全に消えている。

数分後、戻ってきた直美はシートベルトを締めてから呟くように言った。

「お芋とか栗のスイーツが沢山並んでたよ」

「秋は、そういう類いが多くなるよな」

「ねっ、もうクリスマスケーキの予約販売も始まってたし。写真だとすごく美味しそうに見えるから不思議」

「気になるなら、近所のコンビニで注文しとくか」

「やめとく。取りに行けなかったら、勿体ないし」

どう返事をして良いかわからず、聞こえなかった振りをする。明日の判決次第では、高い塀が直美の自由を奪うかもしれない。

ひたすらエンジンが唸る音に耳を澄ます。幾つか信号をやり過ごすと、川越街道を示す道路標識が見えた。

「帰っても、上手く眠れそうにないや」

「そうかもしれんが、明日は大事な日だぞ」

「でも……こうやってお父さんが運転する車に乗る機会も、当分なくなるかもしれない」

俯く横顔が見え、胸の奥が陰っていく。車内のデジタル時計は、二十一時二十分を示していた。

「ねぇ、償いのドライブに行こうよ」

「なんだそれ？」

「私がいた留置場と、入院していた病院まで向かうの」

「どうせ、中には入れないだろ」

「外観を見て、最後に気持ちを引き締めたいの。今日のＫＡでも、辛かった日々を思い出しながら回復を目指しますって、宣言してきたしね」

薄い唇から少し欠けた前歯が覗いている。声色も確かな高揚感が滲んでいた。

「今からか？」

「うん。日付が変わるまでには、帰れそうだし」

直美は助手席のグローブボックスを漁り、既に幾つかＣＤを取り出している。

「最初は、ノリの良い曲にしようかな」

「本当に眠れなくなるぞ」

「それでも良いの。今日は悪夢しか見られそうにないから」

留置場と入院していた精神科病院の位置を思い描く。どちらも、荒川《あらかわ》を境に東京都と隣接する、埼玉県の南部だ。夕霧台からだと片道四十分程度で到着するだろう。

「少し飛ばすからな」

ヘッドライトが、素早く道路を横切る白猫の姿を照らした。

国道17号沿いには、チェーン展開をしている飲食店や、レンタルビデオ屋、単身者向けと思われる低層マンションが並んでいた。

直美が勾留されていた警察署付近に辿り着き、小さなコインパーキングに車を停める。道路が空いていたせいか、予想より十五分も早く到着することができた。

「ここから、すぐだよね？」

「ああ、三分も掛からないと思うぞ」

街灯の下を肩を並べて歩き出す。大通りが近いせいか、車の走行する音が潮騒のように響いていた。

「留置場では、七番さんって呼ばれてたの。全然、ラッキーセブンじゃないよね」

「確かに、笑えないな」

「悪いことしたから仕方ないんだけど、刑事さんからの取り調べはキツかったな」

一般的には、逮捕された場所から近い警察署で勾留されることが多いが、直美の場合は女性専用留置施設がある場所まで移送されていた。

「直美が逮捕されなかったら、留置場と拘置所の区別さえ曖昧だった」

「ごめんね、色々調べたでしょ？」

「まあな。今となっては、必要な社会勉強の一つだったよ」

そう納得するしかなかった。留置場と拘置所は、ともに被疑者・被告人を収容する施設ではあるが、それぞれ管轄は違う。留置場が警察、拘置所は法務省の管理下に置かれている。逮捕されると、警察署内にある留置場に連行され取り調べを受けることから始まる。その後、検察官によって起訴された場合は、原則的に拘置所へ移送する流れとなっている。

「見えてきたね」

直美が前方を指差した。大型スーパーを背後にベージュの清潔な外観が見える。正面出入り口に黄金の旭日章が掲げられ、警察車両が何台も停まっていた。全ての赤色灯は薄闇の中で沈黙していたが、自然と身体が強張るほどの威圧感を放っている。

「こんな綺麗だったっけ？」

「十年ちょっと前に、移転してきたらしいからな。古びてない」

歩道から端正な建物を見上げた。幾つも並んだ窓からは、黄色い明かりが漏れ出していた。

直美は敷地内に停まっていた大型車両を見遣ると、掠れた声で言った。

「検事さんからの取り調べがあってさ、勾留三日目に検察庁へ行ったの。手錠と腰縄をつけてから、護送車に乗って」

「初めて罰金刑をくらった時も、同じようなことを話してたな」

斎藤弁護士の援助がなければ、直美は今でも施錠された空間の中で判決の言い渡しを待っていただろう。

「護送車の窓にはカーテンが降りていたんだけど、隙間から外の景色が見えたんだ。天気が良かったから、太陽の光で街全体がキラキラ輝いてた。薄暗い車内からそんな光景を見てたらね、つくづく自分自身が嫌になって、もう絶対万引きなんてしないって誓ったの」

直美は一度言葉を区切ると、警察署の出入り口を真っ直ぐに見つめた。

「でもね、そんな気持ちは長くは続かなかった」

「……どういうことだ？」

「留置場ではね、官本っていう書籍を貸し出してくれるの。この警察署では一日三冊まで。都合の悪い箇所は、黒く塗り潰されたりしてるんだけどね」

直美の澱んだ瞳の中で、旭日章のオブジェがくすんだ黄金の光を放つ。

「誰かが置いていった雑誌とか、警察官の人が寄付した小説や漫画が多いんだけど、消灯時には回収されてた」

「それを盗んだのか？」

「厳正なチェックがあるから、それは絶対に無理だってわかってたんだけど……どうしても返したくなくて、気付くとパンツの中に隠してた。確か、水木しげる先生の妖怪に関する文庫本だったかな」

遠くの方からサイレンが聞こえた。直美の告白を聞いて、急いで赤色灯を回転させ始めたような錯覚を感じてしまう。

「警察署から貸し出されたグレーのスウェット上下をずっと着ていたから、はっきり文庫本の形が浮き出ちゃって……すぐにバレたんだけどね」

「こんな場所に来ても、盗みを働く神経がわからないな」

「私自身にも、理解できないよ。唯一覚えているのは、視界に映る鉄格子も、蛍光灯の光も、冷たい壁も、辺りに漂う空気さえも、漂白されたように白かったことだけ」

正面玄関の出入り口が開き、制服を身に纏った警察官二名がパトカーに駆け寄って行く。思わず肩に力が入り身構えた。

「もう、気が済んだか？」

「そうだね。ここに立ってたら、怪しまれそうだし」

早足に踵を返した。すぐ近くにガラスケースに囲まれた掲示物が見えた。オレオレ詐欺《さぎ》に注意するよう啓蒙するポスターや、飲酒運転に関する内容が張られている。その中に、指名手配犯の顔写真が並んでいた。思わず立ち止まり凝視してしまう。

「お父さん、どうしたの？」

「いや……なんでもない」

再び歩みを進めた。履いていたサンダルが地面を擦るような音を立てる。並んだ指名手配犯の一人が、一瞬直美に見えてしまったことは口が裂けても言えない。

コインパーキングが見え始めた辺りで、気落ちするような声が聞こえた。

「満月、隠れちゃったね」

頭上を見上げると、灰色の雲が綿のように漂っていた。

「さっきまでは、綺麗だったよね？」

「秋の空は変わりやすいからな。明日、雨が降るかもしれん」

「晴れてるより、雨が降ってた方が良いよ」

無言で直美の横顔を見遣った。すぐに乾燥した唇が開く。

「輝く街を見ちゃうと、逃げ出したくなりそう」

黙ったまま、駐車料金の支払いを済ませに向かう。財布から千円札を摘まむ指先の感覚が、溶けるように消えた。


車窓から見た夜の荒川は、黒い帯がどこまでも伸びているように思えた。東京都がある方角には、小さく点々と眩い光が並んでいる。河川敷では街灯が設置してある付近だけ水面に光が滲み、微かに揺らいでいるのがわかった。

「川沿いを歩いても良い？」

「もう、それなりの時刻だぞ」

「お願い。入院していた時の散歩コースなの」

気乗りはしなかったが、ここまで来たからには付き合うしかない。人気のない路肩に車を停めてから、河川敷に続くなだらかな土手を登る。眼下に流れる荒川からは、微かに生臭いにおいが漂っていた。

「散歩が許可されてから、よくこの場所を歩いてたの。看護師さんと一緒に」

「昼間だったら、気持ちが良さそうだな」

「夜だと、静か過ぎてちょっと怖いね」

　視界の先で、病院の看板がライトアップされていた。自販機に群がる羽虫のように、その光に近づいていく。

「私の病室からは、ちょうど荒川が綺麗に見えてたの。よく大学生がカヌーを漕いでたり、釣りをしてたりする人も多かった」

「眺めが良い病室で、幸運だったな」

「台風なんかで氾濫《はんらん》したら、一番被害を受ける場所だったけどね」

　雑草を踏み付ける音に交じって、直美が笑みを零す気配を感じた。薄闇の中では、はっきりと表情が見えない。

「入院中、医療スタッフの方々は優しかったか？」

「うん。心の中ではどう思ってたか知らないけど、表面的にはみんな親切にしてくれた。食事を隠れて吐いてた時は、流石に怒られたけど」

「そうか……」

「毎日体重を測ってたし採血も定期的にしてたから、どんな嘘をついても結局はバレるの。身体は正直なんだって実感した」

　顔にぶつかった羽虫を手で払った。俺が返事をしなくても、周りからは虫の鳴き声が聞こえていて騒がしい。

「嘔吐を繰り返してると、様々な採血データが乱れちゃうの。例えば栄養状態や脱水の指標となるアルブミンや電解質。それに胃酸や腸液が過剰に失われちゃうとね、低カリウム血症になって、心不全で死んじゃうこともあるらしいし」

「……当時の身体付きを見てれば、そんなことは想像がつくさ」

「だよね。一番嫌だったのは、脳にも栄養が行かなくなって徐々に萎縮しちゃうって聞いた時。そうなると普通の思考もできなくなってくるって、主治医が話してた」

先ほど警察署で聞いた言葉が浮かぶ。直美は漂う空気さえも全てが漂白されたように白かったと話していた。低栄養状態で、病的な思考に支配されていたのだろうか。そうであれば、窃盗衝動なんてコントロールできるはずがない。

「もう病院に近いから、ここら辺で降りよう」

直美が土手に作られた階段を下っていく。今日は、後ろ姿ばかり印象に残っている。

精神科病院の出入り口付近には、黒いワゴン車が停まっていた。医療スタッフの姿は見えないが、開いたままの自動ドアが目に映った。

「夜間の緊急入院でもあったのかな？」

「そうかもしれんな」

人気のない駐車場に並んで立ち、建物から漏れる薄明かりを見つめた。不意に隣から、一歩を踏み出す気配を感じた。

「入ってみようよ」

「おいっ、やめとけって。叱られるぞ」

「折角、ここまで来たんだから。見つかったら、元患者で忘れ物を取りに来たって言い訳をすれば大丈夫」

　小声で静止する声を無視するように、直美は開いたままの自動ドアへ向かって行く。俺は溜息をついてから、できるだけ足音を立てずに後に続いた。

　出入り口の隣に、診察室のような小部屋があった。誰かの話し声と明かりが漏れている。直美の予想通り、夜間入院の対応をしているのかもしれない。俺たちは足早にエレベーターの前まで進み、急いで身体を滑り込ませた。すぐに直美は二階のボタンを押した。

「病棟の出入り口には鍵が掛かっているから入れないと思うの。二階に小さなカフェスペースがあるから、そこに行こう」

「そんなところに行ってどうするんだ？」

「カフェスペースなんだから、何か飲もうよ。一休みしたら帰るから」

　扉が開いた先は、常夜灯がぼんやりと光るだけの静寂が広がっていた。医療スタッフと鉢合わせしないよう祈りながら、華奢な背中を追ってリノリウムの廊下を進む。

「お父さんは、何飲む？　ここは私が出すよ」

「別になんでもいい」

「それじゃ、コーヒーにするね」

　緑の光を放つ誘導灯の下に、自販機が三台並んでいた。一台は患者が薬を飲むための白湯が出る仕様になっている。カフェスペースと言っても、低いテーブルと古臭いソファーが置いてあるだけの、持て余した場所を埋めるような空間だ。

「ホットで良い？」

「ああ、ミルクや砂糖はナシで」

「知ってる。お父さん、微糖でもダメじゃん」

コーヒーが注がれた紙コップを受け取り、ソファーに深く腰を下ろした。久しぶりに慣れない道を運転したせいか、瞼に重い気怠さを感じる。直美は一人分距離を空けた場所に座ると、手に持ったココアを一度啜り言った。

「退院間近になったら、院内だけ単独散歩が許可されたの。よくここで休憩してたんだ」

「ささやかな、憩いの場所って訳か」

「うん。入院した当初は、辛いことも沢山あったから」

少しの間、お互い無言で紙コップを口に運んだ。人気がないせいもあってか、確かに落ち着く場所だ。妙に尻が沈むソファーも座り心地は悪くなかった。

「吐いてるのを見つかってから、点滴をされたの。もうこれ以上、体重が減ったら命に関わるって言われて」

「そうか……」

「でも、それも自分で抜いちゃった。点滴が滴下しているのを見てるとね、確実に身体に贅肉が付いていくのを毎秒宣告されているような気がして……堪《たま》らなかったの」

コーヒーの温もりが消えていく。紙コップを潰さないように意識しながら、掌に少しだけ力を入れた。

「点滴も抜いちゃったから、次は手足を縛られて鼻に管を入れられたの。そこから栄養剤を投与されてた」

「知ってる。拘束許可を得るために、医者から連絡があった」

「最初はなんでこんな残酷なことするんだろうって、ずっとベッドに縛られながら泣いてたんだ。でもね、三十三キロを過ぎた辺りから、私が間違ってたんだなって思えるようになったの……それから管も抜けて、ご飯を食べるようになったし」

　入院初期の直美は、摂食障害の治療が主だった。強制的に栄養を投与し、低栄養状態がある程度改善してから、窃盗症のプログラムに参加できるようになったと主治医から説明を受けていた。

「身体のこともそうだが、俺は入院中に盗みに関する問題行動がなかったのが嬉しいよ」

「一度だけ、お手洗いのトイレットペーパーを部屋に持ち帰っちゃったけど」

「その程度で済んで良かった。俺は他の患者の私物を盗むんじゃないかって、気を揉んだ時期もあったからな」

「病棟には監視カメラも沢山あるし、定期的に看護師さんから私物チェックがあったから。それに集団療法で他の人の話も聞けて、自分の歪んだ考えに向き合えるようになっていったの」

歪んだ考えと聞いて、鼓膜がチリチリと鳴った。質問を繰り返そうと思ったが、塩塚さんが過去を掘り下げなかったという言葉を思い出し、薄いコーヒーに口を付けた。

「喉渇いてたから、飲み終わっちゃった」

直美は飲み干した紙コップをゴミ箱に捨てた後、自販機が並ぶ奥のドアを指差した。

「この先に空中庭園があるの」

「へえ、洒落《しゃれ》てんだな」

ドアの方に視線を送る。カフェスペースに窓はなく、空中庭園がどんな様子なのかはわからない。

「久しぶりに行ってみようかな」

「やめとけって、流石に見つかるだろ」

「多分、大丈夫。病室も見えるけど、夜だから窓にカーテンが降りてると思う」

直美がドアに近づくと、取っ手に付いたサムターン錠が回る硬い音が響いた。

「お父さん、早く。巡回の警備員さんが来るかもしれないよ」

「お、おう」

立ち上がり、紙コップをゴミ箱に投げ捨てた。ドアが開くと前髪が微かに揺れた。静寂の中に緩い風が鳴る。

「うわー、懐かしっ」

直美の戯けた声が聞こえる。ドアから踏み出した先は、妙に明るかった。病院の看板を照らす光が、微かに届いているせいかもしれない。何気なく頭上を見上げると、先ほどまで雲に隠れていた満月が顔を出していた。

「患者さんたちもよくここに来るの。作業療法の一環でね」

「園芸療法ってやつか？」

「そう。私はやらなかったけど」

　空中庭園というより、家庭菜園のような光景が広がっている。鮮やかな花々や背丈の高い木々は見当たらず、疎らに実を付けたミニトマトや、痩せたナスが垂れ下がっている。盛り上がった土の上には、短い緑の葉が等間隔で発芽していた。端の方にはシャベルやジョウロが幾つか放置されている。

「一人で外の空気を吸いたくなった時は、よくここに来てたの。閉鎖病棟に入院してると、息が詰まることも多いし」

「ここに立つと太陽も近そうだな。でも直美が入院していた頃は、暑かっただろう？」

「夏だったけど、そんなに長時間はいなかったから。何度か深呼吸をして終わり。それに入院していた頃は白い百合の花が咲いてたの。綺麗で飽きずに見てたな」

　直美が空中庭園の端の方へ視線を向けた。もう枯れてしまったのか、百合の花は見当たらない。影に覆われた一角があるだけだ。

「俺も、その百合を見てみたかったよ。今度はちゃんと許可を取って、昼間に来てみるか。感謝の気持ちで、百合の苗を寄付してもいいしな」

何の気なしに発した言葉だった。直美はゆっくりと俺の方を向き直り力なく笑った。

「ごめん、嘘ついた。百合の花はね、すごく醜くかった。吐き気がするほどに」

目に映る笑顔と言葉の内容が一致しない。直美は口元を指先で掻いてから続けた。

「ママが着ていたワンピースのフラワープリントが、白い百合の総柄だったんだ」

「まだ、そんなことを覚えているのか……」

「もう退院日が決まってたから誰にもバレなかったんだけど……空中庭園で百合の花を見て以来、嘔吐が再開したの」

ぽっかりと空いた隅の一角に視線を向けた。先ほどの影が濃度を増している。

「指を喉の奥に無理やり突っ込んでさ。ちゃんと私の胃液で枯れますようにって、祈りながら吐いたんだ」

百合の花の根元に、嘔吐物が広がる光景が過ぎった。想像上の白い花弁は、茶色く萎れている。俺が黙ってしまうと、直美は頭上に輝く満月を一度見上げた。

「さっき警察署の前で本当のことを言おうと思ったんだけど、やっぱりできなかった」

「本当のこと……？」

「万引きで捕まったのは五回だけど、三百回はやってる」

「そんなに沢山か……」

「こんな状況にならないと、正直になれないなんて、情けないよ本当に」

陰る頬に一筋の涙が伝っているのが見えた。直美自身気付いていないのか、指先で拭きはしない。

「ママが言ってた。女はね、七号サイズの服が着られなくなったら、誰も振り向いてくれなくなるんだってさ」

独り言のような言葉が、夜の冷たさに消えていく。頰を伝っていた涙は、いつの間にか首筋まで垂れている。

「貰ってすぐ、トイレで着替えたの。嬉しかったし、もう近々九州に帰るって聞いてたから」

「直美……どうした？　何の話だ？」

「でも着られなかった。今よりずっと太ってたし、ママが一回り小さいサイズを間違って買ったから」

直美は唇を震わせながら、真っ直ぐな視線を向けている。潤んだ瞳は確かに俺の姿を映し出しているようだが、別の何かに向けて言葉を放っている気がした。

「あの時の憐れむような眼差しが、まだ私のどっかを抉ってる」

肩を震わせ、嗚咽を漏らさないように口元を結ぶ姿を見つめた。どうしてか、喉が消失してしまったように声が出ない。

俺は握った掌に爪を突き立てる。

何度も、何度も。血が流れ出すほどに強く。

そうすれば娘に伝えるべき言葉が、見つかるような気がした。

「あなたたち、ここで何をやっているんですか！」

尖った声が聞こえ、ドアの方を振り返る。曇った表情の警備員が立っていた。視界の隅に映る直美は、しきりに目元に滲む涙を拭っている。俺は素早く深々と頭を下げた。名前も知らない緑の葉が、足元の近くで芽吹いていた。

エンジンを掛け、時刻を確認した。デジタル数字は零時を過ぎていることを告げていた。

「ごめんなさい。私の我が儘のせいで」

「別に、気にすんな。軽い説教だけで済んだんだから」

初老の警備員に元患者だと必死に説明すると、口頭注意だけで解放された。

「もう、こんな時間だ。家に着くまで眠っていいぞ」

隣から頷く気配を感じた。ハンドルを握りながら、深夜の光景に目を凝らす。周りにはタクシーや大型トラックが疎らに走っていた。普段はとっくに寝床に入っている時刻だが、不思議と眠気は訪れない。

「お父さん。今日はありがとう」

フロントガラスに、街の灯が滲んでいた。しばらく目を細めてから、ガソリンの残量メーターを確認した。

「このまま、二人でどこかに逃げるか」

「……急にどうしたの？」

「北海道なんて良いんじゃないか。海の幸も豊富だし、空が広くて星も綺麗に見えるってテレビでやってたしな」

「これから寒くなるよ」

「それじゃ、東北はどうだ。北海道よりは寒くないだろう」

「きっと、どっちもどっちだって」

「俺は若い頃に松島に行ったことがあるんだが、海が近くて良い街だったぞ。今はネットで全部済むし、田舎暮らしも悪くないんじゃないか」

　本気だった。このまま家に帰らず行けるところまで夜を駆ける。判決公判も無視してどこか遠い場所を目指して走り続ける。そのうち直美が気に入った街に住んで、貯金を切り崩しながら生活を続ければいい。まだ五十代だ。仕事を選ばなければ何かはあるだろう。日雇いでも、汚れ仕事でもなんでもやる覚悟だった。

「直美も疲れただろ？　途中秘湯にでも浸かるか。当分はホテル暮らしになると思うが、名前も偽名に変えて戸籍さえも捨てよう。お前が安心できる場所で、一からやり直すんだ。悪くないだろう？」

「安心できる場所……」

「おう。僻地《へきち》で自給自足なんて良いかもな。最近流行ってるだろ？　古民家に住むのが」

「お父さん」

「何だ？　直美が行きたい場所があるなら、そこを目指すか」

「家に帰ろう」

フロントガラスの向こうに、どこにでもありそうな街並みが映っている。無言でハンドルを握り続ける。民家の窓から漏れ出す明かりや、深夜営業をしている飲食店の光が目に沁みた。

「また、一緒にすき焼き食べようね」

アクセルペダルを踏む足を緩めた。しばらくすると隣から寝息が聞こえ始める。

俺は黙ったまま、自宅に到着する時刻を計算する。

消えたはずの甘辛い香りが、一瞬だけ鼻先を撫でた。

眩い陽光が、カーテンを閉め忘れた窓辺に差し込んでいた。昨夜、床に入ったのは午前二時頃だったが、数時間もしないうちに目は覚めていた。寝不足と不安が混ざり合い、こめかみに鈍い痛みを感じる。

直美と朝食を済ませてから、居間の座椅子に腰を下ろした。テレビから流れる天気予報や芸能ニュースを眺めていても、上手く内容が頭に入らない。普段は気にも留めない占いコーナーの時だけ音量を上げた。直美の星座は、第四位にランクインしている。

「お父さんの分も、アイロン掛けといたよ」

直美が、白いシャツを片手に顔を出した。既に上下黒のスーツを身に纏っている。

「もう、着替えたのか？」

「うん。やっぱり落ち着かなくて」

掛け時計に視線を送る。開廷時刻は午後二時からだ。まだ家を出るまでにだいぶ余裕があった。

「昼飯は店屋物で良いか？」

「要らない。喉を通らなそうだし」

「残しても良いから、ちゃんと食っとけ」

こんな時に何を話せば良いか、上手く思い付かない。実刑を食らえば家に帰ることは許されず、そのまま司法に拘束されてしまう。今が貴重な数時間であることを理解しているが、ぎこちない会話に終始してしまう。

そんな持て余す気持ちを、紫煙で塗り潰したい欲求が徐々に強くなった。禁煙の二文字は、風に飛ばされる乾いた砂のようにサラサラと消え去っていく。

「少し外に出てくる。二十分もしないうちに帰ってくるよ」

「どこに行くの？」

「煙草を買ってくるだけだ」

「お父さん、折角やめてたのに……」

「今日だけは、勘弁してくれ」

長い言い訳はせずに、重い腰を上げた。車の鍵を手に取ってから、サンダルを突っ掛けた。磨りガラスの向こうで、目を逸らしたくなるほどの光が日溜まりを作っている。

最寄りのコンビニまで車を走らせている途中、ある考えが脳裏に浮かんだ。

直美が初めて万引きで捕まった店で、煙草を購入する。

この数時間でできる小さな罪滅ぼしだ。密やかな贖罪は、今日の判決にも少なからず影響を及ぼすような気がした。そんな妄想めいた思いを抱きながら、ハンドルを切り直す。

駅前の歯医者の向かい側に、藤井マートは店を構えていた。見上げた看板は文字が掠れ、錆の垂れた跡が幾筋も細い線を描いている。

藤井マートで初めて弁償した商品は、焼きそばパンとロールケーキだった。自宅に帰ってから直美の財布を確認すると、五千円札が一枚入っていたのを鮮明に思い出す。金があるのに万引きをした事実を知って、三半規管がイカれたような眩暈を感じたのを覚えている。

意を決して踏み込んだ店内は、閑散としていた。何も並んでいない棚も目立ち、漂う空気は妙に埃っぽい。有線から流れるバラードが、切ない恋を歌っていた。

レジの中で白髪の店主がスポーツ新聞に目を落としていた。横顔を見ただけで、思わず深々と頭を下げそうになってしまう。

「ハイライトを一つ」

俺の上ずった声を聞くと、やっと店主と目が合った。当時より少し老けたような気がする。両瞼は陰りながら垂れ下がり、眉毛には白い物が目立っている。

「はいよ」

レジ後ろの棚に、皺の寄った手が伸びる。もう俺の顔を覚えていないのか、無言でバーコードを読み取る音が聞こえた。急に喉の奥に熱いものがせり上がり、気付くと視界はサンダルからはみ出た俺の指を映し出していた。

「その節は、申し訳ありませんでした」

顔を上げた先に、眉を顰める店主の表情が映った。

「お客さん、何ですか急に？」

「以前、娘がこの店で二回ほど万引きをしたんです。大変ご迷惑をお掛けしました」

店主は、俺の顔を凝視してから呟くように言った。

「あの、葡萄の子か」

「はい？」

「確か、二回目の時に警察を呼んだよな？」

「そうです。その節は……」

「手癖の悪い子だったな。多分、他でもやってるだろ」

何も言えずに俯いてしまう。舌が乾き始め、饐えた臭いが鼻腔から抜けた。

「最初にあの子を取っ捕まえた時、家に問題があるんだろうなって思ったよ。真冬なのにＴシャツ一枚で、まともにメシが食えてないような細っこい身体だったしよ」

「流石に、真冬にＴシャツだけで出歩いたことはないと思います……」

「嘘じゃねえって。いつも同じ格好で店に来てたぞ。葡萄の絵が描いてるヤツでさ、こっちとしては目に付きやすかったよ」

ベッドの上で転がるクマのぬいぐるみが思い出された。先ほど店主が『葡萄の子』と言っていた理由がわかった。

「母親はどうした？　毎回、あんたばっかり謝りに来てよ」

「……妻とは離婚をしておりまして。もう長い間、娘と二人で暮らしています」

「変だな。裏に連れてってから、あの子がまず連絡するのは、いつも母親だったぞ」

思わず息が詰まった。店主は何かを思い出すように宙を見遣り、呆れるような声で続ける。

「母親が迎えに来られないってわかると、説教の途中から帰り支度を始めてよ。あんたが到着するまでには、いつの間にかちゃんと外套《がいとう》も羽織ってんだもんな。そりゃ、反省をしてねぇように見えても仕方ねえだろ。この子は警察の世話になんなきゃ、一生くすね続けるんだろうなって強烈に思ったよ」

知らなかった事実を聞いて、喉が閉塞していく。黙ったまま、財布から一万円札を抜き取った。店主は無言で、千円札数枚をレジから取り出した。

「お釣りは、要りません」

細い身体に張り付く葡萄のTシャツを思い描いていた。直美が迎えに来て欲しかった人は、いくら待っても顔を見せることはない。

「あんたも大変そうだが、気を落とすなよ」

慰めの言葉と一緒に、一万円札が素早くレジの中に消えた。

車のドアを閉めた後、すぐさま煙草を咥えた。懐かしい感触が唇に伝わる。まだ火を付けていないのに、脳の奥が痺れ始めた。

ダンヒルのライターを取り出すため、助手席のグローブボックスに手を伸ばす。蓋を開くと、満月に似た黄色が目に飛び込んだ。

恐る恐る指先が摘まんだのは、封が切られていない安納芋のタルトだ。昨日、車内を掃除した時には存在しなかった。パッケージを見ると、ＫＡの帰りに寄ったコンビニ名のロゴが小さく印字されている。裏側を確認しても、購入を証明するシールは貼られていない。

ねぇ、償いのドライブに行こうよ。

直美の声が、昨夜とは違った響きで鼓膜を揺らした。

エンジンを掛けてから、車窓を下げた。煙草に火を付け、肺の底まで届くように紫煙を深く吸う。吐き出した苦い煙は、意思があるように窓枠の外へ流れ出していく。

「昼飯は、カツ丼でも頼むかな」

車窓から安納芋のタルトを投げ捨て、ギアをドライブに入れた。

#3　紙の花

熱したフライパンに、卵を落とした。力加減を間違え、黄身は潰れ白い欠片が入ってしまう。菜箸を使って殻を取り出そうとするが、どうしても上手く摑めない。油が跳ねる音を聞きながら、指先の震えを必死に抑えた。

「今日、お父さんは来ないんだよね？」

振り返ると、圭がすぐ後ろで首を傾げていた。

「そうね。でも、私がちゃんと見に行くよ」

「わかったー。授業が終わった後に、プレゼントがあるんだ」

「あらっ、何だろう。楽しみにしてるね」

裕司は一度も授業参観に参加したことはなく、いつも仕事を盾に断っている。去年の入学式には辛うじて顔を出したが、運動会や学芸会には距離を置いていた。

「お母さん、ギューして」

「朝ご飯作ってる最中でしょ？　油が跳ねて火傷しても知らないよ」

再びフライパンに目を向ける。いつの間にか白身は焦げ付き始めていた。

「お母さんが、お出掛けする時の匂いが好きなの」

「もうっ、まだ化粧はしてないのに」

圭が両足にまとわり付く。授業参観を控えてるせいで、気分が高まっているようだ。私は一度柔らかい髪の毛を優しく撫でた。

「すぐ、朝ご飯できるよ」

「はーい」

ダイニングテーブルへ駆け寄る足音が聞こえた。指先の震えを誤魔化すため、フライパンの柄を両手で強く握った。

斜向かいの椅子に座り、圭が朝食を頬張る姿を見つめた。微笑みを浮かべようと意識するが、額には脂汗が滲み小さな物体がつむじを這うような感触が徐々に強くなっている。喉は痛みを伴うほどに渇いているが、水は飲みたくない。目を落とした指先は、微かに震え続けていた。

「ごちそうさまー」

タイミング良く、玄関のチャイムが鳴った。近所に住む年長児たちが、圭を迎えに来たのだろう。

「みんな来たみたいよ、早くランドセルを背負って」

「今日はいっぱい手を挙げるから、ちゃんと数えててね」

「うん。楽しみにしてる」

圭は満面の笑みを浮かべ、居間から駆け出していく。玄関まで見送ろうとしたが、全身が怠くて腰を上げることができない。しばらくすると間延びした声が聞こえた。

「いってきまーす」

家の中で独りになると、辺りに漂う空気が変わった。周りの音は消え、こめかみに流れる動脈の拍動が鮮明に聞こえる。自然と皮膚が粟立った。

「今日は絶対にダメ……」

敢えて声を出し、祈るように誓いを立てた。気持ちを静めるため、緩慢な動作でソファーに横になり深く息を吸った。

「痛っ」

着ていたパーカを捲った。左の側腹部に青痣が残っている。二週間前に蹴られてできた太腿の痣は消え掛かっていたのに、熟し過ぎた桃のような色が新たに皮膚に刻まれていた。度重なる浮気を指摘した時に、裕司が吐き捨てた言葉が脳裏を過ぎる。

偉そうに。家にいるだけなのによ。

いつの間にかソファーから立ち上がっていた。先ほどの誓いは砂の城のように脆く崩れ落ち、跡形もなく消え去っている。

授業参観は午後からだし……

冷蔵庫を開き、缶ビールを取り出した。痺れるような冷たさが、掌の体温と混ざり合う。霞んだ視界でプルタブを引き、一気に喉を鳴らした。ささくれた気持ちが静かに凪いでいく。胃にアルコールの仄かな明かりが灯り始めると、やっと頭の回路が上手く繋がるような気がした。

「いってらっしゃい」

ここ最近はずっと、小さな背中ではなく冷たい缶に呟いている。

一缶目を飲み終えた後、汚水のような濁った後悔が肺を満たした。酷く息苦しい。

大丈夫、まだ酔ってはいない。

この一杯でやめれば、何事もなかったように授業参観に行ける。

そんな気持ちとは裏腹に、気付くと台所の戸棚を探っていた。醤油やみりんと交じって、甲類焼酎が入った大容量のペットボトルが目に映る。コップ半分に透明な液体を満たすと、甘い香りが鼻の粘膜を焦がした。

少量だけ口に含む。冷たいはずなのに、舌の上に柔らかな温かさが滲んだ。脇腹の痛みが、徐々に消えていく。

流しに寄り掛かりながら、部屋を見回した。掃除を怠っている部屋は散らかっている。圭が出しっ放しにしていた漫画の表紙に、六月の光が斜めに差し込んでいた。そんな日溜まりから離れた場所で、機械のように何度も同じ動作を繰り返した。

誰かの声が聞こえたような気がして、ゆっくりと目を開けた。天井の木目を背後に、圭の不安そうな表情が映っている。

「お母さん、何で来てくれなかったの？」

床で横になっていたせいか、背中が痛い。すぐ側に三分の一ほど減った甲類焼酎のペットボトルと、空になったコップが転がっていた。

「今、何時？」

「四時半だよ」

気怠い頭痛を掻き分け記憶を探ったが、いつ寝入ってしまったのか思い出せない。アルコールの余韻だけが渇いた喉に残っている。圭の涙目を見て、咄嗟《とっさ》に嘘をついた。

「圭が学校に行ってから、熱が出ちゃったの。ごめんね」

「……そうなんだ」

「次の授業参観は、ちゃんと行くから。許して」

「風邪なの？　大丈夫？」

「昨日、お布団をちゃんと掛けないで寝たからかな」

今、話している言葉が真実に変わっていく。床に転がった嘘を証明する品々を見ても、何も感じない。圭は心配そうな表情を浮かべてから、ランドセルの中を探った。

「これ、プレゼント……」

圭は一枚の画用紙を差し出した。そこにはクレヨンを使い三人の人間が描かれていた。皆一様に笑顔で、折り紙で折った花が余白に貼られている。

「ありがとう。大事にするね」

「うん。学校が終わった後ね、みんなでサッカーをしたんだ。もう、お腹ペコペコ」

台所に駆け出しそうな細い腕を、思わず摑んだ。力加減を間違え、爪を立ててしまう。

「お母さん、痛いよ」

「ねぇ、ギューして。お願い」

汗ばんだ身体を無理やり引き寄せた。圭の髪の毛からは土埃の匂いを薄っすらと感じる。私と違って、外の世界で思いっ切り駆けずり回ってきた事実が残っていた。

「お母さん、お酒臭い」

圭は身を捩《よじ》り、すぐに私から離れた。小さな背中を見据えながらも、あの芳しい液体をまた求めていた。

床を軽く片付けてから、冷蔵庫の中を確認した。夕食の惣菜になりそうな物は、何一つ見当たらない。

「スーパー行こっか。今日は圭が好きな物を選んで良いよ」

「やったー、僕コロッケが食べたい」

「それじゃ、キャベツの千切りも買わなきゃね」

「えー、要らないよ」

夕飯の相談をしながらも、明日のアルコールに思いを馳せていた。缶ビールのロング缶と梅酒。一応、ウイスキーか甲類焼酎も買い足しておいた方が良い。安価で量も多く、簡単に酔える。

財布を手に取り廊下に踏み出そうとすると、玄関の鍵を回す硬い音が響いた。

「ただいま」

スーツ姿の裕司が立っていた。最近は家を空けることが多く、帰宅したとしても深夜だ。こんな夕方に姿を見せること自体珍しく、まだ酒臭い息を飲んだ。

「お父さんだ！」

「今日の授業参観、頑張ったか？」

「うん！」

「ハンバーグ弁当を買ってきたんだ。一緒に食べよう」

裕司は片手に持っていたビニール袋を自慢気に掲げた。耳障りなガサリという音が鳴る。

「やった！　ハンバーグ、ハンバーグ」

「圭はデミグラスソース、ママの分は大根おろしが掛かってるヤツにしたぞ。それに、プリンも買ったんだ。表面に生クリームが載っかってて、美味そうだったからな」

声色は明るかったが、裕司は一度も私と視線を合わせようとしない。久しぶりに圭と触れ合う時だけは、必死に父親を演じようとしているのが伝わった。

「圭、今日はお父さんと風呂に入るか？」

「うん！　どっちが長く息を止めてられるか、勝負しようよ！」

裕司は革靴を脱ぎ、圭と並びながら居間に向かっていく。すれ違う時に、甘すぎる香水の残り香が微かに鼻先に届いた。

「今日は学校でサッカーをしてね、ロングシュートで四点も入れたんだよ」

「すごいな。将来は、日本代表に選ばれるんじゃないか」

父親という着ぐるみを身に纏う男を見て、冷たい汗が背筋を伝った。多分、会話の中で授業参観に行かなかったことはバレる。圭の無邪気な声が聞こえる度、胸の中で不穏な塊は大きくなっていく。

久しぶりに家族三人でテーブルを囲んだ夕食は、裕司の一人芝居を見ているようだった。圭の戯けた姿に口元を緩め、ふざけ過ぎた時は優しく窘《たしな》めることを忘れない。口にする言葉は予《あらかじ》め決められた台詞《せりふ》のように軽く響き、聞こえは良いが空っぽだった。食卓に並ぶハンバーグ弁当を摘まみながら、三文役者のような男を見つめる。私に接する態度のように不機嫌で黙り込んでいた方が、多くを語っているような気がした。

圭が布団で寝息を立て始めると、和室の襖が開いた。

「ちょっと、来てくれ」

裕司の冷たい眼差しが覗いていた。私は小さな頭を撫でてから、静かに立ち上がった。

居間はテレビが消されていて静かだった。少しだけ開けた窓から夜風が入り込み、裕司が喫う紫煙が揺らいでいる。

「まぁ、座れよ」

促され対面の椅子に腰掛けた。裕司はガラスの灰皿に煙草を揉み消してから言った。

「今日、授業参観に行かなかったのか？」

「うん……風邪っぽくて」

「それじゃ、ゴミ箱に捨ててある空き缶は、薬ってことか。最近は体調が悪くなったら、病院よりも酒屋に行くんだな」

何も言い返せず俯いた。裕司が皮肉交じりに投げつけた言葉は、案外当たっている。アルコールは、私にとって薬の一つなのかもしれない。

「母親失格だな。亭主が汗水垂らして稼いだ金で、酒ばっかり飲んでるんだもんな。挙げ句の果てに、息子の行事にも参加できない」

「ごめん……」

「どうせそんな謝罪も、明日には忘れてるんだろ？」

裕司は呆れるように笑ってから、また煙草に火を付けた。

「結局、お前の意志が弱いからこんなことになるんだよ。本当、だらしない」

「そうだよね……」

「家にいるだけで、社会の厳しさも知らないクセにさ。つくづくみっともない人間だ」

お酒を日常的に飲み始めた当初は、コップ半分程度で頬が赤くなっていた。それがいつの間にか酔えなくなり、次第に量は増えていった。今は流れる血液すら、アルコールに変わっているような気がする。

「私は別に……お酒が好きな訳ではないの」

「つまらない冗談はよせって。そんなこと誰が信じるかよ」

「素面で生きるのが、痛いだけ」

「何言ってんだ？　まだ酔ってんのか？」

「裕司もそういう時って、あるでしょう？」

視線を逸らし、多くの吸殻が盛られた灰皿を見つめた。圭が生まれる前に交わした約束が、ぼんやりと浮かんでは消える。

「裕司だって、煙草やめてないじゃん」

言葉を放った直後、頬に衝撃を感じた。不思議と痛みは感じない。脳が揺れ、鼓膜に鋭い音だけが残響した。

「話題をすり替えんなよ。今は酒浸りな女の話だろう」

無表情の男を見つめた。乾いた地面に水が染み込むように、徐々に熱い痛みが頬に広がる。

「これ以上、俺を苛立たせるなって。終わり良ければ全て良し、っていう諺もある訳だし」

「どういうこと……？」

「俺は、もう書いたから」

裕司はスーツのポケットから、一枚の折り畳んだ用紙を取り出した。テーブルの上で広げると、緑色を呈した幾つもの枠線が目に映る。

「圭はお袋が育てる。実家にも了承を取ったしな」

「何言ってるの？　ちょっと待ってよ……」

「俺も毎週末帰るし、実家の方が子育てには良い環境だよ」

「勝手に決めないでよ！　圭と離れられる訳ないじゃない！」

　酔いは醒《さ》めているはずなのに、吐き気がするほどの不快感を覚えた。喉が焼けるように熱く、身体の奥底から震えが湧き上がる。裕司は大げさな溜息をつくと、山盛りになった吸殻に煙草を突き刺し、椅子から立ち上がった。

「とりあえず、書いたら連絡くれ」

「まだ話の途中じゃない！」

「もう、終わったよ」

　くたびれたスーツが玄関の方へ向かって行く。背中を睨み付け、冷たい声を放った。

「どうせ女のところでしょ。慰謝料を払いたくないから、全部私のせいにしてる」

「それは違うって」

「絶対、そう。みっともないのはどっちよ」

　裕司がゆっくりと振り返った。思わず身を硬くしたが、虚ろな瞳に怒りは滲んでいない。煙草のヤニで黄ばんだ前歯が、無精髭で汚れた口元から覗いている。

「もう限界なんだよ。お前の酒臭い息を吸うのが」

　喉が締め付けられ、何も言葉が出なかった。玄関が閉まる音が、遠くの方から聞こえる。

　身体のどこかに存在するスイッチを押されたように、アルコールを求める渇望が一気に高まった。

　自然と足は冷蔵庫に向かっていた。冷気を顔面に受けながら目を細めるが、お酒は何一つ見当たらない。甲類焼酎がまだ残っていたことを思い出し戸棚を探った。調味料の類いしか、並んではいなかった。

ゴミ箱の蓋を開けると、空になった大容量のペットボトルが捨てられていた。多分、裕司が残りを捨てたのだろう。

目に見えない場所から、鮮やかな血液が滴っている。開いた傷口に市販薬は効かない。この痛みを忘れるために、喉を焦がすあの液体が必要だった。

和室の襖を開けた。圭は丸まった姿勢で小さな寝息を立てている。最寄りのコンビニまで歩けば片道十五分程度掛かるが、走れば二十分もしないで帰宅できるだろう。罪悪感を覚えつつも、胸の内は決まっていた。

家を出る前に再び台所に向かった。みりんの瓶を取り出し、ラベルの成分表に目を落とす。醸造アルコールの文字を見てから、恐る恐る口を付けた。とろりとした液体の奥にアルコールの余韻を感じて、やっと走り出せそうな気がした。

炭酸が噴き出すのが嫌で、帰り道は歩いた。膨れたビニール袋から缶ビールを取り出し、一気に飲み干す。口元から垂れた液体が、首筋に心地好く線を描いた。

空き缶をビニール袋に戻してから、携帯電話を取り出した。アドレス帳を開き、羅列した名前を見つめる。離婚について相談できそうな人物は思い付かない。よく考えると、引っ越してから友人と呼べる人間に出会ってはいなかった。受信履歴には、裕司からの用件だけを告げる連絡か、迷惑メールしか残ってはいない。

　アドレス帳の最後の方に、和田《わだ》紗織という懐かしい名前を見つけた。圭が生まれてからは一度も会っていない。自然と通話ボタンを押し、携帯電話を耳に当てた。

『お掛けになった電話番号は、現在使われておりません……』

　聞こえてきたアナウンスに耳を澄まし、誰にも繋がることのない番号を消した。圭が生まれる前に、紗織から何かプレゼントを貰ったような気がするが、それが何だったかもう思い出せない。

　ビニール袋を探り、酎ハイの缶を取り出す。湿った夜に青臭い檸檬《れもん》の香りが、一瞬だけ漂った。

　異変に気付いたのは、自宅が遠くの方に見え始めた時だった。目の前の道路に、数名の人影が見える。目を凝らすと、群青の空に紫煙のような煙が細く立ち昇っていた。

「嘘……」

　見慣れた平屋に向かって、駆け出した。毛穴から汗が急に吹き出す。近づけば近づくほど、燻《いぶ》したような臭いが強くなった。窓の内側に橙《だいだい》が揺らめいているのを見て、心臓が踏み潰されたような痛みを感じた。

「圭!!!」

　玄関前で誰かが制止する声を蹴散らし、絶叫しながら室内に飛び込んだ。玄関前に火の気はなかったが、歪んだ熱い空気が皮膚を焦がす。

「圭！　圭！　圭！」

煙を掻き分け、居間に飛び込んだ。眼球の水分が蒸発するような痛みを感じた。ダイニングテーブルの側で触手のような炎が天井に向かって伸びている。足元で、ガラス灰皿の欠片が散乱していた。

急いで和室の襖を開けると、圭の姿はなかった。煙で霞んだ視界に、人型に窪んだ布団が映る。

「圭、どこにいるの!!」

いくら叫んでも返事はない。背後で火花が散るような乾いた音が鳴り、天井に設置された火災警報器が繰り返し響いているだけだ。

浴室、トイレと駆け巡った後、玄関の方から叫び声が聞こえた。

「子どもは外にいるぞ！　無事だ！」

足元から力が抜けた。その場で蹲りそうになりながらも、玄関を見据える。消防車が近づく鋭いサイレンを聞きながら、必死に一歩を踏み出した。

外に出た瞬間、膨れたビニール袋を手放していないことに初めて気付いた。


面会室に呼ばれ中に入ると、医師と男性看護師に挟まれるように裕司が座っていた。

初めて入った面会室は圧迫感のある空間だった。五畳の広さもなく、卓上カレンダーと箱ティッシュしかテーブルには置かれていない。殺風景で温かみのない部屋は、漂う空気が薄い。

「蛭間さん、どうぞお掛けになって」

医師に促され、裕司の対面に位置する椅子に腰掛ける。

「入院生活は慣れましたか？」

「それなりに……一ヶ月は経ちましたので」

「アルコール依存症のプログラムにも休まず参加しているようですね」

「はい……」

医師から診察のような質問が繰り返される。久しぶりに見た裕司は、少しだけ窶《やつ》れたように見えた。

「入院中ではありますが、ご家族から大事な話がありますので、このような場を設けさせて頂きました」

医師が裕司に水を向けると、平淡な声が聞こえた。

「夏服は足りてるか？」

「ずっと病衣だから……下着は洗濯場で洗ってるし」

「今年は猛暑らしいぞ」

妙に優しい外向きの声だった。周りにいる医療スタッフたちを、意識しているのかもしれない。

「今日は、これを書いて欲しくて来たんだ」

裕司はそう呟くと、先月とは違ってクリアファイルに入った離婚届を差し出した。既に幾つかの欄が達筆な文字で埋まっている。

「圭は元気？」

「実家で伸び伸びと暮らしてるよ。何も問題はない」

私はあの火事の後、アルコール依存症の治療を受けるため閉鎖病棟へ入院となった。当初入院には抵抗したが、医師の診察後、家族の同意を得て入院となる『医療保護入院』という形態で、今は病衣を纏った生活を送っている。

「圭に会いたい……」

「鍵が掛かった病棟に、子どもを連れて来る訳にはいかないだろ」

「でも……」

「自分のやったこと、忘れてないよな？」

あの火事で、自宅は半焼した。圭は火災警報機の音を聞いて、火の気が強まる前に外に飛び出したらしい。少し離れた路地裏で震えているところを発見されていた。

「入院中に悪いとは思ったが、俺たちも新しいスタートを切りたいんだよ」

「うん……」

「わかってくれるよな？」

生物のように蠢く炎が脳裏に浮かぶ。裕司が以前言ったように母親失格だ。がらんどうで酒浸りな女が、病衣を纏っている。

「入院費は、俺が払うから」

「圭とは……」

「お前に会うと、火事の記憶が蘇ると思う。だから、会わないで欲しい」

自然と頬が濡れた。看護師の一人が箱ティッシュを差し出し、ようやく泣いていることに気付いた。

「……ペン貸して」

愚かな私のせいで、小さな命は消えていたかもしれない。入院してからお酒は飲んでいないのに、指先は震えていた。

離婚届を書き終わると、医療スタッフたちは席を立った。残り少ない夫婦だけの会話に気を遣ってくれたのかもしれないし、もう私が抵抗する様子がないことを悟ったのかもしれない。

「酒、飲んでないんだよな？」

「うん……」

「退院後も続けろよ。陰ながら応援してる」

短い会話の後、すぐに言葉は途切れた。少しの沈黙の後、裕司が鞄を漁る姿が見えた。

「圭が渡してくれって」

裕司の手には青色の折り紙で折った、一輪の花が載っていた。品種まではわからなかったが、美しい偽物の花が咲いている。

「病院に、生花は持ち込めないからな」

「やっぱりもう一度、圭に……」

「さっき約束したばかりだろ。圭の心の傷も考えろよ」

裕司は腕時計に目を落とすと、椅子から立ち上がった。彼の吸った煙草の不始末で火事が起こったというのに、届いた息からは紫煙の臭いがした。

「役所には、俺が提出しとく」

面会室の扉が閉まる。夫婦としての最後の会話は、いつも通り連絡事項のような内容だった。

独りになった面会室で、紙の花を見つめた。よく見ると、内側に文字が書いてあるのが透けて見えた。

折り皺を消さないよう慎重に折り紙を開く。内側にはボールペンで、圭の小さなメッセージが描かれていた。

おかあさんへ
はやく、びょーきをなおしてね。

震える手で、折り皺をなぞる。再び花弁に戻すと、愛おしい文字は見えなくなった。

両目から落下した雫が、何度も紙の花を濡らす。こんな瞬間こそ、お酒を飲みたい。

第４章　バースデイ

　誰かが玄関をノックしたような気がして、ゆっくりと目を開けた。午後の微睡みがまだ残っている瞼を擦る。気のせいかと思い寝返りを打つと、幼い声が聞こえた。

「舞《まい》ちゃん、いる？」

　麗奈《れいな》の声に、雨が屋根を叩く響きが重なる。あたしはベッドで上半身を起こしてから玄関の方を見据え、雨音に負けないよう叫んだ。

「濡れるから、早く入りな」

　ドアが開くと、湿った冬の匂いが入り込む。麗奈が靴を揃《そろ》えてから、短い廊下に足を踏み入れる。

「舞ちゃん、お昼寝してたの？」

「そう。でも、あんたに起こされた」

「ごめんね」

「罰金、百万円」

あたしの軽口を聞いてから、寒さで赤らんだ頬が少しだけ緩んだ。

「そんなお金、持ってないよ」

「それじゃ、出世払いで」

麗奈が首を傾げながらソファーに座った。小学三年生には、まだ難しい言葉だったかもしれない。

「大きくなって、お金を稼げるようになったら払うっていう意味。でも、将来あたしみたいになったら、そんな大金払えないけど」

「どうして？」

「まぁ、色んな種類の大人がいるってことだ」

自嘲するような笑みを浮かべ、ローテーブルに置かれた一眼レフを眺めた。現実に適応できる人々もいれば、過度な理想を手放せない人間もいる。少しの沈黙の後、誤魔化すように話題を変えた。

「あんた髪切った？」

「うん。さっき、お祖母《ばあ》ちゃんと美容室に行ってきたの」

「ちょっとしか切ってないじゃん。あたしみたいに短くした方が、楽ちんだよ」

「本当はそうしたかったんだけど、言えなかったから」

麗奈の表情が曇り始める。鏡の前で首元にケープを巻き、美容師に何を言われても黙り込む姿が容易に想像できた。

「今度、あたしが切ってあげる。失敗したら、坊主になっちゃうけど」

「えー、絶対嫌だよ。冬だし頭が寒くなる」

「そういう問題かよっ」

麗奈はあたしといる時だけ、普通に喋ることができる。他人に対しては、喉が消えてしまったように声が出ない。

「麗奈、ジュース飲む？」

「うん。ちょうど喉渇いてた」

「確か冷蔵庫にあったのは、コーラか、オレンジか、アップルだったかな」

部屋の隅に置かれた冷蔵庫に、小さな手が伸びた。血管は糸のように細く、指が長い。顔は似ていないが、そこだけは姉の面影が滲んでいる。

「あたしにも、適当になんか取って」

コーラを受け取り、黒い炭酸を喉に流し込む。寝起きの渇いた喉に甘い刺激が広がった。

「昨日も学校でね、誰とも喋れなかったの……」

「頑張って喋らなくてもいいじゃん。あたしだってバイト先にいる嫌な奴とは、一言も口利かないし」

「舞ちゃんは、みんなのように『ちゃんと喋れ』って言わないよね」

「静かな人が好きなだけ。うるさいと創作活動に集中できないから」

麗奈はこの離れ以外では、表情も能面のように色を失っていることが多い。母屋で同居しているあたしの両親には、短い言葉や頷く仕草だけで意思表示をしている。

「学校に行くとね、『あ』って言ってみろとか、名前も口に出せないの？　って馬鹿にされるんだ」

「下らない連中は、相手にしない方が良いよ。そういう奴等《やつら》って一定数いるから」

あたしの言葉を聞いて、血色の良い唇が微かに緩んだ。その表情は無理やり笑っているようで、妙に大人びて見えた。

「この部屋だったら、ママとも上手く喋れるかな？」

「由《ゆ》美《み》は綺麗好きだし、こんな汚い場所には来ないと思うよ」

散らかった八畳程度の空間を見回す。生前祖父がこの離れで暮らしていた。浴室はないがトイレや流しが完備されており、いちいち母屋に出向かなくてもある程度の生活は完結できる。

麗奈はソファーに座りながら足をぶらぶらと揺らし、ローテーブルに置かれた一眼レフを指差した。

「新しい作品はできてるの？」

「まぁね。まだ途中だけど」

「見せてよ」

あたしはパソコンを起動させ、作品が保存してあるアイコンをクリックした。目的のデータを選択すると、公園の一角を写した画像が表示された。

「うわーっ、上手く撮れてるね」

「これから加工ソフトを使って、色々と弄る予定」

「どんな感じになるの？」

「細かい所は決めてないけど、ちょっと暗めの作品にしようかなって考えてる」

　パソコンに取り込んだ写真には木々の影が地面を這い、その上で飛行機を模した遊具が沈黙している。これから明度や彩度を調節し、影の存在感を強める予定だ。イメージ通りに行けば、何気ない風景がアートの扉を開いてくれるはずだ。

「完成したら見せてね。舞ちゃんの一番のファンだから」

「小学三年生より、金持ってる大人に認められたいんだけど」

「いつか、出世払いするよ」

「期待してる。あたしの老後を支えて」

　妙に恥ずかしくなって、パソコンを閉じた。お互いに黙り込むと、外で雨粒が弾ける音が鮮明に耳に届く。麗奈が窓辺を見つめながら呟いた。

「雨の日って好き」

「変わってんね。濡れるし、傘差すの面倒臭いじゃん」

「そうだけど……みんなの声も、自分の声も聞こえづらくてホッとする」

　雨音に再び耳を澄ます。湿気でカメラが壊れないように、床に放置されたままの防湿ケースへ手を伸ばした。

再放送のテレビドラマを一緒に見終わった後、麗奈は夕飯を食べに、あたしはシャワーを浴びるため母屋へ向かった。

雨を避けるように庭を駆け抜け、大きな玄関の引き戸を開けた。天井の高い空間に、夕食の香りが漏れ出している。母は料理に対してこだわりが強い。レトルト食品は一切口にせず、使用する食材のパッケージにも国産や天然、無農薬の文字ばかりが躍る。

「それじゃ、ご飯食べておいで」

「舞ちゃんは？」

「シャワー浴びたら、コンビニ弁当でも買ってくる」

浴室に向けて歩き出そうとすると、着ていたパーカの裾を小さな手が掴んだ。

「一緒に食べようよ」

「あたしの分は用意されてないって。それに、お母さんの小言が鬱陶しいし」

「良い子にしてれば大丈夫だよ」

「それがずっとできないから、困ってんの」

麗奈が無言で俯いた。丸い瞳から色が失われていく。母と二人だけの食卓は、食器が触れ合う音しか聞こえないのだろう。あたしにも覚えがある。

「仕方ないな。それじゃ、コーヒーだけ飲みに行くよ」

「本当？」

「もしデザートにプリンが出たら、麗奈の分を食べちゃうから」

「えー、嫌っ」

笑みが戻った表情を見て安堵した。それと同時に、母親の役目を果たしていない姉に対する怒りが胸を過ぎった。

ダイニングテーブルには藍色のランチョンマットが一つ置かれ、瑞々しいサラダが既に用意されていた。対面式のキッチンに立つ母は、あたしの姿を見て眉を顰めた。

「舞も食べるなら、早めに教えてよ」

「コーヒーを飲みに来ただけ。夕飯はコンビニで買って食べる」

「そんな添加物まみれの物ばっかり食べて。将来、早死にするよ」

テーブルから離れたソファーに無言で腰を下ろした。最近のコンビニでは、無添加の物や健康に気を遣った食品も多い。選び方によっては、下手に自炊するよりバランスの取れた食事が取れる。いつも通り母の偏見を押し付けられ、舌打ちが漏れそうになってしまう。

「麗奈ちゃん、今日は鯖《さば》の塩麴《しおこうじ》焼きと煮物にしたからね」

母がテーブルの上に器を並べ始めた。そんな姿を横目で見ながら、テレビの電源を入れた。

「ちょっと、舞。これからご飯なんだから消してよ」

「別にいいじゃん。味が変わる訳でもないんだし」

「お行儀悪い。麗奈ちゃんもご飯の時にテレビは見たくないよね？」

椅子に座った麗奈が、声も出さずに頷いた。離れにいた時より、だいぶ表情は硬くなっている。あたしは小さな抵抗のように、テレビの音量を上げた。

「舞は、ちっとも言うこと聞いてくれないんだから。麗奈ちゃんの方が、よっぽど物分かりが良いわね」

溜息交じりの声が、鼓膜に突き刺さる。姉の次は麗奈と比べられるのかと感じながら、グルメレポーターが行列店に突撃する様子を見つめた。

夕食が全てランチョンマットの上に並び終わると、母がテーブルの椅子を引く音が聞こえた。

「今日こそは、いただきます言おうね。これぐらい声に出せるようにしないと、お外や学校でも節度のない子って思われちゃうよ」

二人の方へ視線を向けた。母の後ろ姿の先で、潤んだ瞳が俯いている。

「学校の先生にも言われてるでしょ？　もっと積極性がないとダメだって。みんなのように喋れないと、いつまで経ってもお友達ができないんだよ」

麗奈はまるで痛みを我慢するように口元を固く結び、声を出す様子はない。並んだ料理をジッと見つめ、瞬きさえも忘れている。

「お祖母ちゃんね、いい加減疲れちゃったの。いただきますって言えないようなら、明日からもうご飯作りたくないな」

母の諭すような口調の奥に、冷たい響きを感じた。あたしは足を組み直すと、平淡な声で言った。

「いただきまーす」

俯いていた麗奈が、顔を上げる気配を感じた。母があたしを振り返る。

「なんで、舞が言うのよ」

「麗奈の代わり。料理が冷めちゃうから」

「勝手なことしないで。お行儀の悪い子になったら、舞が責任取れるの？」

「今はいただきますの一言より、もっと大事なことがあると思うけど」

母が口を噤《つぐ》む姿を確認してから、話を続けた。

「場面緘黙《かんもく》症の子に、無理やり発話を促すのって良くないらしいし」

「……わかってるけど」

「責めても仕方ないじゃない。不安が強くなったら、余計声が出づらくなるよ」

麗奈は児童精神科クリニックで、場面緘黙症と診断された。特定の場所や状況で話すことができなくなってしまう症状だ。不安障害や恐怖症の一種と考えられているらしい。

「麗奈は、わざと黙ってる訳じゃないんだしさ」

「でも、この間も学校から連絡があったの。授業中『トイレに行きたい』って言い出せなくて粗相《そそう》しちゃったらしいのよね。いち早く担任の先生が気付いてくれて、クラスメイトにはバレなかったみたいなんだけど」

「不幸中の幸いってヤツだね」

場面緘黙症の原因は未だに解明されてはいないらしいが、一つの仮説として脳内に存在する扁桃体《へんとうたい》と呼ばれる場所が関係していると説明された。命を守るため、扁桃体には危険信号を出す役割がある。場面緘黙症の人々は生まれつき扁桃体が過敏に反応しやすく、恐怖や不安を敏感に感じてしまうらしい。その結果、行動が抑制されてしまい、特定の場所や状況で声が出なくなってしまう子が多いと医者は話していた。あたしが学生の頃も、何を聞いてもずっと押し黙っている子が、一人か二人はクラスにいたような気がする。

「大丈夫だって。年齢を重ねて、徐々に話せるようになっていく人もいるみたいだし」

「でも、いつまでも甘やかす訳にもいかないでしょ」

「声が出ないぐらい、お母さんの料理は美味しそうってことなんじゃないの」

機嫌を取るような言葉を放つと、母の表情は少しだけ緩んだ。三十二年も一緒にいれば、この人の扱い方はそれなりに熟知している。

「舞の言う通り、料理が冷めちゃうかもね」

母が頷くと、麗奈は恐る恐る手を合わせた。表情は硬いまま、茶碗に箸を伸ばし始める。

「麗奈ちゃん、最初はサラダからね。お野菜を先に食べた方が、消化に良いのよ」

嘘か本当かわからない言葉を聞いて、レタスを口に運び直す姿が見えた。

夕食を食べ終わった麗奈は、早々と自室に戻った。母と二人だけになると、溜息交じりの声が聞こえた。

「由美と暮らしてた時は、普通に話せてたのに。やっぱり、あのことが影響しているんでしょうね」

母がマグカップに注いだコーヒーを差し出した。居間に来た言い訳を思い出し、少しだけ口を付けた。

「お姉ちゃんのことは関係ないと思うよ。場面緘黙症はトラウマとか親の育て方が原因ではないらしいし。脳の器質的な問題なんだから」

「でもねぇ……そうとは思えないんだけど」

「普通にスラスラと話せる時もあるんだしさ。さっきも言ったけど、発話だけに注目しない方が良いと思うけど」

「舞、意外と詳しいじゃない」

「ネットや本で調べたから」

「売れないカメラマンは、暇で良いわね」

「カメラマンじゃなくて、写真作家だから」

首を傾げながら、母はダイニングテーブルの椅子に座った。同じソファーに座らないのが母らしい。

「話は変わって、舞に一つお願いがあるの。今度、由美に冬服届けに行ってくれない？」

「なんでよ。宅配便で送れば良いじゃん」

「由美も寂しがってると思うから、顔ぐらい見せてやって」

「嫌。お母さんが行って」

「私が行っても、あの子は謝るだけなのよ」

「えー、面倒臭い。夕霧台だっけ？　あそこまで遠いんだよね」

「家賃も取らないで、離れに住まわせてあげてるんだから、それぐらい我慢してよ」

何か反論をしようとしたが、言葉は思いつかない。実際、三十路《みそじ》を超えて親の脛《すね》を齧《かじ》っているのは事実だ。カメラマンだろうが写真作家だろうが、母や世間にとっては定職に就かない残念な夢追い人でしかない。

「高い学費払って美大まで出してあげたのに、結婚もしないでいつまでも夢ばっかり追って……」

小言から逃れるように、ソファーから腰を上げた。付けっぱなしのテレビからは、覚せい剤所持で逮捕された芸能人が保釈される映像が流れ始めた。気付くと母は黙り込んでいる。お互いに息を呑む気配を感じた。

「舞、テレビ消して」

今度は素直に従い、リモコンを手に取った。姉が逮捕されてから、母は八キロも体重が落ちた。痩せ細り濃い影が滲んだ横顔は、一瞬だけ見知らぬ他人のように見えた。

シャワーを浴びた後、二階の奥の部屋に向かった。ドアノブを回すと、停滞した埃っぽい空気が鼻先を撫でる。姉が実家を出るまで寝起きしていた空間は、既に家具が撤去され寒々しい場所に変わっていた。

部屋の隅に放置された段ボール箱を開き、冬服を探す。途中、随分と型落ちしたデジカメが目に映った。思わず手に取り、保存されてある画像に視線を落とした。

液晶画面に呼び出された過去は、姉と麗奈のツーショットが多かった。遊園地ではしゃぐ姿や、旅行先の一コマが収められている。シングルマザーになった後にこのデジカメを購入したのか、元夫は一枚も写ってはいない。

何枚か職場で同僚と一緒に写った画像も残っていた。姉は仕立ての良いスーツを身に纏い、胸には外資系証券会社のバッジが光っている。レンズに向けた表情も凛とした品が漂い、どう見ても優秀なキャリアウーマンだ。

撮影日時を確認してから、改めて液晶画面の中で微笑むスーツ姿を見つめた。どこの角度から眺めても自然で優しい笑顔だ。既にこの頃には、覚せい剤を使用していたとは思えない。

「何してるの？」

振り返ると麗奈が立っていた。先ほどの食卓とは打って変わって、表情も柔らかだ。

「探し物してるだけ」

「どんなもの？」

「あんたのママの冬服。暇なら手伝ってくれる？」

「うん、わかった」

二人で段ボール箱を探り始める。真剣に目を凝らす横顔を見て、何でもないような口調で質問した。

「由美と会えなくて寂しいでしょ？」

「……ママは悪いことしたから」

「そうだけど、裁判官に社会の中で更生しなさいよって、言われた訳だから」

姉は三年前に覚醒剤取締法違反で逮捕された。初犯だったこともあり、判決は懲役一年六ヶ月、執行猶予三年を言い渡されていた。

「でも……悪いお薬のせいで入院しちゃったし。まだ、お医者さんといるんでしょ？」

「今、由美がいるところは病院じゃないよ。同じような病気の人たちが集まって、支え合う場所で暮らしてる。なんて言うか……麗奈がさっき食べた煮物みたいなもんよ」

「舞ちゃんの言ってること、よくわかんない」

「今日の煮物には、色んな食材が入ってたでしょ。里芋や人参、鶏肉、蓮根、大根に椎茸。同じ鍋に入れるとそれぞれから良い出汁《だし》が出て、最終的には美味しい料理になるじゃない」

「ふーん、ママは何のお野菜なの？」

「何だろうな。由美は真面目で優しいから……かぼちゃとか？　皮は硬いけど、中身は甘いし」

「今日の煮物に、かぼちゃは入ってなかったよ」

　苦笑いを浮かべながら、手を動かした。警察から電話があった時、母は途中まであたしが逮捕されたと勘違いしていたらしい。それも簡単に頷ける。姉は子どもの頃から成績は優秀。校内のカーストでも常に上位だった。香水のように華やかで満たされた雰囲気を漂わせ、鼻に付かないリーダーシップも発揮していた。離婚後も実家を頼らずシングルマザーとして有名企業で働き、年収も悪くなかったはずだ。出来損ないで卑屈な妹にも優しく、誰に対してもフェアで気遣いができる人間。

だからこそ、逮捕の衝撃は大きかった。

「あったよ！」

宝物を見つけたように、幼い顔が綻んでいた。早速、段ボール箱の中からチェスターコートとダウンジャケットを取り出す。しけったカビ臭さの奥に、甘い残り香を感じた。

「ママの匂いだ」

気付くと麗奈はダウンジャケットを両手で抱きしめ、思いっきり顔を付けていた。何度か深呼吸をするような息遣いが聞こえる。

「やめなよ。クリーニングに出してないから、埃まで吸い込んじゃうって」

「それでも良いの」

「体調が悪くなっても、知らないからね」

必死に姉の痕跡に触れようとする姿を見て、瞳の奥に鈍い痛みを感じた。姉の愚行が、小さな存在までも苦しめている。

「なんか入ってる」

麗奈がダウンジャケットのポケットを探った。取り出した物は、瓶詰めされた咳止め薬だった。まだ白い錠剤が、半分以上残っている。

「貸して！」

反射的に咳止め薬を奪い取った。錠剤が瓶の中で転がり、殺風景な空間に乾いた音が響く。あたしの行動に驚いたのか、丸い瞳に怯えが滲んだ。

「舞ちゃん、怖い……」

「あっ、ごめん。でも、古い薬を飲んじゃうと危ないからさ」

「それ、ママがよく薬局で買ってた物だから大丈夫だよ」

「でも……間違って飲んじゃって、喉に詰まっちゃうと大変でしょ」

口籠もりながら、瓶を隠すようにパーカのポケットに仕舞った。

「それも悪いお薬なの？」

「違うよ。普通の咳止め薬。近所でも売ってるし」

「ママはいつも風邪引いてたから。前に住んでたお家にも、そのお薬がいっぱいあったんだ」

「そっか……由美は喉が弱いからね」

確かに姉は子どもの時から風邪を引きやすかった。まだお互い実家で生活していた頃、姉に頼まれてこの咳止め薬を二瓶買いに行かされたこともある。今となっては、後悔が滲む苦い記憶だ。

「もう行こうか。こんな寒い部屋にいたら、湯冷めしちゃいそう」

麗奈を促し、後ろ手で扉を閉めた。この咳止め薬にハマらなかったら、姉は覚せい剤に手を染めることはなかったかもしれない。歩く度に瓶の中で錠剤が転がる。その音はいつの間にか耳鳴りに変わり、軽い眩暈を感じた。

木々の隙間から、ぼんやりとした冬の光が差し込んでいた。首からぶら下げた一眼レフのカメラを地面の陰影に向ける。シャッターを押すと、渡り鳥の羽ばたきのような音が辺りに響いた。

冬服が入ったボストンバッグを握り直し、林道を登り続ける。夕霧台駅から姉が暮らす場所までは、それなりに距離がある。額には汗が滲み、パンツが食い込む不快な感触が歩く速度を鈍らせた。普段外出する時と同じくカメラを持参したことに、仄かな後悔を覚えた。

ようやく椿の花が咲く生垣が見え始めた。近づくにつれ、何故か幾つもの騒がしい声が耳に届き始める。目を凝らした先に映ったのは、険しい表情を浮かべる人々だった。

「地域のイメージが悪くなります！　塀の中にいた人間もいる訳ですから！」

「そうそう、ここに暮らす人間は目付きが悪いって有名ですよ！　皆、怖がってる」

怒号交じりの不満が、ライダースジャケットを羽織った一人の女性に向けられていた。

「子どもたちに、悪影響です！」

「私なんて、挨拶したのに無視されたんですよ！」

「見るからに堅気じゃないような女もいますからね。黒塗りのベンツが頻繁に通ってるって噂《うわさ》もあるし」

人々に取り囲まれた女性は、一つ一つの声に無言で頷いている。不穏な雰囲気に圧倒されつつも、ここまで来たからには荷物だけ渡して帰ろうと思い、素知らぬ顔で生垣に近づいた。

「己の快楽のために、法すら破る連中の集まりですからね！」

「そんな意志の弱い人間は、また何か問題を起こすに決まってますよ」

「覚せい剤で捕まった女もいるって聞いたし。そいつを訪ねて、売人がこの街に来たらどうするんですか？」

「違法薬物に手を染めたら、もう人間をやめたと同じですよ」

半笑いで誰かが放った一言を聞いて、履いていたスニーカーが地面に張り付いた。その場で固まりながら、怒りや呆れが滲んだ多くの表情を眺めた。

「皆様のお気持ちは良くわかりました。それなら是非、ここで暮らす女性たちに一度会ってみて下さい」

標的にされていた女性の良く通る声が、辺りに漂う騒《ざわ》めきを掻き消した。切れ長の目元を、冬の日差しが柔らかに照らしている。

「彼女たちと話せば『人間をやめたと同じ』なんて言えないはずですから」

女性は言葉を区切り、取り囲む人々を見回した。

「ある時期、それなしでは生き延びることができなかったと……私はそんな風に彼女たちを解釈しています」

　女性の言葉を聞いて、眉根を寄せた高齢者が声を荒らげた。

「結局は自己責任だろ！　俺たちを巻き込むな」

「依存症は病気です。誰にでも発症する可能性があります」

「病気ならよ、こんな所にいないでとっとと病院に行けよ」

「勿論、定期的に掛かり付けの外来へ通ってる者もいます。でも、それだけで回復できるような病ではありませんので」

「要するに、だらしない連中の集まりってことだろ？　ここの職員は、甘やかし過ぎなんじゃないのか」

　再び、嘲笑と同意する声が辺りに漂う。そんな雑音を気にする素振りもなく、短い前髪を掻き上げる姿が見えた。

「彼女たちに本当に必要なのは、孤独にならない居場所なんです。依存症は一度患うと完治することはありませんが、回復し続けることは可能です。どうか、温かい目で見守って下さると幸いです」

　女性が深々と頭を下げた。年齢も顔立ちも全く違うのに、『いただきます』が言えずに俯く麗奈の姿と重なった。首からぶら下げた一眼レフが重みを増していく。靴底で小石を踏みつける感触を覚えながら、掠れた声が喉を震わせた。

「あのーお取り込み中、申し訳ありません。先日、ご連絡した新聞社の者ですが」

首からぶら下げた一眼レフのカメラに、幾つもの視線が集まる。身体の奥から湧き出るように、嘘は止まらない。

「地域医療特集の取材で参りました。事前にご連絡って行ってましたよね？」

ライダースジャケットに向けて、カメラではなくボストンバッグを掲げた。あたしの仕草を見た彼女は、何かを言い掛けようとしたが、すぐに口元を結んだ。

「早速、取材を始めてもよろしいですかね？　今日は予定が詰まっていますので」

彼女の返事を待たず、一方的に敷地内に足を踏み入れた。澄んだ冷たい風が、嘘と散った椿の花弁をどこかに運んでいく。


姉は外出中だったため、居間のソファーで待つよう告げられた。すぐに紅茶が香るカップが、あたしの前に差し出された。

「一瞬、本物の新聞記者が来たのかと思いました」

生活指導員の塩塚と名乗る女性は、鼻先を掻きながら口元だけで笑った。突拍子もない嘘を思い出し、頬が火照る。

「一応、フリーランスの写真作家として活動をしているのですが……すみません、適当なこと言っちゃって」

「いえ、ありがたかったですよ」

「さっきの集まりは？」

「近隣住民の反対運動ってヤツです」

「……そういうのって、頻繁にあるんですか？」

「まぁ、定期的に。共に生きていくよりも、排除する方が世間は楽ですから。元々、偏見の多い病気ですし」

無言で紅茶を啜る。妙に渋い味がして、器に入った角砂糖とミルクを一つずつ入れた。

「本音では……あたしも姉を軽蔑しています。子どもがいるのに、何やってるんだって」

「ユーミンは、いつもお子さんのことを気にしてるんだけどな」

「ユーミン？」

「ここでは、お姉さんをそう呼んでるの」

紅茶の表面で、ミルクが溶けていく様を見つめた。姉はこの場所で、それなりに馴染んで生活しているのだろうか。気付くとカップの中は底が見えないほどに白濁している。

「姉のことを思えば、あだ名より番号で呼ばれる生活の方が良かったのかも」

「それは、服役するって意味？」

「はい。刑務所に入った方が、心の底から反省しそうですし」

姉は執行猶予判決を受けてから半年後に、再び覚せい剤に手を染めている。その事実にいち早く気付いたのは、あたしだった。

その日は真冬で庭の池には薄氷が張っていた。姉が実家に麗奈を連れて遊びに来た際、暖房は効いているとはいえ、ずっと玉の汗を浮かべているのが気になった。ある予感が胸を突き、姉がトイレに立っている隙に持参したハンドバッグを探った。化粧ポーチの中から『パケ』と呼ばれる覚せい剤が入った小袋を発見した時は、怒りも失望も悲しみも感じなかったと思う。一グラムにも満たない微量な粉末によって、普通の生活を投げ出す人間が存在していることを改めて実感しただけだ。戻ってきた姉の長袖を捲ると、真新しい注射痕が赤い点を描いていた。

　警察に通報しなかったのは、姉のためじゃない。母親と離れ離れになる麗奈のことが可哀想だったからだ。あたしは、その日のうちに依存症専門の精神科病院を検索し、翌日には姉を引き連れて受診した。診察時に覚せい剤の再使用を告げたが、担当医は入院を勧め警察への通報はしなかった。話によると、医師が警察通報を義務付けられた違法薬物はなく、治療を継続するため守秘義務を優先する病院が多いらしい。

「姉を病院に連れて行った時に『助かった、ありがとう』って言われたんですよね。その言葉を聞いた瞬間、心底軽蔑しちゃいました」

「どうして？」

「だって警察にバレなくても、犯罪は犯罪ですから。その点を、ちゃんと理解しているのかなって」

「それはあなたの思い違いじゃない？」

「そんな訳ないですよ。執行猶予中の再犯は、実刑判決になることが多いって聞いたことがあるし。あたしが通報していれば、姉は確実に塀の中でしたから」

「多分ユーミンは、刑務所云々《うんぬん》っていうよりも、回復に向かう切っ掛けを作ってくれたことに対して、お礼を言ったんじゃないかな」

　納得できないまま、苦い唾を飲み込む。塩塚さんは、一度微笑むと穏やかな声を出した。

「大切なのは治療なの。服役したとしても、薬物事犯の再犯率は高いしね」

「そうかもしれませんが……」

「最近じゃ刑法も改正されて『刑の一部執行猶予制度』が導入されてる。早めに社会の中で更生プログラムを受けて、再犯を予防する取り組みね。要するに刑罰だけを強調したって、薬物依存症の回復に効果は薄い。海外なんかじゃ、治療を優先する様々な取り組みが行われているの。再使用に関する一定の効果も上げてるしね」

「……それでも法に触れてる訳ですし」

「確かに、覚せい剤なんかは所持するだけで、犯罪を構成してしまう」

　塩塚さんは一度鼻先を掻いてから、続ける。

「それでも、薬物依存症者を片っ端から刑務所にブチ込めば良いなんていう意見は、思考が停止してると思うのよ。そんな考えは根本の原因から目を背けた、ただの排除でしかない。共に生きてく術《すべ》を考えることが大切なの」

　言い切る言葉が、一般家庭のような空間に漂った。冷め始めた紅茶を口に運ぶ。角砂糖とミルクを入れた後も、舌に広がる苦味は消えない。

「ユーミンはもう少しでバースデイだし、あなたの選択は間違ってなかったと思うよ」

「姉の誕生日ですか？　まだ、だいぶ先ですけど」

玄関から幾つもの足音が響き、会話が中断した。すぐに誰かと談笑する姉の声が聞こえ始める。思わず、握った掌の中で爪を突き立ててしまう。数秒もしないうちに、居間のドアが開いた。

「あれっ、舞じゃない」

三ヶ月ぶりに見た姉は、頬が少しふっくらとしていた。化粧はしていないが、顔の血色は良く肌にも張りがある。覚せい剤を使用していた頃より、瞳の色は澄んでいた。

「冬服を届けに来たの」

「ありがとう。ここまで遠いんだから、宅配便で送ってくれても良かったのに」

「お母さんに、様子を見に行けって言われたから」

姉が微笑みを向けても、自然と素っ気ない態度を取ってしまう。家族は苦しんでいるのにと、仄かな怒りが湧き上がる。あたしが黙り込むと、姉が口を開いた。

「居間だとみんな来るからさ、ミーティングルームに行かない？」

「別にここでいいよ。もう帰るから」

「少し話そうよ。麗奈に伝えて欲しいこともあるし」

渋々、椅子から立ち上がった。塩塚さんに頭を下げてから、姉の後に続く。小傷が目立つ短い廊下を進み、一番奥にある部屋の前で長い足が止まった。

「普通の家庭みたいな場所でしょ？　私なんて、もう慣れちゃって実家より落ち着く」

　足を踏み入れた先には、十畳程度の空間が広がっていた。端には座布団が積み重なり、大きなホワイトボードがある。

「わざわざ、ありがとね。歩きすぎて、足が浮腫《むく》んだんじゃない？」

「別に」

「カメラも持ってきたんだね」

「いつもの癖」

　気のない返事を繰り返しながら、四方を囲む白い壁を見つめた。ポラロイドで撮った日常の一コマや、デジカメの画像を引き延ばした写真が多く貼り付けられている。数人で写っているのが大半だったが、天井に近い一角には個人写真が並んでいた。

「この人たちって、みんなここの住民？」

「うん。もう退寮した人も写ってるけどね。ホラッ、そこに私もいるよ」

　姉がドア付近の壁を指差した。今年の夏に撮った写真だろうか。微笑みながら、庭先で線香花火を見つめる横顔が切り取られていた。

「楽しそうじゃん」

「季節行事は多いの。ここに来るまで、まともな生活をしてこなかった人も多いから」

「……この場所にいれば気が楽でしょ？　お姉ちゃんのような人たちばっかりだし」

　嫌みな言葉を敢えて放った。家族が悩み苦しんでいる最中に、姉は呑気に花火に興じている。とてつもなく不公平で損な気分が胸を満たした。

「お姉ちゃんさ、もうずっとここにいたら」

「それは嫌。だって麗奈に会えない」

「自業自得でしょ。これ以上、家族に迷惑を掛けないでよ」

姉の表情が微かに曇った。本音を幾ら口にしたって、スッキリはしない。むしろ余計胸の中が澱んでいくだけだ。

「私のせいで、本当にごめんね……」

「あたしに謝る暇があるなら、麗奈にとって何が一番良いのかを考えて」

「あの子のことは、毎日想ってる。でも、私が今できることは少ないから」

姉の視線がホワイトボードに向けられた。そこには大きめな丸文字で『寂しさについて』と記入されている。一呼吸置いて、乾燥した唇が開くのが見えた。

「生き直して、もうすぐ一歳なの」

「急に何？　どういうこと？」

「覚せい剤を手放してからの日々よ。無事に新しい誕生日を迎えられそうで嬉しい」

先ほど塩塚さんが、バースデイと口にしていたことを思い出した。それでも、覚せい剤をやめてからたった一年だ。姉を本当に信じられる月日としては、あまりにも短い。

「まだ、お姉ちゃんのこと信用できない」

「そうだよね。私だって目の前に覚せい剤を差し出されたら、絶対に使わないって言い切れないし」

「そんな正直に言わないでよ……」

「ごめんね。でも、正直にならないと、この病気は回復しないの。さっきテーブルの上にあった角砂糖を見た時も、覚せい剤のことを少し思い出したから」

胃の中に、無理やり氷を詰め込まれたような冷たさを感じた。覚せい剤以外の気掛かりも、鮮明な輪郭を描いていく。

「そんな些細なことで再発しそうになるなら、やっぱり家に帰れないじゃん」

「でも……使いたくなる状況も振り返ってるし、徐々に渇望をコントロールできるようにはなってきてるから」

「全部、綺麗事に聞こえる。近所に薬局だって沢山あるんだよ」

「もう、アレは買わないよ。約束する」

　頼りない表情を睨んだ。姉が覚せい剤を使用する切っ掛けとなったのは、市販薬の乱用が影響している。ある種の風邪薬や咳止め薬の中には、依存を形成する成分が微量に含まれている物もある。購入しても勿論罪には問われないため、密かな乱用者を増やし、違法薬物に手を染めるハードルを下げてしまうケースも多いと知った。

「お姉ちゃんがよく飲んでた咳止め薬、実家に置いてある段ボール箱から出てきたよ」

「そっか……もう捨てて」

「麗奈が話してたけど、家にも沢山あったらしいじゃん」

「酷い時は、仕事前に百六十錠も飲んでたの。そうしなきゃ、立つことができなかったから」

姉がよく飲んでいた咳止め薬には、エフェドリン塩酸塩とジヒドロコデインリン酸塩等が有効成分として含まれていた。前者は覚せい剤の原材料と同種の物質であり、気分の向上や意欲が高まる作用がある。後者は中枢神経を抑制し、鎮痛作用を呈する。配合されている量は微量なため、用法用量を守れば問題はない。乱用した場合だけ、絶妙な快楽をもたらす秘薬に変わってしまうことが多い。

「当時はだんだん錠数を増やさないと、効かなくなっていったの。今日こそはやめようって我慢しても手が震えたり、酷い頭痛や吐き気に襲われて……錠剤を飲むっていうより食べてた。いつの間にか、もっともっと効く薬が欲しいって思いながら」

「市販薬にハマらなかったら、ここに来ることもなかったんじゃない？」

あたしの質問を聞いて、姉は力なく笑いながら言った。

「そんなこと考えたって、意味ないから。多分、他の何かに頼ってた。結局は、ここに流れ着いていたと思う」

冬の暖かみのない日差しが、長い睫毛を染めていた。生まれた時から寝食を共にしてきたはずなのに、目の前に立つ女のことが何もわからない。

「もう帰る」

「折角来てくれたのに、早くない？」

「まだ途中の作品があるから。今週中には完成させたいし」

言い訳を口にしながら、ドアノブに手を掛けた。背後から姉の声が聞こえ、足が止まる。

「来月、麗奈と一緒にここに来て欲しいの。子育て支援プログラムの一環で、クッキーを作る予定だからさ」

「忙しいし、無理。お母さんに頼んで」

「あの人といると息が詰まっちゃう。それに麗奈とツーショットの写真を撮ってもらいたいし」

「自分のスマホで撮ってよ」

「ちゃんとした写真も残しておきたいのよ」

「そんなこと言ったって、ここまで遠いんだからね……」

姉は両手を合わせ、何度も頭を下げている。その姿は同情するより先に、身勝手な態度に映った。思わず尖った声が出る。

「麗奈が外で喋れないの知ってるでしょ？　ここに来ても緊張して、クッキーなんて作れないって」

「その日は、私のバースデイでもあるの。だから、どうしてもあの子と一緒に過ごしたいのよ」

「でも……」

「あの子に会えば、また決意も固まると思うし。お願い」

風もないのに一枚の写真が壁から剝がれ落ち、姉の足元に転がった。拾い上げた手は、やはり麗奈と瓜二つだ。

「少し、考えさせて」

そう言い残し、玄関に向かった。外に出てからも姉が後ろで手を振っていることに気付いてはいたが、一度も振り返らなかった。

欠伸をしながら、テレビの電源を入れた。どのチャンネルを回しても、天気予報は夕方から雨と告げていた。カーテンを開けて灰色に染まった空を見つめる。朝から土砂降りだったら、麗奈に対する言い訳にもなっただろう。

昨夜、麗奈の爪にネイルを塗った。実家に預けられる前は、旅行や外食に出向く際によく姉にやってもらっていたらしい。あたしは青が似合うと思ったが、麗奈が選んだのは赤だった。指先が真っ赤な原色に染まっていく最中も、久しぶりに母親に会える興奮を隠そうとせず、幼い表情はずっと綻んでいた。

欠伸を嚙み殺し、せーので起き上がる。生理前の怠い身体を引きずりながら、母屋に向かった。

居間には、みそ汁の残り香が漂っていた。麗奈の姿はなく、エプロンを身に着けた母がキッチンに立っている。

「舞、早いじゃない」

「今日は、夕霧台に行く日だから」

「そうだったわね。麗奈ちゃんのお昼は？」

「あっちで出るよ。クッキーと一緒に食べるんじゃない」

「変なもの入ってないわよね……私が握った玄米おにぎりでも持ってく？」

一瞬、冗談かと思ったが、母の目は真剣だ。眉を顰めた表情を見て、大げさな溜息をついた。

「大丈夫に決まってるじゃん。お姉ちゃんだって、あそこで生活してるんだから」

「だから心配なの。誤って変な薬物が麗奈ちゃんの口に入ったらと思うと」

「そんな訳ないじゃん。心配しすぎ」

「でもねぇ……」

「お母さんも何度か行ったことあるでしょ？　普通の家庭みたいな場所なんだから」

「由実と会うのは、いつも駅前の喫茶店だったから……あそこに足を踏み入れたことはないの。やっぱり怖いし」

先月、姉が母を拒否した理由がしみじみと理解できた。こんな眼差しを向けられていたら、確かに息が詰まる。

「それで、麗奈は？」

「さっきまでは、いたけど」

タイミング良く、階段を下りる足音が聞こえた。居間に姿を見せた麗奈は、妙に沈んだ表情をしている。声が出ない時とは微妙に違う陰りが顔面を覆っていた。

「おっはよう。もう準備できてる？」

母がいるせいか、声は聞こえない。小さく頷いた後も、表情が緩むことはなかった。

「昨日と違って、テンション低いじゃん」

あたしの声を聞いて、小さな両手が目の前に差し出された。昨夜塗った赤色が綺麗に消え去っている。

「みっともないこと、麗奈ちゃんに教えないでね」

気付くと、すぐ側に母が立っていた。冷たい眼差しで、色の消えた指先を見据えている。

「何も消すことないじゃん。帰って来たら落とすんだからさ」

「お祖母ちゃん、マニキュアは嫌いだな。何も付けない方が自然で健康的だと思うよ」

「久しぶりに母親に会うんだし、おめかしぐらい好きにさせれば」

「舞は黙ってなさい！」

急に沸点を迎えるような母の怒り方は、いつまで経っても慣れない。麗奈は既に涙目で肩を震わせている。

「こんなことしてるとね、お母さんみたいな、ろくでなしの人間になっちゃうよ」

「ネイル一つで、大げさだって」

「あんたはうるさい！　今は麗奈ちゃんと話してるんだから！」

母の一方的な声は、麗奈と会話を成立させることはない。小さな身体を、もっと萎縮させるだけだ。

「お祖母ちゃんはね、良い子が好きなの」

久しぶりにその言葉を聞いて、喉が閉塞していく。当時と違う所は『お祖母ちゃん』ではなく『お母さん』だったということだ。出来の悪い妹は早々に諦められたが、姉はずっとそんな言葉を投げ掛けられていた。

「麗奈。ちょっと早いけど、もう行こうか」

母を無視しながら、柔らかい手を引いた。また何か言われるだろうと思い身を硬くしたが、玄関先で雀《すずめ》が囀《さえず》る声しか耳に届かない。あたしが子どもの頃は、靴を履いた後も小言は続いていた。そんな些細な変化で、母が歳を取ったことを実感した。

林道に辿り着いた時も、頭上には変わらず曇天が広がっていた。陽が遮られ、影すら描けない地面を湿った風が吹き抜ける。バックパックに入れたカメラが、歩く度に揺れた。

「この最後の登りが、キツいんだよね」

あたしの言葉を聞いて、隣を歩く麗奈が無表情で頷いた。自宅の近所までは声を出すことができていたが、駅前の人ごみが目に入ると小さな口は閉ざされた。今は首を振るか、頷くかだけで意思表示をしている。それでもまだ頑張っている方だ。場面緘黙が酷い時は、視線が固定され何を問い掛けても反応がないこともある。

「由美に会ったらさ、思いっきり甘えな。写真も撮ってあげる」

椿の生垣を抜けて、御影石を踏み締めながらセゾン・サンカンシオンの玄関に向かった。ブザーを押すと、すぐに引き戸が開く乾いた音が聞こえた。

「久しぶり。よく来たね」

待ち構えていたのか、薄っすら化粧をした姉の姿が目に映る。その両手は、あたしたちを迎え入れるように広げられていた。

「寒かったでしょう？　こっちおいで」

姉に抱きしめられても、麗奈は声を出さなかった。目を瞑りながら、母親の香りを確かめるように息を吸い込んでいる。

「舞もわざわざありがとね」

「麗奈が行きたいって言ったからさ」

玄関先には幾つもの小さな靴が並び、子どもたちの声が漏れ出していた。以前足を運んだ時には感じなかった騒がしさが、室内に漂っている。

「入って。もうみんな集まってるから」

姉は小さな手を繋いだまま、ミーティングルームの方へ向かっていく。その後ろ姿は、何も問題のない幸せな親子のように見えた。

二人の後に続きミーティングルームのドアを開けた。そこには多くの母親と子どもたちの姿があった。飛行機の玩具を片手に走り回る男の子は、塗り絵に熱中している女の子にぶつかりそうになっていた。畳に寝転びながら絵本を読んでいる親子もいる。オムツで股間が膨らんだ幼児は、母親に見守られながら摑まり立ちの練習をしていた。

「今日は沢山の人がいるんだね」

「昔、ここに住んでた人たちも参加してるの。他にも、児童養護施設の職員さんたちも来てるし」

「へぇ、関係者ってヤツ？」

「そう。サンカンシオンで暮らしている人の中には、様々な事情で施設に子どもを預けてる人も多いから」

　それ以上は深く聞かず、室内を見回した。壁に貼られた数々の写真はそのままだったが、大きなホワイトボードは撤去されていた。姉は隅に置いてあった座布団を三枚手に取り、空いてるスペースに並べた。

「もうすぐクッキー作りが始まると思うよ」

「生地から捏ねるの？」

「小さい子も多いし、型抜きだけって言ってたかな」

　薄い座布団に腰を下ろした。麗奈は騒がしい場所で不安が強くなっているのか、瞬きもせず畳に目を落としている。

「ママと何の形のクッキー作ろうか？　ハート？　星形？　色んな種類の型抜きがあるらしいよ」

　姉は座布団を取りに行く時も、小さな手を放さなかった。

「ママは三日月のクッキーが食べたいな。麗奈が作ってくれる？」

姉が微笑みながら、艶のある髪の毛を撫でる。そんな光景に目を細めていると、バターの香りが鼻先を撫でた。

「みんな揃ったかな？」

ドアの前で、塩塚さんがクッキー生地と様々な形の型抜きを自慢気に掲げていた。その後ろでは、エプロンを身につけた生活指導員らしき女性たちが笑みを浮かべている。

「それじゃ、手を洗ってきて下さーい。ちゃんと石鹸《せっけん》を使えた人には、生地に混ぜるチョコチップをサービスしまーす」

塩塚さんの声を聞いて、何人かの子どもたちが嬉しい悲鳴を上げた。すぐに廊下に疾走していく姿が見える。母親と久しぶりに過ごす時間が堪らないのか、どの足音にも高揚感が滲んでいた。

手洗いから戻ると、部屋の中央には長いローテーブルが設置してあった。その上で丸まったクッキー生地が、ラップに巻かれながら幾つか用意されている。

「型抜きはみんなで譲り合って使ってね。お友達とケンカはしないように」

塩塚さんの声が合図だった。姉と麗奈が板の上で生地を延ばし始める。よく似た二つの手に芳しい香りが移り始めるのを、あたしは静かに見守った。

「ママは少し厚めに延ばそうかな？　その方が食べ応えのあるクッキーができそうだし」

声は出せないが、麗奈の丸い瞳は透き通るように輝いている。口元は少しだけ緩み、笑みの欠片が浮かんでいた。

「ママはウサギの型抜き使おっと。チョコチップで目を作ったら、可愛くなりそうじゃない？」

麗奈が二度頷いた。皿の上には様々な形に切り抜かれた生地が並び始める。ある瞬間、姉が型抜きに失敗してウサギの耳が取れてしまった。麗奈が手当てをするように千切れた箇所に優しく触れ、どうにか繋ぎ合わせようとしている。

「舞も作りなよ。まだ生地は沢山あるんだから」

「あたしはいいや。隣で見てる」

「なんで？　意外と夢中になれるよ」

「あたしのことは気にしないで。クッキー作りは、小さい頃に散々やったし」

わたしたちの母は、市販されているお菓子を口にすることを禁じていた。その代わり、バナナケーキや蒸しパンを手作りし、週末だけ紅茶と共に食卓に並べた。全て控えめな甘さで、粉っぽかったのを覚えている。

「お母さんだけが張り切ってさ。味もイマイチだったじゃん」

「そうだったね。あの時は、つまらなかった」

姉の呟く声を聞いて、横顔を見つめた。虚ろな瞳が、テーブルの上で延びる生地に向けられている。

「私、本当は星形とかハートのクッキーを作りたかったの。あの人には、焼きムラが出るから丸い形しかダメって言われてたけど」

「そうだったっけ？」

「舞はすぐ飽きて、友達と遊びに行ってたから覚えてないんだよ」

姉はキリンの型抜きを手に取り、生地に力強く押し付けた。

「私は誘われると、断れなかったからさ」

硬い笑みが目に映った。何か返事をしようと思えば思うほど、喉の奥は締め付けられていく。妙な沈黙を、突然聞こえた誰かの怒鳴り声が掻き消した。

「何で言うこと聞いてくれないの!!」

室内にいた全員の視線が、テーブルの端に向けられた。一人の若い母親が、隣に座る男の子の両手を強く摑んでいる。

「ちゃんと生地を延ばさないとダメなんだってば！」

「いやだ！　もっとコネコネする！」

「そんなことしてたら、一生クッキーなんて焼けないんだからね！」

「僕が全部やるの！」

男の子はまだ未就学児に見えた。叱責され意地になっているのか、生地を手で握りながら今にも泣き出しそうだ。若い母親の顔は、怒りで紅潮していた。

「もう、竜太《りゅうた》なんか知らない！　勝手にしてよ！」

若い母親は唇を震わせながら、男の子を睨みつけていた。長い付け睫毛の下でグレーのカラーコンタクトを嵌めた瞳が潤んでいて、今にも手を上げそうだ。息を呑むと、視界の隅でライダースジャケットが揺れた。

「おばちゃんも、一緒に作ろうかな。交ぜてよ」

塩塚さんは自然と二人の間に入り、ハートの型抜きを手にした。

「竜太くんは久しぶりにママに会えたから、格好良いとこ見せたいんだよね？」

「違うよ……僕が全部やりたいの」

口籠もる声が聞こえた後、塩塚さんが小さな頭を撫でた。

「竜太くんのママはね、また一緒にお家で暮らせるようにすごく頑張ってるんだよ」

「本当？」

「うん。だから私も竜太くんのママがもっと元気になるようにクッキー作りたいな」

男の子は何度か生地を弄んだ後、恥ずかしそうに小さな声で言った。

「じゃあ、今日だけ特別ね」

二人で生地を延ばし始める姿が目に映った。ホッとしながら、姉と麗奈が手元を動かす姿を見つめる。数分後、再びテーブルの端に視線を送ると、塩塚さんの姿は消えていた。さっきの親子が、船の形に型抜きした生地を一緒に並べている。

クッキーが焼けるのを待つ時間になると、あたしは座布団から腰を上げた。

「少し、外の空気を吸ってくる」

「どうしたの急に？」

「作品の素材になりそうな写真を撮ってくるだけ。すぐ戻るよ」

嘘ではないが、本心でもない。親子だけで過ごす時間が少しあった方が良い。あたしはバックパックを背負い直し、ミーティングルームのドアを開けた。

外は相変わらずの曇り空だった。林道から真紅に咲く椿を撮ろうかと考え、生垣に向かっていく。途中、視界の隅に古びた車が映り、思わず足を止めた。

何年も放置されているようで、ボディのシアンブルーは錆付きながらくすんでいる。全てのタイヤは空気が抜け、地面の上で潰れていた。不思議と経年が醸し出す佇まいに惹きつけられてしまう。

バックパックから一眼レフを取り出し、ピントを合わせる。気付くと、灰色の空の下で放置された物体に何度もシャッターを切っていた。

「その車、セゾンっていう名前なの」

背後から声が聞こえ、振り返る。塩塚さんが大きく背伸びをする姿が見えた。

「すみません、勝手に撮っちゃって」

「全然、大丈夫。減るもんじゃないし」

「雰囲気がある車だったので、つい」

「もう走れないんだけど、みんな乗っちゃうから廃車にできないのよ」

よく意味がわからなかったが、小さく頷いた。もう一度セゾンに向けてシャッターを切ってから、カメラを首にぶら下げた。

「今日は沢山の人が来てますね。姉も久しぶりに麗奈と会えて嬉しそうです」

「今回はクッキー作りだったけど、ピクニックや動物園に行ったりもしてるの。この前は水族館だったかな」

「へぇ、楽しそう」

「服役した場合は、どうしても離れ離れになる時間が長いし。それに、シングルマザーで子育てをしている娘も多いのよ。世界で『二人ぼっち』にならないように、参加者の窓口は広くしてる」

「……二人ぼっちですか？」

「孤立して子育てをする母親も多いから」

ミーティングルームで聞こえた数々の幼い声が鼓膜に蘇る。乳児やまだ上手く言葉を話せない幼児もいた。身勝手な母親たちのせいで、不遇な境遇に置かれている子どももいるのだろう。無邪気な笑顔に隠された悲しみが、胸の奥を抉っていく。

「あたしは子育てをしたことはないけど……正直、姉も含めてみんな無責任だと思います。結局は自分の過ちのせいで、子どもに寂しい思いをさせてますし」

「過去の失敗を責めるより、今直面している問題をみんなで解決する方が良いと思うけど。経験上、その方が回復に近づくし、子どもたちにとっても幸せに繋がる」

「でも……違法な快楽を得るために、家族まで巻き込んでいる訳ですから。まずはそこをしっかり反省させないと」

「人を依存症にするのは、快楽じゃないよ。心身の痛みや、それぞれが感じている生きづらさが原因で依存症になっていくの」

　塩塚さんは、一呼吸置いてから続けた。

「ウチに来る人間の八割は、暴力や虐待の被害者。幼い頃から劣悪な環境に置かれて、誰からも愛情を与えられなかった人間も多いしね」

「だからって……」

「さっき、子どもを怒っていたお母さんがいたでしょう？　彼女の足の指は、凍傷で何本か欠けてる。乳児の頃に失禁したまま長時間放置されたらしくてさ。真冬のおしっこは、冷たいナイフにも変わるってことね」

　悲しい事実と共に、若い母親の姿が再生された。

「あの娘はずっと両親から虐待を受けてたの。学校にもまともに通えなくて、卒業証書は郵送で受け取ったんだって。履歴書を書いても義務教育を受けた中学校までしか書けない。やっと家から逃げ出した彼女に優しく声を掛けてくれたのは、歓楽街にいる男たちだけだったらしいね」

　確かにあの若い母親の派手な化粧は、夜の街を彷徨《さまよ》う者の雰囲気が残っていた。

「親の援助も、学歴も、明日のご飯代さえもない彼女にとって選択肢は少ない。男たちに誘われるがまま性風俗で働き始めたんだけど、徐々に自分自身が磨り減っていくのが手に取るようにわかったって話してたな」

「最初から歓楽街なんか行かず、然るべき行政に相談していれば良かったのに」

「中学を卒業したばっかりの子に、そんなこと思いつくかな？　私だったら無理だよ」

口を噤んだ。あたしの表情を見つめながら塩塚さんは言った。

「彼女が最初に覚せい剤を使用したのは、性風俗に誘った男からの提案があったから。『コレを使えば、元気が出るよ』って渡されたんだって。それ以来、お店に出勤する時は気分を上げるために使うようになっていったらしいの」

「何も法を犯してまで……もっと健全な方法を考えれば良かったのに」

「そうするしか考えつかなかったんだろうね。今までに彼女は覚せい剤使用で二回服役してる。最初の逮捕の切っ掛けは幻聴だったかな」

過酷な誰かの人生を知って、喉に真綿を詰められたように声が出ない。意味もなくカメラに触れる。硬く冷たい感触が指先から伝わった。

「親には傷つけられ、行政からは零れ落ち、男には利用される。同じ女性ですら、あの娘は身体を売ってるって蔑《さげす》んだ眼差しを向ける。そんな彼女たちに、ここだけは安心できる場所って思って欲しいの」

塩塚さんの目線が宙に向けられた。視線を追うと名前も知らない鳥が群れをなして灰色の空を横切っている。

「最近、思うのよ。依存症の根源にあるのは、寂しさなんじゃないかって」

白い息が寒空に溶けた。聞こえた言葉だけが消えずに胸の奥に染み込んでいく。

「今更ですけど、部外者のあたしにそういう個人情報を話しても大丈夫なんですか？」

「彼女はメッセンジャーとして精神科病院のプログラムや市民センターで同じ話を何度もしてるの。自分自身の経験を通して、薬物の怖さを伝えたいんだって」

「そうですか……それと、もう一つ聞きたいことがあります」

「何？」

「あの車だけじゃなく、セゾン・サンカンシオンを何枚か撮ってもいいですか？」

短い前髪を掻き上げてから、塩塚さんが頷いた。

塩塚さんが立ち去ってからも、写真を撮り続けた。百枚以上シャッターを切ってから、ようやくミーティングルームに足を向けた。

室内では相変わらず走り回る子どもたちがいる一方で、タオルケットを掛けながら畳で微睡んでいる親子もいた。

姉と麗奈は、先ほどと同じ場所で座ったままだった。肩を並べながら、何やら手元に目を落としている。

「ただいま」

あたしに気付き、丸い瞳の目尻が垂れた。未だに声は出せていないようだが、怯えた表情ではない。

「舞、遅かったね」

「意外と作品に活かせそうな被写体を見つけてさ。少し夢中になっちゃった」

ローテーブルの上には、トランプくらいの大きさのカードが何枚も置かれていた。どれも短い文章と女の子のイラストが記載されている。

「このカード、何？」

「麗奈のために作ったの。声が出ない時に役立つかと思って」

カードを手に取り、目を凝らした。『こんにちは』や『さようなら』の他にも『トイレに行きたい』や『体調が悪い』等の整った文字が紙面に並んでいた。その下には女の子が笑顔で手を振っていたり、苦悶《くもん》の表情を浮かべながらお腹を抱えていたりと、内容に添ったポーズが描かれている。

「この女の子って、麗奈？」

「うん。似てるでしょ？」

「まずまずかな。本物はもっと目が大きいじゃん」

カードの右端には穴が空いており、紐やリングを通せば一つにまとめられる仕様になっていた。姉は全てのカードを集め、一番上に『状況によって、声が出づらいです』と書かれたものを置いた。

「今の私には、これぐらいしかできないから」

溜息交じりの声に、香ばしい芳香が重なった。ドアの方を向くと、生活指導員の女性たちがクッキーの載った皿を運び込む姿が映る。

「上手く焼けてそう。食べ過ぎて、お腹を壊さないようにしなきゃね」

姉の問い掛けを聞いても、丸い瞳は一点だけを見つめ続けていた。視線の先には手作りのカードが重ねられている。

出来上がったクッキーは想像以上に美味しかった。優しい甘さが舌の上に広がり、バターの香りが鼻から抜けていく。あれだけ騒がしかった子どもたちも、クッキーを口に運んでいる時だけは静かだ。

ちょうど食べ終わる頃に、カーテンを閉める音が耳に届いた。すぐに室内の明かりが消され、苺のホールケーキを持った塩塚さんのシルエットが薄闇に浮かぶ。

「実は今日、新しいバースデイを迎える人がいます。みんなでお祝いしましょう」

蠟燭《ろうそく》が灯るホールケーキが、姉の前に差し出された。サプライズだったようで、口元に手を当てながら目を丸くしている。塩塚さんから一言コメントを求められ、照れながら立ち上がる姿が映った。

「生まれ変わってたった一年ですが、今日という日を迎えられて本当に嬉しいです。この気持ちを忘れず、毎日を誠実に生きていきたいと思います」

見上げた姉の横顔に、蠟燭が燃える橙が滲んだ。数年前の濁った瞳ではなく、確かな決意が灯る眼差しを周囲に向けている。

「改めてセゾン・サンカンシオンの皆様に感謝を申し上げたいのと……」

言葉を詰まらせた後、色白の手が麗奈の頭を撫でた。

「私の回復を信じて待ってくれている大切な娘と妹に、ちゃんと愛を伝えたいと思います」

蠟燭を吹き消すと、洪水のような拍手が響く。生活指導員の誰かがハッピーバースデイの歌を唄い始め、幾つものおめでとうが飛び交った。そんな騒がしい空間で、麗奈だけは口元を結びながら俯いていた。

お昼ご飯を食べ終わると、姉が麗奈と一緒に切り分けたホールケーキを子どもたちに配り始めた。腕時計はそろそろ帰路に就く時刻を示している。雨で泥濘《ぬかる》む前に、林道を下り始めた方が良いかもしれない。

「ユーミン、嬉しそう」

いつの間にか隣で、塩塚さんが腰を下ろしていた。

「今日は姉のためにケーキまで用意してもらって、ありがとうございました」

「気にしないで。誰の時だって、祝ってるから」

小さく頷く。少しの沈黙の後、塩塚さんが呟いた。

「ユーミンと私は、似てる所が多いの」

「塩塚さんの方が断然しっかりしているように見えますけど」

私の返事を聞いて、塩塚さんは一度首を横に振った。

「一人で抱え込んじゃう性格や、夫から暴力を受けていたとこなんてそっくり。勿論、ユーミンの方が器量は良いけどね」

逮捕された時と同じように、姉の離婚は突然だった。事前に何の説明もなくシングルマザーとして生きていくことを実家に報告した際、母が顔を真っ赤にしながら激昂していたのを覚えている。姉は元夫の暴力についてはずっと黙っていた。その事実を知ったのは、随分と時間が経った後だ。

「私にも息子が一人いるんだけどね、ちょうど麗奈ちゃんぐらいの年齢で記憶は止まってる。だから、余計肩入れしちゃうのかも」

「そうですか……」

「とにかく、無事に新しいバースデイを迎えられて良かった。中には、悲しい結末を迎えちゃう人もいるから」

　塩塚さんが、天井に近い一角に視線を向けた。そこには数名の個人写真が並んでいる。彼女の平淡な口調を聞いて、ある事実に気付く。苦い唾を飲み込みながら、幾つかの笑顔に目を細めた。色褪せた写真に、子どもたちの声が反射している。

　スニーカーの紐を結んでいると、地面を叩くような雨音が耳に届いた。玄関の磨りガラスは曇り始め、水滴が滲んでいる。隣で、ショートブーツを履こうとしている姉に向けて呟いた。

「降ってきたから、見送りはナシで良いよ」

「大丈夫。駅まで一緒に行く」

「かなり濡れちゃうと思うけど……」

「それでも、いいの」

頑なな口調だった。麗奈が持参した雨合羽を羽織ってから、三人で外に踏み出す。すぐに傘の内側を雨音が満たしていく。生垣に咲く椿だけが、冷たく霞んだ空気の中で鮮やかな赤を留めていた。

泥濘み始めた林道を下りながら、姉が白い息を吐いた。

「そういえば、私たちの写真って撮ってくれたっけ？」

「他の親子が大勢いたし……帰りに生垣の前で撮ろうかなって思ってたけど、この雨じゃ無理。カメラが壊れちゃう」

「そっか……」

「次の機会に撮ってあげるよ。塩塚さんに聞いたけど、季節行事は多そうだし」

「それじゃ、またお願いね」

雨がアスファルトに跳ねる音がうるさくて、自然と会話が途切れた。姉は少し後ろで、小さな手をずっと握っている。

水溜まりを避けながら、二十分程度歩いた。遠くの方で、雨脚に霞んだ夕霧台駅の看板が見え始め、思わず溜息が漏れる。

「ママも一緒に帰ろうよ」

数時間ぶりに聞こえた声が、雨音に重なった。振り返ると、小さな身体が傘からはみ出している。

「ママの荷物はお祖母ちゃん家に全部あるし、電車に乗ったらすぐ着くよ」

以前、離れで聞いた「雨の日って好き」という言葉を思い出す。ずっと結ばれていた口が声を出せたのは、この雨音のせいだろう。

「今日ね、貯めてたお小遣いを持ってきたの。だからママの切符も買ってあげる」

麗奈が掌を開いた。そこには五百円玉二枚が載っている。姉はその硬貨を見つめてから、小さな身体に傘を傾けた。

「まだ、私は帰れないの」

「どうして？」

「もう少しだけあの場所にいないと、また麗奈と離れ離れになっちゃいそうだから」

「今だって、毎日会えないじゃん」

「……麗奈とまた一緒に暮らせるように頑張るから。約束する」

姉は小さな手を放し、指切りをするように小指を立てた。丸い瞳はそんな仕草を完全に無視して、傘の外に飛び出した。被っていたフードが捲れ上がり、髪の毛に雨粒が光る。

「ママはもう帰りたくなったんでしょ？　クッキーも食べて、誕生日じゃないのに祝ってもらって、すごく楽しそうだったもんね」

「それは誤解だよ。今日は私にとって大切な日だったの。それに笑っていたのは、久しぶりに麗奈と会えたからなんだよ」

「だったら、このまま帰ろう。そしたらずっと笑っていられるよ」

「……それは、まだできないの。今はお互い我慢しよう。ね？　お願い」

道路を走り去る車が水飛沫を上げた。五百円玉を握る拳は紅潮している。麗奈はポケットを探ると、先ほどプレゼントされたカードの束を取り出した。

「こんな物いらない。地蔵が変な物持ってるって、みんなに笑われる」

「地蔵？」

「クラスの男子が付けたアダ名。学校では、声が出せないから」

濁った水溜まりの中に、麗奈のイラストが散らばった。泥水で濡れた文字は、滲みながら意味を失っていく。

「お祖母ちゃんにね、ママのことは忘れなさいって言われたの。悪いお薬を使って、良い子じゃなくなったし、治らない病気だからって」

「私は確かに病気だけど、ちゃんと回復できるように毎日……」

姉が言い終わる前に、掠れた声が冷たい空気を震わせた。

「ママのことを考えると、いつも胸が痛くなる」

「麗奈……」

「喉もキューッて狭くなって、声の出し方も忘れちゃうの。もう誰とも話せないような気がして、すごく怖い」

雨合羽の上を、空から降り注いだ雫が滑る。麗奈の頬を伝う液体は、雨なのか涙なのか判断がつかない。

「ママが悪いお薬を使ってから、ずっと悲しいの」

不思議と周りの音が遠のいていく。雨音さえ消え、小さな声だけが鼓膜に残響した。姉は無言で足を踏み出し、麗奈にもう一度傘を傾けた。

「風邪、引いちゃうよ」

母親の言葉を無視して、麗奈は濡れた歩道を駆け出した。あたしの傘に入り込むと、再び口元を結び俯いた。置き去りにされた姉は、微笑んでいるようにも泣き出しそうにも見える表情を浮かべていた。

「舞、あとはよろしくね。私はここまでにする」

「うん……わかった」

「今日はありがとう。麗奈の身体が冷えちゃうから、もう行って」

頷いてから、小さな手を引いて歩き出した。麗奈の頬は寒さで紅潮しているのに、握った掌は冷たくはない。帰り道にずっと手を繋いでいたせいだろう。まだ母親の温もりが残っている。

駅ナカのコンビニでハンドタオルを買い、濡れ過ぎた髪の毛に触れた。返事はないと思いつつも、丸い瞳を見つめながら意識して穏やかな声を出す。

「麗奈の気持ちもわかるけどさ……由美も少しずつ前に進んでる訳だし。過去の失敗を悲しむよりも、今の頑張ってる姿を応援しない？　その方が、二人にとっても良いような気がするよ」

麗奈は額に張り付いた前髪を横に流すと、睫毛を静かに上下させた。子どもらしいキメの細かい肌に、産毛が黄金に輝く。

「悲しいのは、ママに会えなくて寂しいから。それだけなの」

「そっか……」

「ずっとママのことは大好きだから」

その言葉を聞いて、湿ったハンドタオルをポケットに突っ込んだ。今度姉と会った時は、ちゃんと二人の写真を撮ろうと誓いながら改札に向かう。

その二日後の朝方、姉の訃《ふ》報《ほう》が届いた。

塩塚さんが突然訪ねてきたのは、梅雨に差し掛かる時期だった。あたしはちょうど母屋にいて、アイスコーヒーを啜っていた。

「近くで所用があったものですから、どうしても線香をあげたくなってしまって」

数ヶ月ぶりに見た塩塚さんは、以前と大分印象が変わっていた。ベリーショートだった髪は耳が隠れるほどに伸び、ベトついた皮脂で湿っている。化粧をしていない頬は不健康に陰り、粉を吹きながら乾燥していた。

「お久しぶりです。その節は姉が色々とお世話になりました」

「いえ……ユーミンのことは、情けない限りです」

「そんなことないですって。バースデイの時はすごく楽しそうに笑ってましたし……サンカンシオンで過ごした日々は、幸せだったんじゃないかな」

そう思うしかなかった。あたしの返事を聞いても、浮腫んだ目元に光が差すことはない。

「どうぞ、上がって下さい。あいにく麗奈と両親は出掛けていて、あたし独りですけど」

「申し訳ないです。すぐ帰るので……」

土埃で汚れたスニーカーを脱ぐ姿を見下ろした。思わず鼻をひくつかせてしまう。色褪せたライダースジャケットからは、アルコールの匂いが微かに漂っていた。

姉の仏壇は和室に置かれていた。昨日、あたしが飾った紫陽花が、鮮やかな青紫を放っている。

塩塚さんは硬い表情で仏壇の正面に座り、マッチを擦った。指先が微かに震えているせいか、線香の先端に火は灯らない。三本目のマッチを擦ろうとする姿を見て、控えめに問い掛けた。

「火、あたしが付けましょうか？」

「すみません……目が霞んで、上手く見えなくて」

「梅雨だし、線香もしけってますから」

あたしが小さな火を線香に近づけると、すぐに白い煙が揺らめきながら立ち昇った。

「私、花やお供え物すら忘れてしまって。何やってるんだろう……」

「別に要らないですよ。ついでの弔問ですし、こうやって手を合わせてくれるだけで、姉は喜ぶと思います」

塩塚さんはもう一度頭を下げ、遺影を一瞥してから言った。

「お葬式や四十九日も参加できなくて……今更ごめんなさい」

「気にしないで下さいよ。母の強い希望もあって、親しい身内だけで見送ったので」

葬儀に集まった両親や親戚が、どこか憑《つ》き物が落ちたような表情をしていたのを覚えている。その中で丸い瞳だけが、ずっと涙を流していた。

「塩塚さんが、姉を最初に発見してくれたんですよね？」

「えぇ……正直、その瞬間の記憶は曖昧なんです。鮮明に覚えているのは、ユーミンが寝ていた布団の捲れ方とか、霜《しも》が降りた林道の風景だけ。どうでも良いことばかりで、本当にごめんなさい」

「謝らないといけないのは、こっちです。姉のショッキングな姿を、直視させてしまった訳ですし」

「私のことはどうでも良いの。ユーミンの悲しみに気付けなかったのは、事実だから」

「……改めて、あの時は本当にありがとうございました。姉もずっと寒空の下じゃ、可哀想だったので」

姉は林道に自生した大きな枇杷《びわ》の木で首を吊った。遺書の類いは見つからず、衝動的な自殺だろうと警察官が話していた。

「それじゃ、私はこれで……」

塩塚さんは腰を上げようとしたが、途中で畳に手をついた。

「大丈夫ですか？」

「最近、たまに眩暈があって……本当、みっともないです」

私が差し伸べた手を握って、塩塚さんはゆっくりと立ち上がった。彼女の背後では、変わらず細い煙が立ち上っている。灰の中に突き刺さる線香は、いつかのホールケーキに立つ蠟燭を想起させた。

「姉のバースデイを祝ってくれた方々にも、よろしくお伝え下さい」

「……随分前に、私はあそこを出たの。今は、就職した清掃会社の寮で暮らしてる」

「えっ、そうだったんですね。知らなかった」

「水に濡らしたモップって、意外と重いのよ。もう若くないし、すぐ腰に来るから嫌になる」

自嘲気味に笑みを浮かべる表情が映った。華奢な身体からは、隠し切れない気怠さが滲んでいた。

「あたしも、建設会社の事務に就職したんです。まだ試用期間中ですけど」

「写真の方は？」

「強烈な個性も才能もありませんでしたから。やっと最近諦めがついたので」

「そう……人には色々あるからね」

「麗奈を養っていくためにも、お金が掛かりますし。写真は趣味で続けていくつもりです」

「自信作ができたら、いつか見せてね」

「はい。セゾン・サンカンシオンで撮った写真を加工して、アートの常識を覆します」

あたしの冗談めいた返事を聞いて、一度だけ頷く姿が見えた。お互いに全て話し終えたような気配が漂う。塩塚さんは玄関でスニーカーを履いてから、無表情で深々と頭を下げた。

ぼんやりとした日差しの中にライダースジャケットが消えていく。陽光で霞む背中を見つめていると、もうこの人とは生涯会うことはないような気がした。

線香が燃え尽きたのを確認してから、離れに向かう。埃を被った一眼レフを一瞥して、パソコンを起動させた。随分と放置していたデータをクリックし、画面一杯に画像を拡大させる。曇天の下で撮ったセゾン・サンカンシオンは、思った以上に薄暗く写っていた。

「ツーショット、撮れなかったな」

そう呟くと同時に、視界が曇り始める。目頭は熱を帯び、鼻の奥が湿っていく。震え始めた口元から、掠れた声が漏れ出した。

「お姉ちゃん……どっから手をつけて良いか、わかんないよ」

零れ落ちそうな涙を止めたのは、玄関の扉を叩くノックの音だった。あたしはパソコンを閉じて、目元を乱暴に擦った。呼吸を整えてから、大きな声を出す。

「鍵、開いてるよ」

ドアが開く音が聞こた。視線の先で、小さな身体が靴を揃えている。

＃4　寂しい場所

床頭台に置いた紙袋を、秋の日差しが柔らかに染めている。中に入っているのは、売店で揃えた洗面道具と少しの下着だけ。片手で収まる私物は、すぐにここから走り出せそうなほど身軽ではあるが、今後の生活を思うと頼りなさすぎる。そんな感慨に耽《ふけ》っていると、廊下から誰かの足音が近づいて来た。

「おっ、蛭間さん、もう着替えてるじゃない。準備万端だね」

田《た》中《なか》看護師が笑みを浮かべていた。二つ年上で、常に化粧が決まっている。私と同じように離婚歴があるらしく、勤務担当ではない時も何かと声を掛けてくれた。

「退院時の書類に、サインを貰っても良い？」

「はい。三ヶ月間、色々とお世話になりました」

「そんなかしこまんないでよ。無事に退院してくれるのは嬉しいけど、少し寂しいじゃない」

砕けた口調が心地好かった。病院から一歩を踏み出せば終わる関係だとわかっていても、久しぶりに友人ができたような気がして、自然と表情が緩んでしまう。

退院時の説明や幾つかの書類を受け取った後、田中看護師が質問した。

「埼玉の施設まで、どれぐらい掛かるの？」

「高速を使って、六時間程度と聞いています」

「蛭間さんの実家の近くとかじゃないんだよね？」

「はい。両親は既に他界しているので……」

「そっか。でも良かったじゃない。親切な人たちに巡り合えて。わざわざここまで迎えに来てくれる職員さんなんて、そういないよ」

「本当に助かりました。関東までの交通費も厳しかったので」

　裕司は約束通り入院費を支払い、退院後に生活する施設も探してくれた。医療スタッフたちには離婚してからも元妻を支える優しい人間に映っただろう。その証拠に、全ての施設候補が遠く離れた県外であることや、あの日以来一度も面会に来ていないことに対しては誰も何も言わなかった。これから向かう施設に関しても、医療スタッフと裕司の間で全ての話が進められ、私の意思はほとんど反映することができなかった。

　田中看護師は床頭台に載った紙袋を一瞥し、首を傾げた。

「蛭間さんの私物って、それだけ？」

「……火事で燃えちゃいましたから。手持ちも少ないですし、最低限の日用品しか買ってないんですよね」

「あっちの入寮費とかはどうしたの？」

「担当のソーシャルワーカーから聞いたんですけど、元夫が最初の一ヶ月分だけ支払ってくれたらしいんです。まるで手切れ金みたいに」

　思わず卑屈な言葉が零れ落ちる。田中看護師は大げさに吹き出し、奥歯まで見えそうな大口を開けて笑った。

「蛭間さんって、面白い人だったのね」

「ちょっと口が滑っただけです……」

　身に纏っている毛玉の目立つパーカと、色褪せたデニムパンツに視線を落とした。今持っている私服はこの上下しかない。入院中はずっと病衣だったが、外に出れば勿論そうはいかない。

　田中看護師が何故か背後に回る気配を感じて、目線を上げた。

「いつまでコレつけてるの？」

「何がですか？」

「輪ゴムよ、輪ゴム」

　彼女の返事を聞いて、後頭部で一つに結んだ髪の毛に触れた。肌色の輪ゴムで縛った箇所は、髪の毛が絡まっているせいもあり微かな痛みを感じる。

「節約です。シャンプーも安いリンスインに変えたので」

「でもねぇ……ヘアゴムぐらい買ったら」

「働き口が決まったら買います。そうじゃないと、二ヶ月後の寮費も払えないし」

「行き詰まりそうになったら、社会保障制度も活用しなさいよ」

「はい。施設に行っても、アルコールプログラムで学んだことを忘れずに頑張ります」

深々と頭を下げた。顔を上げると、田中看護師が渋い表情で鼻先を掻いている。

「最後まで、そんな良い子ちゃんの返事をしなくても大丈夫なのに」

「私は本気で……」

「アルコールプログラムに参加した感想を聞いた時も、全部優等生みたいな返答だったでしょ。『もう絶対飲みません』『お酒に呑まれた私が悪かったんです』『勉強になりました』云々」

「それが本音ですから……」

「個人的にはさっきの『手切れ金』みたいな、着飾ってない言葉の方が好きだけど」

軽いと思っていた紙袋が、重さを増していく。正直、毎週参加したアルコールプログラムの内容は胸を打つものではなかった。僅《わず》かに当てはまる部分もあったが、急にアルコール依存症と言われても実感は乏しい。最後の方は、退屈を覚えながらぼんやりと席に座っていた。

「素直になった方が、回復は近づくんだよ」

田中看護師はそう告げると、握手を促すように右手を差し出した。

「新しい施設に行っても、元気でやりなさいよ。バツイチ同士、幸せになりましょうね」

彼女の柔らかい掌に触れて初めて、私の手が酷く冷たいことに気付いた。

施設職員との待ち合わせ場所は、病院の正面出入り口前だった。外に出て周りを見回したが、それらしき人物は見当たらない。

入院している間に夏は過ぎ、遠くに見える街路樹の葉は紅葉し始めている。十月の風は冷たかった。薄いパーカ一枚を羽織っているだけだと、すぐに肌は粟立つ。寒さに耐え切れず再び院内に戻り、売店付近の長椅子に腰を下ろした。ここからだと、外の景色が良く見える。

「はーい、どうぞ寄っていって下さいー」

食堂がある方角から声が聞こえた。視線を向けると、廊下に敷いたブルーシートの上で大量の衣類が山積みになっている。

「売り切れる前に、お早めにどうぞー」

快活な声に誘われるように、人垣に近寄った。全ての衣類には、値段が表記されたガムテープが貼り付けられている。どれも百円から五百円程度でかなり安い。中には十円や五円と表記されたＴシャツが見えた。思わず、売主と思われる女性に向けて掠れた声を出してしまう。

「あのっ、これって……」

「患者さんたちに向けた、古着バザーですよ。たまに掘り出し物もありますから。是非、手に取ってみて下さい」

「随分と安いんですね」

「患者さんの中には、生活保護を受給している方もいますので」

小さく頷いてから、再び山積みになった衣類を見回した。襟元が皮脂で汚れているシャツや、裾が擦り切れた綿のパンツが埋もれている。缶コーヒーのロゴが背面に描かれたジャンパーは所々中綿が飛び出していた。売る前に洗ってはいないだろう。幾ら安いとはいえ、手を伸ばすのは躊躇《ためら》われた。

踵を返そうとした時、視界の隅に黒光りする衣類が過ぎった。目を細めると、ライダースジャケットが放置されている。胸元のガムテープには三百円と表記されていた。他の衣類と比べると着古した様子もなく、デザインもシンプルで悪くない。

「これっ、試着しても良いですか」

売主の女性に向けてライダースジャケットを掲げた。彼女が頷いたのを合図に、ゆっくりと袖を通す。合皮ではなく本革のようで、レザー独特の匂いが鼻腔に漂った。裏地もあり温かいが、ワンサイズ大きめだ。

「それ、孫の服なのよ。やっぱり若い人が着ると違うわね」

「……少し大きく見えませんか？」

「本革だから、着ているうちに馴染むと思うけど」

もう一度、値段が表記されたガムテープに視線を落とす。好みのタイプの服ではないが、寒さで震えるよりはマシだろう。

「これ下さい」

売主の女性に三百円を渡してから、黒光りするライダースジャケットを羽織った。自分自身のために服を買うのなんて久しぶりだ。窓に映る姿を眺めてみるが、やはりサイズは合っておらず似合ってはいない。それでも、意外なほどに胸は高鳴っている。

待ち合わせ時刻より三十分遅れて、遠くの方に青い車が見えた。目に映った瞬間、あの車に今から乗り込むような予感がした。周りに停まる医師の高級外車や患者の家族がハンドルを握る軽自動車の中では、妙に浮いている。車種は一昔前のもののようで良く言えばレトロ、悪く言えば廃車寸前。唸るようなエンジン音を撒き散らしながら、真っ直ぐに正面玄関前に向かって来る。

私の前で停まると、運転席の青いドアが開いた。降りてきたのは、笑みを浮かべる中年の女性だった。

「あなたが、塩塚美咲さん？」

久しぶりに旧姓で呼ばれ、少し頷くのが遅れた。入院の途中で離婚が成立したため、ベッドネームも薬包も食札も蛭間姓のままだった。

「早めに出たんだけど、途中でエンストしちゃって」

「いえ……遠くからわざわざ迎えに来て頂いて、ありがとうございます」

「とりあえず、乗っちゃおうか。これから長いドライブが控えてるし」

後部座席に紙袋を置き、助手席に乗り込んだ。彼女がハンドルを握ると、徐行しながら青い車が走り出した。

中年の女性は生活指導員の平川《ひらかわ》と名乗った。元々は都内で美容師として働いていたらしいが、覚せい剤使用により二度も服役した経験があると呑気な口調で告げられた。仮釈放中にこれから向かう施設と出会い、それ以来覚せい剤の再使用はないと話していた。今は利用者から生活指導員と肩書きを変え、私のような人間に関わっているらしい。

私はフロントガラスに映る景色を眺めながら、隣から聞こえてくる話に短い相槌を打ち続けた。入院前はそんな過去を他人から告白されたら、震え上がっていたかもしれない。こうやって同じ空間に身を寄せながら穏やかな声を耳にしていると、不思議と恐怖心は感じない。

「塩塚さんは、アルコールだっけ？」

「はい……」

「入院前は何をしてたの？」

「普通の主婦です」

「お子さんは？」

「息子が一人いますが……今は元夫の実家で生活しています」

圭のことを思い出しそうになり、密かに頭を振った。幼い笑顔が脳裏に浮かぶと、心臓が締め付けられ、身体中の血液が干からびていくような心地がする。それでも、入院中に何度も空想した映像が瞼に過ぎる。

看護師がぶら下げている閉鎖病棟の鍵を奪い取って、病衣のままタクシーを飛ばす。

裕司や義理の両親の怒号をやり過ごしながら、必死に柔らかい手を握り締める。

少し離れた場所で待つよう指示したタクシーに再び乗り込む。落ち着いたら、圭の好きなお菓子やジュースを沢山買い込んで、どこか知らない街に向かって走り続ける。タクシー料金が手持ちの金額を超えたら、消費者金融に寄れば良い。隣に座る幼い表情は、何事もなかったように好きな漫画やアニメの話をし、私はただ黙って微笑みを浮かべている。

ありえない情景を頭の隅に追いやるため、車窓の外に目を向けた。普通の日常が、早送りのように流れ去っている。何度目かの赤信号で停まった時に『学童飛び出し注意』と表記された看板が目に映った。

突然、頬に生温い液体が伝う。それは、どうやっても止められない。

「息子に会いたい……」

あれほどうるさかったエンジン音が遠のいていき、車内に私の嗚咽だけが漂った。斜めに掛けたシートベルトが、身体を縛る鎖のように冷たさを増した。

「もう、高速乗るんだよ」

平川さんは慰めるような視線を送ってから、アクセルを踏んだ。

目が覚めると、フロントガラスに映る空は群青に変わっていた。涙を流しながら眠ってしまったせいで、喉の奥が酷く渇いている。

「タイミング良く起きたね。そろそろ着くよ」

平川さんの声を聞いて、目頭にこびり付いた眼脂《がんし》を擦る。お尻には、アスファルトを走る時とは違う振動が伝わっていた。周りの景色は暗い木々のシルエットに囲まれ、街灯は一つも見当たらない。闇は濃く、本能に訴えてくるような恐怖を覚えた。

「セゾン・サンカンシオンは、この林道の先にあるから」

「……世間から取り残されたような場所にあるんですね」

「慣れると静かで落ち着くよ。周りに民家もないし」

「簡単に言えば、寂しい場所ってことですよね？」

ふてくされた声が喉を震わせた。曲がりくねった林道を進めば進むほど、胸を暗い影が覆っていく。

「確かに人気《ひとけ》がなくて街の音も聞こえないけど、みんながいるから寂しくはないと思うよ」

平川さんはそう呟くと、ハンドルを握り締めた。青い車のヘッドライトが、少し先に見える開けた場所を照らしている。

「明日、髪をカットしてあげよっか？」

「何ですか、急に……」

「元カリスマ美容師のサービス。ウチに来る娘たちの中にはムショ帰りだったり、乱れた生活を送ってた人間も多いから。希望があれば整えてあげてるの」

「……遠慮します」

「そう。また気が変わったら、いつでも言ってね」

林道を登り切った先には、生垣が生い茂っていた。ヘッドライトの光が照らす部分だけ、濃い緑の葉が見える。その奥には、窓に黄ばんだ明かりが灯る民家が沈黙していた。

タイヤは小石を踏みしめながら、敷地内を進んで行く。平川さんは隅の方に車を停めると、エンジンを切ってから間延びした声を出した。

「到着ー。久しぶりに長距離を運転すると、肩が凝るね」

「すみません……私のせいで」

「別にそういう意味じゃないから。気にしないで」

助手席のドアを開ける。外は肌寒かった。思わず、ライダースジャケットのジッパーを首元まで上げた。平川さんは後部座席に置いた紙袋を取り出し、私の前に差し出した。

「今日はもう遅いし、ご飯を食べたらゆっくり休んで。施設の詳しい説明は、明日するから」

「はい……」

「因みに、今日の夕食はカレーだったかな」

「……食欲がないので、要りません」

苦笑いを浮かべる平川さんの背後で、セゾン・サンカンシオンが薄闇に沈んでいる。こんな不明瞭な視界でも、古臭い建物であることが伝わった。

「やっぱり、寂しそうなところですね」

木々が騒めく音が、呟いた声を掻き消していく。見知らぬ土地に吹く風には、カレーの香りが混じっていた。

セゾン・サンカンシオンの室内は、一般家庭のような空間が広がっていた。数名の生活指導員や入居者に軽く自己紹介をされたが、ほとんどがアノニマスネームを使用しており、すぐに忘れてしまった。

同意のもと、私物を確認されてから金銭も回収された。入居一ヶ月の間は、一日五百円でやりくりすると記載された書類にサインし、一応渡された今日分の五百円玉をライダースジャケットのポケットに仕舞った。

夕食や入浴も拒否して、用意された自室に向かう。全身に諦めと不自由と窮屈さが泥のようにまとわり付き、とにかく横になりたかった。こんな場所でこれから暮らしていくのかと思うと、不安が延々と渦を巻く。それでも車内で号泣したせいか、涙は一滴も零れ落ちない。むしろ、瞳の奥は乾いていた。

平川さんに案内された自室は相部屋だった。六畳程度の空間に、二段ベッドが壁付けされて置かれている。陽に焼けた畳からは、薄っすらと煙草の匂いがした。

「もうっ、外か換気扇の下で吸ってって言ってるのに」

平川さんは窓辺に置かれた灰皿を手に取ると、続けて言った。

「同室の娘は外泊中なの。昨日、身内に不幸があったらしくてね」

「それじゃ、今日は一人ですか？」

「寂しい？」

「いえ、嬉しいです」

下段のベッドの毛布は捲れ上がり、枕元には女性誌が放置されていた。私はそれ以上は何も言わず、頼りない梯子を登った。

「本当に夕食要らないの？　夜中にお腹が空くと思うけど」

「……今日は疲れたので、このまま休みます」

「わかった。下にいるから、何かあったら声を掛けてね」

平川さんが部屋を出ると、階段を下りる足音が響く。ちょっとした物音一つ取っても、耳馴染みがない。下唇を噛み、上段のベッドに寝転んだ。手が届きそうな天井を見つめながら、睡魔が訪れるのを静かに待った。

微睡みから覚めると、いつの間にか室内の電気は消されていた。薄闇の中に小さな寝息が交じっているのが聞こえ、ベッド柵から身を乗り出して目を凝らす。何故か平川さんが畳に布団を敷き、小ぶりな胸を上下させていた。

腕時計は持っておらず、携帯電話は回収されていたため、現在の時刻がわからなかった。閉め切ったカーテンの隙間から、変わらない群青が入り込んでいるのを見て、夜が明けていないことだけは伝わった。

入院中も頻繁に中途覚醒があった。圭のことを想ったり、今後の生活を考えたりしてしまうと、どうしても眠りは浅くなってしまう。そんな時は、看護師に頼んで睡眠導入剤を頓服として内服していたが、白衣の人々はここにはいない。

何度か寝返りを打っても、一度手放した睡魔が再び訪れることはなかった。薄闇の中で目を開けていると、様々な後悔だけが浮かび、余計頭は冴えていく。無理やり目を瞑った瞬間、アルコールが喉を通り抜けていく感覚が脳裏に過ぎった。

入院していたとはいえ、三ヶ月以上は飲んでいない。結局、やめようと思えばいつでも断酒なんてできることが証明された気がした。アルコール依存症とレッテルを貼られたが、多分誤診だろう。診断を下した医師は、線の細い冴えない男だった。

睡眠導入剤がない今、頼れるのはアルコールだけだ。そんな思いに駆られると、熱を持ったこめかみが頭痛を呼び寄せていく。朝陽がカーテンを染めるまで目を開けているのは、辛すぎる。

ゆっくりと身を起こし、音を立てないように梯子に手を掛けた。平川さんがもし起きたら、トイレに行くと嘘をつけば良い。その他の言い訳も頭で考えながら、軋む梯子を慎重に下った。幸いにも、小さな寝息が途絶えることはなかった。

アルコールの香りを思い出していると、暗い林道を進む恐怖も、見知らぬ街に対する不安も感じなかった。まだ肌に馴染んでいないライダースジャケットを揺らしながら、白い息を吐く。街灯に沿って夜道を彷徨いながら、お酒の気配を探した。

遠くの方にやっとコンビニの明かりを発見し、歩調を緩めた。無意識のうちに何度も前髪を掻き上げてしまう。後頭部に触れると、いつの間にか髪を縛っていた輪ゴムがなくなっていることに気付いた。

軽快な入店音を耳にしながら、酒類が陳列されている冷蔵庫に足を向けた。途中、華やかな輪っかが置いてある棚が見え、思わず立ち止まった。

手に取ったシュシュは、紺色の生地に薔薇の花弁が描かれたデザインだった。最近目に映った物の中で、一番美しい。値段を確認すると、税込み四百八十円。予想していたよりも安い。

垂れ下がった前髪を耳に掛け、ポケットから五百円玉を取り出す。掌に乗る綺麗な花柄と、くすんだ硬貨を交互に見つめた。

「また、いつかね」

誰にも聞こえないような声で呟いた。シュシュを元あった場所に戻し、奥の冷蔵庫を見据えた。

お釣りの小銭を仕舞い、早速コンビニの前で缶ビールのプルタブを引いた。何も考えずに一気に飲み干す。勢い余って激しくむせ込んだ声が、人気のない駐車場に響いた。温くなる前に、二缶目を口に運んだ。半分以上飲み干した時、コンビニの窓ガラスに自分自身の姿が映っていることに気付いた。

不格好なライダースジャケットを身に纏い、艶のない前髪が目元を隠している。片手に持った銀色の缶を大切そうに握り締めながら、血色の悪い唇はほくそ笑んでいた。

「これじゃ、圭と一緒に暮らせないか」

ワザと明るい声で呟く。窓ガラスが映し出しているのは、私の正体だった。暴力に耐える妻でもなく、離れ離れになった息子を想う母親でもない。お酒を片手に独り歪んだ笑みを浮かべる女が、辺りに漂う暗闇を背負っている。

酷い表情から目を逸らすように、銀色の缶に再び視線を戻す。口に広がったのはビールの苦さではなく、塩辛い味だった。頬を伝う雫が唇を濡らしている。今日は随分と涙を流したはずなのに、どうやっても止め方がわからない。

全身の力が抜け、立っていることができなかった。蹲ると、手に持っていた缶ビールが地面に落下した。アスファルトから立ち上るアルコールの匂いが肺を満たし、酷く息苦しい。こんな状況でもまだ、勿体ないと思ってしまうのが惨めだ。飲み口から零れ落ちたビールは、地面の色を変えながら広がり続けていく。

今の私は、がらんどうの空っぽだ。

これから生きていく意欲も、死を選ぶ衝動も残ってはいない。抜け殻のような身体を引き摺りながら、帰り道を歩き出した。

セゾン・サンカンシオンは、変わらず群青の薄闇を纏っていた。電気のスイッチがどこにあるかわからないまま、暗い玄関で靴を脱ぐ。足音を忍ばせるのも忘れて、階段を上った。

平川さんは畳で横になったままだったが、寝息は途絶えていた。私が上段のベッドに横になったタイミングで、平淡な声が聞こえる。

「外は寒かった？」

　壁の方に寝返りを打ってから、質問とは違う返答が喉から滑り落ちる。

「どうして、私の部屋で寝てるんですか？」

「言ったでしょ。下にいるから、何かあったら声を掛けてねって」

　屁理屈のような返事が鬱陶しく、思わず舌打ちが漏れそうになってしまう。私の鼻から抜ける息には、隠しようもないアルコールの匂いが混じっている。もうどうなっても良かった。自暴自棄な気持ちが全身を支配した。

「飲酒して身体が火照ったので、そこまで寒くはなかったです」

「そっか。何を飲んだの？」

「ビールです」

「美味しかった？」

「全く。惨めになっただけです」

「近くのコンビニで買ったの？」

「はい。二本ほど」

「外に出るなら、ついでにアイス買ってきてもらえば良かった。今ね、季節限定の焼き芋味が売ってるの。すごくハマっちゃって、二日に一遍は食べてる」

　追い出されるのも覚悟していたのに、聞こえてくるのは呑気な声だった。余計、胸が苦しくなっていく。

「お酒を飲んだのに、怒らないんですか？」

「アルコール依存症の再飲酒は、風邪を引いた時の鼻水みたいなもんだから」

「……意味がわかりません」

「病気の症状ってことよ。再飲酒の事実より、あなたが正直に打ち明けてくれた方が何倍も価値はある」

言い切る口調を聞いて、瞳が潤み始めた。声を漏らさないように、奥歯を噛み締める。

荒い声で叱責された方が気楽だった。

針のような視線で軽蔑された方が、表面的な反省の言葉を口にできた。

このまま追い出された方が、一時の自由を謳歌できた。

飲んだことを受け止めてもらったら、どうして良いかわからない。

「私はもう十年間シャブを喰ってないけど、明日絶対に使わないとは言い切れない」

「そんな長期間断薬していても、自信はないんですね……」

「ずっとシャブを喰うのが生活の一部だったから。当時は無意識に近い状態で使ってたしね」

平川さんの本音を聞いて、気持ちがまた沈み始める。十年もの間断薬していた人間でも、まだ依存症の泥沼から這い出せてはいない。厳しい現実を知って、どう返事をして良いかわからなかった。短い沈黙の後、柔和な声が聞こえる。

「でもね。選択はできるようになったかな」

「……何の選択ですか？」

「シャブを使う自分と、使わない自分を天秤に掛けられるようになったの。昔みたいに気付くと使ってた頃と比べたら大きな進歩でしょ？　そんな選択を毎日繰り返して十年。ずっとシャブ抜きの自分自身を選んでる」

「私はそんな長い期間……お酒をやめる自信がないです」

「何十年も先のことなんて考えずにさ、毎日、今日だけはやめてる自分を選択しなよ。そんな日々を積み重ね続ければ、気付いたら健康な婆《ばあ》さんになってるから」

　小さく頷いてから、枕に顔を埋めた。我慢できず漏れ出した嗚咽に、平川さんの穏やかな声が交じる。

「朝ご飯はしっかり食べなさいよ。どうせ、残りのカレーだから」

　しばらくして、枕から顔を上げた。窓辺のカーテンに黄ばんだ光が透け始めている。


　秋晴れの空に、翼を広げた鳥が飛んでいた。頭上から視線を戻すと、弱い日差しが首から被ったゴミ袋に反射し、椅子の下に敷いた新聞紙が最近の政治を嘆いている。

「本当に良いの？」

　声が聞こえた方に顔を向けると、ハサミを持った平川さんが眉根を寄せていた。

「はい。思いっ切り、短くして下さい」

「『17歳のカルテ』に出てた時の、ウィノナ・ライダーぐらい？」

「……とにかく、短ければ良いです」

平川さんは霧吹きで髪を濡らした後、一呼吸置いてからハサミを入れた。初めてのショートカットに不安を覚えつつも、気分は悪くない。カレーの香りが仄かに染み込んだ毛先が、パラパラと被ったゴミ袋の上を滑る。

「気分一新ってヤツ？」

平川さんの呟く声を聞いて、自然と口元が緩む。

「いつでも表情をチェックしやすいように、できるだけ短くしたいんです」

「これ以上、綺麗になってどうすんのよ」

冗談交じりの声に小さく首を横に振ってから、新聞紙の上に落ちた黒い束を見つめた。

「昨日は、酷い顔してましたから」

風が吹いて、細かい髪の毛が飛ばされていく。さようならと胸の中で呟いてから、軽快に鳴るハサミの音に耳を澄ました。

第5章　三寒四温

鳥の囀る声が聞こえて、瞼を擦る。掛け時計に目を向けると、文字盤が霞んで二重に見えた。昨夜は浅い眠りを繰り返してしまった。酷い頭痛が自然と顔を歪ませる。

「夜は、うなされてたね」

上段のベッドからノッチの声が聞こえた。私は小さく欠伸をしてから、掠れた声で言った。

「起こしちゃった？」

「そりゃ、中々の声量だったし」

「そんな大きな声だったんだ……ごめんね」

「それってさ、離脱症状？」

「多分、そうね」

ずっと昔にアルコールプログラムで学んだ内容が蘇る。私のような人間が急にお酒を断つと、体内のアルコール濃度が低下し、離脱症状と呼ばれる自律神経症状や情緒障害が出現することが多い。

　早期離脱症状は、軽い発汗や頻脈、頭痛や嘔吐、痙攣発作や眩暈等を認める場合がある。後期離脱症状は、身体に虫が這うような感覚に囚われる体感幻覚や妄想、手の震えを伴う激しい興奮、場所や時間がわからなくなってしまう見当識障害を認める場合がある。

　一般的には数日で離脱症状は消えるが、一ヶ月以上も続くケースがあることを知っていた。私が生活指導員だった頃、離脱症状に耐え切れず再び依存対象に手を伸ばしてしまう女性を何人も見てきた。

「もともと頭痛持ちだし、こういうのは慣れてるんだけどね」

「それにしては、辛そうな声だったけど」

「……海で溺れ続ける夢を見てたの」

　女性の生活習慣病の発生リスクが高くなる飲酒量は、純アルコール換算で一日二十グラムと聞いたことがある。日本酒だと一合、ビールだと５００ml、ウイスキーだとダブル一杯、ワインだとグラス二杯弱。ここに戻ってくる前の飲酒量を思い出そうとしたが、記憶は霞んでいる。

　梯子を下りる音が聞こえ、裾が解れたグレーのスウェットパンツが見えた。ノッチは手櫛で寝癖を直した後、掛けている黒縁メガネのブリッジを上げた。

「今週はウチらが料理当番なんだけど、起きられそう？」

「うん。いつまでも横になってる訳にはいかないから」

「それじゃ、そろそろ朝ご飯の準備しよっか」

ノッチが差し出した手を握り、ゆっくりと上半身を起こした。頭蓋骨に響くような頭痛に交じって、軽い眩暈を感じた。

「ありがとう。歳ばっか食っちゃって、嫌になるね」

「何言ってんの。ミーさんはそこら辺にいる四十代より若く見えるじゃん」

「一日五百円の小遣いじゃ、何も出てこないよ」

「うわっ、その言い方は婆さん臭いかも」

苦笑いを浮かべながら、化粧をしていないキメの細かい肌を見つめた。私の半分ぐらいしか生きていない彼女も、ここに来るまでに辛い出来事が沢山あったのだろう。そんなことを思いながら、肩まで伸びた髪を耳に掛けた。

頼りない足取りで、階段の手摺りを握る。三月の澄んだ冷たさは、文字通り骨身に沁みた。それでもまだ気温を感じられるだけマシだ。飲酒を繰り返した一年間は、今が暑いのか寒いのかすらわからない時も多かった。

「離脱が酷いと、二階に上るのもしんどいっしょ?」

「手摺りを使えば、なんとか大丈夫」

「でもさぁ、辛そうに見えるよ」

「心配しないで。数日もすれば楽になると思うから」

足を滑らせないよう、慎重に階段を下りる。先に一階に辿り着いたノッチが、私の方を振り返った。

「ミーさんって、断酒して三日目だっけ？」

「そうだね」

「離脱が続くようなら、病院で薬貰ってくれば？」

曖昧に頷くだけにした。この頭痛は慢性化している。今は離脱症状の影響で普段よりも酷くはなっているが、時間が経てば徐々に和らいでいくだろう。本音で言えば受診するより、飲酒して離脱症状を解消した方が楽になると思う。そんな考えを追いやるため、話題を変えた。

「朝ご飯は、目玉焼きと味噌汁で良いよね？」

「うん。今日はそんな気分だし」

「確か醤油が切れそうだったから、忘れずに買わないと」

朝食だけは、全員で食卓を囲む決まりになっている。昼はバイトに行っている娘も多く、夜は外部の自助グループにそれぞれが参加している。食事をするタイミングが、どうしても朝しか合わないことが多い。

やっと階段を下り終え、大きな溜息をついた。呼吸を整えながら、台所に向かうノッチの後ろ姿に向けて呟く。

「すぐ行くから、先に準備してて」

「わかった。トイレ？」

「違うよ。みんなに朝の挨拶をしてくる」

「何言ってんの？　今、階段下りたばっかじゃん」

首を傾げるノッチを置き去りにし、独りミーティングルームへ向かった。ドアを開けると、様々な写真が一年前と変わらずに四方の壁に貼り付けられている。目を細めてから、天井に近い一角に並んだ写真たちに向けて深く頭を下げた。

「おはようございます」

ユーミンや肝臓癌で亡くなった平川さんの笑顔が並んでいる。思わず、喉の奥が熱くなった。

「また、戻って来ちゃいました。短い間ですが、宜しくお願いします」

静かに並ぶ死からは、返事は聞こえない。その代わり、台所の方でシンクに水飛沫が跳ねる音が薄っすらと聞こえ始める。味噌汁に入れる具材に悩みながら、ドアノブを握った。

ノッチはお米を炊飯器にセットし、生活指導員の分も含めて目玉焼きを八皿分焼いた。私は大根と豆腐を切り、顆粒《かりゅう》出汁を使って味噌汁を作った。分量を間違え塩辛くなってしまったが、大鍋から立ち昇る湯気が胸の乾いた場所を湿らせる。

朝食を作り終えると、ノッチがオレンジジュースをグラスに注いだ。一つを私の方に差し出しながら言った。

「ここに来た時より、少しだけ顔色はマシになったね」

「何もしないで、ずっと横になってたから」

「初めて会った時は、砂漠みたいな顔色してたよ」

「砂漠って。面白い表現ね」

三日前は泥の中に沈んでいくような気怠さが酷かった。セゾン・サンカンシオンに戻ってきてからもミーティングすら参加できず、ベッドの上で虚ろな瞳を宙に向けていた。そんな私の状態を見て精神科病院に入院を勧める生活指導員もいたが、頑なに首を縦には振らなかった。ナースコールが設置された柔らかいベッドより、年季の入った固い二段ベッドの方が居心地は良い。

「この三日間、ノッチには色々と助けられたよ」

「ウチは別に、大したことしてないけど」

ノッチは黒縁メガネを外して、照れ隠しのようにレンズを拭き始めた。ノッチとは三日前に初めて顔を合わせた。同室という理由だけで色々と気遣ってくれている。セゾン・サンカンシオンに戻ってきた当日、彼女は温かいコーンスープを作ってくれた。酷い頭痛に苦しんでいた時も、濡れたタオルを無言で差し出してくれた。

「ウチが断酒した時は、かなり離脱がキツかったからさ。冷や汗がだらだら出て、被害妄想もヤバかったし」

「ノッチもアルコールなんだ？」

「うん。ヤバい時なんか一升瓶を抱いて寝てたよ」

「私は枕にしてた」

ノッチは薄っすらと笑い、セミロングのパサついた髪を掻き上げた。

「ミーさんって、つい最近までここで生活指導員をしてたんでしょ？」

「そう……ちょうど一年ぐらい前まで」

「戻ってきて、気まずくなったりしないの？」

「それはないかな。結局はピアサポートの共同体だし、本質的にはみんな横並びだから」

現在の生活指導員の半分は顔馴染みだった。私の荒《すさ》んだ姿を心配するより先に「似合ってない」と、伸び放題の髪ばかりを囃《はや》し立てられた。

「ミーさんって、再発する前は何年間クリーンだったの？」

「確か十一年だったかな……」

「すごっ、ウチなんてまだまだひよっ子じゃん」

「ここ一年は飲み続けてたから……もう、そんな数字に意味はないよ」

四日前まで暮らしていた清掃会社の寮が脳裏に過ぎる。風呂なしで四畳半の狭い部屋だったが、日当たりだけは抜群に良かった。アルコールが原因で無断欠勤を繰り返すようになってからは、眩しいだけの鬱陶しい空間に変わってしまった。

「お世話になった清掃会社の人たちにも、お酒のせいで沢山迷惑を掛けたし……」

「でもさ、また断酒する決意が湧き上がったのはすごいと思うよ」

ノッチの一言を聞いて、力なく首を振った。

「……ここに戻って来たのは、他に行く場所がなかっただけ。私には、頼る人もいないから」

「そうなの？　てっきり、熱い想いを胸に戻って来たのかと思ってた」

「そんなことないよ。体調が戻ったら、また住み込みで働ける場所を探そうかなって考えてる」

「そうなんだ。それじゃ、すぐサヨナラだね」

「離脱が落ち着くまでの数日は、お世話になると思うけど」

セゾン・サンカンシオンの門戸は広い。助けを求める女性がいれば、受け入れるのが暗黙の決まりだった。たとえベッドの空きがなくても、とりあえずの寝床と食事を与えてくれる。十数年前だって、遠い場所にいた私を迎えに来てくれた。そんな古い記憶を、ノッチの呑気な声が掻き消した。

「それじゃ、断酒するつもりはないんだ？」

「みんながいるし……勿論ここでは飲まないよ」

「独りになったら、また飲むの？」

黒縁メガネから視線を逸らし、グラスを満たす橙の液体に手を伸ばした。これがオレンジ酎ハイだったら、様々な痛みや後悔を一時だけ忘れることができるかもしれない。

「飲まないと思うよ。もう仕事をクビになるのは、嫌だからね」

ノッチに向けて微笑んだ。嘘をついた罪悪感が、ザラリと舌に残る。オレンジジュースを口に含み、不快な感触を胃の奥に流し込んだ。

居間のダイニングテーブルに朝食を並べ始めると、まだ眠そうな女性たちが顔を出し始めた。ここでの生活に慣れてくれば、足音を聞くだけで誰が近付いて来たのかわかるようになる。私はそんな時期を迎える前に、消えてしまうと思うが。

現在の入居者は、私たちを含めて四名しかいなかった。ずっとベッドに横になっていた三日間の内に、残りの二人とは短い会話を交わしていた。

私と同世代でウエーブパーマを掛けている女性はやっさん。

二十代中盤に見える真面目そうな彼女はアイコ。

やっさんは表情豊かだが、アイコは常に無表情に近い。二人とも初対面だったが、彼女たちは幾つか私の情報を仕入れていた。離婚歴があり圭という息子がいること。ずっと髪型はベリーショートだったこと。生活指導員の頃は怒ると怖かったこと。顔馴染みの生活指導員たちの噂話を耳にしたのだろう。本名も知られてはいたが、アノニマスネームを使用することにした。初心に返るという理由は建て前で、単純にお互いを呼びやすい。

生活指導員たちが加わった後、朝食に向けて手を合わせた。清掃会社に勤務していた時は、出勤する前に缶ビール数本を空けていた。常に二日酔いの頭に、迎え酒でエンジンを駆ける。職場に持参していた水筒の中には、水で薄く割った焼酎が満たされていた。そんな暗い記憶を思い出しながら、塩辛い味噌汁を啜る。

目玉焼きに醤油を掛けようとした時、やっさんの微かに尖った声が聞こえた。

「誰かポケットティッシュを入れたまま、洗濯機を廻したでしょ？　溶けたティッシュが中に残ってて、嫌なんだけど」

　やっさんは茶碗を持ったまま、口を尖がらせて続ける。

「多分、ノッチのような気がする。この前も同じことを注意したし」

「ウチじゃないよ。だって一週間ぐらい洗濯してないもん」

「それもどうかと思うけど」

「冬だし、汗掻かないから良いじゃん」

　二人のやり取りを聞いていたアイコが、静かに箸を置いた。手首に巻いているビーズのブレスレットが鮮やかに揺れる。彼女は一度咳払いをしてから、淡々とした口調で言った。

「一週間洗濯しないのは汚いと思います」

「そうかな？　天気の悪い日に干したって、生乾きになって余計臭くなるじゃん。ね？」

　ノッチが同意を求めるように、私の方に視線を向けた。はっきりと否定したかったが、そんな力強くは言えない。私だってアルコールに支配されている時は、家事なんてまともにできなかった。

「まだ、寒いからね」

　曖昧な返事をしてから、醤油差しに手を伸ばした。残りは少なく一滴、二滴しか目玉焼きの上に垂れない。

「ミーさんって、目玉焼きには醤油派なんですね」

アイコが私の手元を見つめてから、食卓に置かれたお酢のキャップを開けた。

「目玉焼きに、お酢を掛けるの？」

「意外と美味しいですよ。ソースや醤油より素材の味が際立ちますので」

アイコは朝食を食べ終えると、穿いていた綿のパンツのポケットから薬包を取り出した。中には多くの錠剤が入っている。彼女は長い指で封を切り、豆でも食べるかのように一錠ずつ丁寧に口へと運んでいく。色白で華奢な身体を見ていると、何か大病を患っているような気がした。ここではいつも通りの光景なのか、誰も何も言わない。私も黙ったまま箸を進めた。

汚れた食器を洗い終わり、一息ついてから共同スペースの掃除が始まる。霞む視界で、トイレや浴室の汚れを必死に落とした。九時からはミーティングが始まる。ここに身を置いている以上は、参加するしかない。

居間の結露した窓を拭くと、枯れ草に霜が降りる外の風景が透けていた。近所ではもう梅の花が咲いているだろうか。遠くの方に広がる鈍色の空を見つめていると、春はずっと遠くに感じた。

ライダースジャケットを羽織り、庭先に向かう。竹箒《たけぼうき》で散った枯葉を集め始めると、視界の隅に青い車が映った。

セゾンだけは、一年前と何も変わっていないような気がする。元々古びた車体だったせいもあり、錆や汚れが増えていたとしても気付かないだろう。

何人もの女性たちが車内で泣き、孤独を噛み締めた場所。私も何度か座席のシートに涙を染み込ませたことがある。

「沢山の女を泣かして、あんたは色男だねぇ」

青い車に向けて呟いた声を、頬を刺すような冷たい風が攫《さら》っていく。掃除を早めに終えて、ミーティングが始まる時刻まで少し休みたい。曇り空の下で、再び白い息を吐いた。

九時近くになり、居間のソファーから腰を上げた。午前中は一つのテーマを決めて話し合うミーティングだ。気怠さが残る身体を引き摺りながら、廊下に踏み出していく。

ミーティングルームでは、既に腰を下ろす三人の姿があった。急いで隅に積み重なった座布団を手に取ると、やっさんの快活な声が聞こえた。

「背もたれのある椅子持ってこようか？　正座や胡座じゃキツいでしょ？」

私の返事を待たず、やっさんは素早く腰を上げた。戻ってきた両手には、居間に置いてあった椅子が抱えられている。私の側に置くと、彼女は捲っていたセーターの袖を戻しながら言った。

「離脱予防の薬は飲んでるの？」

「……前は市販の頭痛薬を飲んでたけど。今はもう残ってないから」

「ミーさんはアルコールだよね？　どうせ酒で痛みを誤魔化してたんでしょ？」

やっさんは呆れるような声を放ってから、座布団に腰を下ろした。不思議と嫌みには聞こえない。むしろ、言葉の奥に共鳴するような響きを感じる。私は曖昧に頷き、用意された椅子に背を預けた。

生活指導員たちも交えて、ミーティングが始まった。ホワイトボードには本日のテーマである『怒りについて』という文字が描かれている。できるだけ周りの声に耳を澄まそうとするが、軽い眩暈と指先の痺れが集中力を奪っていく。額には脂汗が滲み、うなじを誰かが舐めるような気持ち悪さを覚えた。

離脱症状が辛く、すぐにでも横になりたかった。我慢できず、司会進行役のノッチに向けて手を挙げた。真っ直ぐに伸ばしたつもりの指先は、曲がりながら小刻みに震えている。

「やっぱり、ダメかも」

「離脱が酷いの？」

「そう。少し休みます」

慎重に腰を上げた。背中にアイコとノッチの心配する声が張り付く。一度だけ振り返って、伏し目がちにか細い声を出した。

「椅子、ありがとね」

やっさんが無言で小さく頷いた。戻って来てからの初めてのミーティングは、そんな短い言葉で終わりを告げた。

やっとの思いでベッドに辿り着き、毛布を頭まで被った。視界が暗闇に支配されると、少しだけ頭痛と眩暈が和らいだ。

病院に行くのは怖かった。アルコールに冒された肝臓は、かなりのダメージを受けているに違いない。これ以上何か大病でも見つかれば、私は耐え切れずお酒に手を伸ばしてしまうだろう。

飲酒を繰り返した日々も、お酒をやめたい気持ちは常にあった。それでも痛みや寂しさを感じる度に、あの液体に手は伸びていた。本当は飲みたくないのに、飲んでしまう。両極端の気持ちを抱えながらも、気付くとアルコールの海で溺れていた。今はもう、陸地を目指す力は残っていない。渇望の波に呑み込まれながら、光の届かない場所まで沈んでいくだけだ。

微睡み始めた瞳を抉《こ》じ開けたのは、アイコの声だった。一重《ひとえ》瞼の奥にある瞳が、ぼんやりと私を見下ろしている。

「圭くんが来てますよ」

平淡な声を聞いて、無言で瞬きを繰り返した。寝起きの重い頭が一気に覚醒していく。

「生垣の前で、圭くんが待ってます。ミーさんを呼んで来てくれって言われました」

「……何かの間違いでしょ。私を訪ねてくる訳ないもの」

「若くて背の高い男性でした。少し怒っているようでしたけど」

「誰かの元彼なんじゃないの？」

セゾン・サンカンシオンの入居者には、恋多き女性も多い。年に数回は異性関係のトラブルが起こる。私が生活指導員だった頃も、入居者のＤＶ夫が乗り込んできて警察沙汰になったり、宗教の勧誘や郵便配達人を装って無理やり恋人を連れ出そうとした男がいたりした。

「ずっと生垣辺りをウロウロしていたので、私が声を掛けたんです」

「生活指導員には報告したの？」

「してません。みんな、タイミング悪く外出しているので」

「やっさんとノッチは？」

「一足先に通所施設へ向かいました。あの二人は、意外とせっかちなので」

午後のミーティングは、二駅隣の通所施設で開催することになっている。開始時刻まではまだ余裕があったが、どこかでお昼を食べて向かうつもりなんだろう。

「……本当に圭って名乗ったの？」

「はい。母親に会いに来たと言っていました。やっさんのお子さんは女の子ですし、ノッチは独身なので」

「でも、そんなことありえない……」

「それじゃ、帰ってもらいます。少しイライラしていたようなので、謝罪もしておきます」

アイコはそれだけ言い残すと、部屋から出て行こうとした。咄嗟に彼女の細い腕を掴んでしまう。

「ミーさん、痛いです」

アイコが着ているカーディガンに、私の伸びた爪が食い込んでいる。慌てて手を離し、青白い表情に向けて呟いた。

「まだ、その人は帰ってないんだよね？」

「多分、外で待っていると思います」

「手、貸してくれる？　お願い」

ありえないと思う気持ちと、仄かな期待が入り混じる。心臓の鼓動が早鐘を打ち始めた。出窓から外を覗くことも忘れて、急いで階段を下りる。玄関の引き戸に手を掛けた瞬間、また軽い眩暈を感じた。

外は朝方と変わらない曇天が重く垂れ込めていた。もし本当に圭が立っていたら、どんな表情で会えば良いかわからない。自然と顔を隠すように俯きながら御影石を踏み締める。生垣に近づけば近づくほど、心臓が裏返るような動悸が胸を突いた。

「さっきまでは、本当にいたんですよ」

背後からアイコの声が聞こえ顔を上げた。生垣を通り越し小石を踏み締める。曇り空の下で、曲がりくねった林道が変わらず続いていた。

「誰もいない……」

「怒っていたようなので、帰ったのかもしれません」

砂利や雑草の多い地面には、足跡一つ残ってはいない。真っ赤な椿の花弁が幾つか散り落ちているだけだ。

「その人はどんな顔してたの？」

「機嫌が悪いのか、ずっと眉間に皺を寄せていました」

「……他には？」

「あまり覚えていません」

虚ろな表情で、宙を見上げるアイコの姿を見つめた。どんな些細なことでも良いから教えて欲しかった。感じたことのない焦燥が胃の奥に鈍い痛みを走らせる。何度も涙で濡らした紙の花が脳裏に映し出された。

迷うこともせず、林道に向けて踏み出した。今すぐに駆け出せば、圭の後ろ姿だけでも捉えることができるかもしれない。気持ちとは裏腹に、鋭い頭痛がこめかみに走る。

「追い掛けるんですか？」

「まだいるかもしれないからね」

ネジが何本も抜け落ちたような身体を引き摺って、林道のカーブを目指した。靴底で地面を擦る音が、心臓の拍動と重なった。

「気を付けてください。トラブルになるかもしれません」

背中に張り付くアイコの言葉を無視しながら、前だけを見つめる。いくら辺りを探っても、目当ての後ろ姿は見当たらない。木々が葉を揺らす音だけが響いていた。

一瞬、脳を掻き混ぜるような鋭い頭痛を感じて立ち止まった。浅い呼吸を繰り返しながら息を整える。身体の芯は冷えているのに、額には脂汗が滲んでいた。隣に並んだアイコの声が、風の音に交じる。

「多分、また来るんではないでしょうか？」
「同じ人が来たら、すぐ私に知らせて」
「わかりました」
薄闇が覆う道は、私が感じている後悔と似ている。今の私は大声で叫んで気持ちを発散できるほど若くはないし、全てを達観できるほど老いてもいない。

翌朝も太陽の暖かみは感じなかった。寝起きの頭痛を感じながら、出窓のカーテンを開ける。窓ガラスに映る灰色の空に目を凝らした後、生垣の方に視線を落とした。アイコが昨日話していたような人物は見当たらない。深い溜息をついて、部屋の隅に置かれたカラーボックスに手を伸ばした。

持参した私物は少ない。筆記用具と最低限の日用品。化粧道具は流行を無視した赤い口紅と、容器の底が覗くほど使い込んだファンデーションしか残っていない。それらを一瞥しながら目当ての品を探す。色褪せた地味な手帳は、カラーボックスの一番底にあった。手に取り、何枚かのページを捲った。不意に、裕司の実家の電話番号が飛びこんできた。二重に霞む無機質な数字を見つめていると、幼い笑顔が脳裏に浮かび始めた。私と圭を結ぶ細い糸は、まだ手帳に刻まれている。日焼けした紙に並ぶ電話番号を、思わず指でなぞった。

「もう起きたの？」

背後からノッチの声が聞こえて、慌てて手帳をカラーボックスの中に仕舞った。

ノッチと一緒に朝食を作り、昨日と同じように全員で食卓を囲む。圭らしき人物が訪ねて来たことは既に報告していた。生活指導員たちにも確認したが、成人した若い息子がいる人物は誰もいないらしい。生垣の前にずっと張り付いていたい衝動を抑えながら、今日は良くできた味噌汁を啜った。

気怠い身体に鞭《むち》を打って掃除を終えた。九時前に椅子を抱えながらミーティングルームに入ると、やっさんが一人座布団に腰を下ろす姿が見えた。

「ミーさん、体調はどう？」

「まだ、頭痛や軽い吐き気は残ってるね」

「若い時と違うんだから、病院行きなって」

ぶっきらぼうな言葉に、窓辺から聞こえる雀の囀りが重なった。同世代からの忠告は耳が痛い。何も返事ができずにいると、やっさんが一度咳払いをして言った。

「色んな痛みを掻き消そうと、酒に頼っちゃう気持ちはわかるけどさ」

「やっさんもアルコールなんだ？」

「そう。今いるのはたまたま全員アルコール。常にＡＡみたいなものね」

ＡＡと呼ばれるアルコホーリクス・アノニマスには、顔を出していない。数日で出て行く予定のため、自助グループの参加は見送っていた。

「ミーさんって、結婚してたんだよね？　どっちかの親とは同居してたの？」

「してなかったな。私の両親は早くに事故で亡くなってるし、元夫の方は広い持ち家があったから」

「幸運だったね。よくある嫁姑《よめしゅうとめ》問題に無縁で」

含みのある返事が耳に残った。彼女はずっと、指先のささくれを弄っている。

「やっさんは同居してたの？」

「姑とね。認知症を発症してからは、自宅介護が始まってさ。夫は仕事が忙しくて、娘は部活動に夢中だったから……今は老人ホームに入居してるけど、それまではあたしが面倒見てた」

「介護か……私は家族と疎遠だから、素直に尊敬するよ」

「最初の頃は、それなりに頑張ってたんだけどね」

自嘲するような笑みが口元に浮かんでいる。彼女はうねった髪の毛を指で梳くと、一度唇を舐めた。

「今日は老人ホームへ月一の面会。生活指導員が、車で送ってくれるから楽だよ」

「そっか。お姑さん、元気だと良いね」

「よく食べて風邪も引かないから、ありゃ白寿まで生きるな。老人ホームの近くに総合病院があるし、ついでにミーさんも乗ってけば？」

「……遠慮しとく。その代わり、出る時に見送るよ」

受診している時に圭が訪ねてきたら、またすれ違ってしまう。彼女は何かを言い掛けようとしたが、すぐに口元を結んだ。糸のような長い白髪が、生え際から一本だけ飛び出している。

今日のミーティングテーマは『理想』についてだった。私は途中離席しないことを目標に、椅子に座り続けた。たとえ指名されても、話せる状態でなければパスをしても構わない。自ら発言しない代わりに、他の人々の言葉に耳を傾ける。それでも所々しか内容は上手く頭に入らない。

ミーティングが終わると、居間のソファーで情報番組を眺めた。時折テレビ画面に表示されるテロップが二重に見え、何度か目を擦ってしまう。霞んだ視界では、圭の表情をちゃんと焼き付けることができない。

「ミーさん、行ってくるね」

廊下の方に顔を向けると、口紅を塗ったやっさんの姿が見えた。急いでライダースジャケットを羽織り、玄関に向かう。外に出ると、冷たい風が肌を粟立たせた。

既にやっさんは、生活指導員がハンドルを握る軽自動車に乗り込んでいた。助手席の車窓に近づき、小さく手を振った。

「お姑さんに、よろしくね」

一度クラクションが鳴らされ、軽自動車は動き出していく。やっさんの背筋はいつも真っ直ぐに伸びている。俯くことが多い、私とは全然違う。

室内に戻ろうと踵を返した瞬間、地面が波打つような感覚が足元を襲った。

「え？」

地震と勘違いしなかったのは、視界に映る全てが妙な形に歪み始めたからだ。激しい眩暈が身体の自由を奪い、世界中が渦の中に呑み込まれていくような錯覚を感じた。下半身が消失してしまったように立つことができない。気付くと、頬に御影石の冷たさが広がった。

私を呼ぶ誰かの声が、酷く遠くから聞こえる。どうしても上手く返事ができない。霞んだ視界は、徐々に黒い霧に覆われていく。意識が途切れる直前に映ったのは、地面に散らばる幾つもの椿の花弁だった。

甲高いサイレンの音が聞こえて、目を開けた。マスクで口元を覆った白衣の男性が、私を覗き込んでいる。

「今、病院に向かってますからね。お名前と生年月日は言えますか？」

救急車の中は狭く、圧迫感を覚えた。ぼんやりとした頭で、問われた内容を告げる。足元の方で生活指導員の一人が、不安気な表情を浮かべていた。

搬送されたのは、近くの総合病院だった。到着すると、横になったままカーテンで仕切られたベッドに移動された。医療スタッフたちが、私の両目にペンライトを当て、手早く血圧計を巻いていく。

ドクターコートを羽織った若い男性が現れ、淡々と質問する声が聞こえた。

「手足の痺れや、頭痛はありますか？」

「……ないです」

「吐き気や眩暈はどうでしょうか？」

「……今は大丈夫です。少し目が霞んでいるぐらいで」

「物が二重に見えたりはします？」

小さく頷き、緩慢な動作で目元を擦る。何度瞬きをしても、視界の隅に黒い霧が残っていた。

「頭を強く打った形跡もありますし、念のためＣＴとＭＲＩを撮影しましょうか」

若い医師の言葉を聞いて、ゆっくりと額に触れた。指先にガーゼのザラリとした感触が伝わる。

「私って……」

「玄関先で意識消失があったようです。額の創傷は、転倒時にできたものですね」

若い医師が、全身痙攣、頭部外傷という言葉を放つ。病状の説明が終わるまで、私はずっとガーゼに触れていた。

看護師が操作するストレッチャーで、レントゲン室に運ばれた。頭部ＣＴ撮影は、五分も掛からずに終了した。次にＭＲＩ検査を実施するため、再び場所を移動することになった。若い医師の話では、強力な磁気と電波を用いて体内の臓器や血管を撮影する検査らしい。

妊娠の可能性や金属製品を身につけていないことを確認されてから、大きな筒状の機械に誘導された。台の上に横になった後、白衣を着たスタッフが幾つか注意事項を告げる。準備が整うと、機械に向かって台が動き始めた。ＭＲＩの中は音がうるさいということで、スタッフから耳栓を渡されていた。それでも汽笛が鳴るような音や、工事現場の側を歩いているような騒音が耳に届く。

離脱症状の影響で、ぼんやりとした意識が思考を鈍らせる。この機械から出た後、違う人生が待っていたら……下らない妄想が広がった。

背が伸びた圭が心配そうな表情を浮かべ「大丈夫だった？」と声を掛けてくれる。私は「ちょっと、うるさかったけどね」と返事をして、少しだけ疲れた表情を向ける。何事もなく医師の診察が終わり、会計のために事務へ向かう。そこには医療事務の若い女の子が退屈そうに座っている。二十代だった頃の自分を密かに重ね合わせて、微笑みながら財布を取り出す。頭痛や眩暈より、今日の夕飯の品書きを気にしながら、圭と並んで自動ドアを通り抜ける……。

手放したものを幾ら数えたってどうにもならない。だからこそ、ありえたかもしれない日常は妙に眩しい。

鼓膜を切り裂くような騒音が鳴って、視界は現実を映し出す。今になって、額にできた傷が痛み始めた。

全ての検査が終わり、カーテンで仕切られたベッドに再び横になった。見知らぬ白い天井を見つめながら、何度か深呼吸を繰り返す。

　こうしてぼんやりしている間に、圭がまた訪ねて来るかもしれない。カーテンの向こうで忙しなく行き交う医療スタッフの足音を聞きながら、焦る気持ちだけが募った。

　しばらくして、別室に誘導された。看護師に促され診察室と表示されたドアを開ける。先ほどの若い医師とは変わって、ドクターコートを羽織った中年の男性が軽く頭を下げる姿が目に映った。

「検査お疲れ様でした。どうぞお掛け下さい」

　医師と対面する椅子に腰を下ろした。診察室には、アルコール消毒液の匂いが微かに漂っている。すぐにつむじ辺りが痺れ始め、反射的に喉が鳴った。

　目の前の中年医師は、脳神経外科で勤務している山内《やまうち》と名乗った。

「今日は突然のことで驚かれたでしょう？」

「アルコール問題を抱えておりますので……離脱症状を甘く見過ぎました」

「そうですか。飲む時はそれなりの量を？」

「ここ一年は再発していたので、連続飲酒気味でした……」

　山内医師は顔色を変えず、机上の電子カルテに目を向けた。白髪交じりの無精髭が、口元を覆っている。

「今回のような意識消失は、初めてと聞いておりますが？」

「はい。離脱症状は数日で終わると思っていたので……油断していました」

「確かにアルコール問題を加味すると、今回の痙攣発作は離脱症状も影響しているのかもしれませんね。しかし、一概にそれだけが原因とは考え難いです」

含みのある返答を聞いて、眉を顰めた。山内医師の眼差しが、私の顔面を射貫いている。

「今回より以前に、頭痛や吐き気等が頻回にあった覚えはありますか？」

「吐き気はたまに……頭痛は、起床時や天気の悪い日なんかは酷かったです」

「視力の低下や、視界の異常はどうですか？」

「加齢のせいか、数年前から目が霞むことが多くて……運転は控えていました」

山内医師は無表情で何度か頷くと、電子カルテを一瞥してから抑揚のない声で言った。

「検査の結果、大脳の後頭葉に腫瘍《しゅよう》らしきものが見つかりました」

瞬きが止まった。背筋に冷たい汗が滲んでいく。山内医師は机上の電子カルテを、私が見える角度に傾けた。画面には白黒の脳内画像が映し出されていた。

「これは先ほど撮影したＭＲＩ画像です。造影剤を使用すれば、より鮮明に腫瘍の存在がわかると思います」

医師が画像の一部を、ボールペンで指し示した。確かにその部分は、脳内にゴルフボールが埋まっているような輪郭を呈していた。

「腫瘍により脳が圧迫されてしまうと、周辺の神経が刺激されます。その結果、頭痛や痙攣発作が起こりやすくなるんです」

「この辛さは、ずっと離脱症状だと……」

「画像を見る限り、脳腫瘍は大脳の後頭葉に存在しています。そこは視覚情報を処理する中枢がありますので、視力の異常や視野が欠ける症状が出現することが多いんです。時に、物が二重に見える複視が起こるケースもあります」

全て当てはまる。息を呑みながら、黒い霧が晴れない目元に触れた。山内医師は淡々と話を続ける。

「確定診断に至るには、開頭して腫瘍の一部を調べる必要があります。なんせ脳腫瘍は、細かく分けると百三十種類以上に分類されますし、タイプによって治療方針が異なるので」

真っ白になり掛けた頭に、山内医師の声だけが響いた。脳腫瘍は頭蓋《ずがい》内の細胞から発生した『原発性脳腫瘍』と、脳以外の部位にできた癌が影響する『転移性脳腫瘍』があるらしい。

原発性脳腫瘍は良性と悪性のどちらかに判定される。悪性腫瘍だった場合は、手術後に抗癌剤や放射線治療が必要になるケースが多いと告げられた。

「……私の場合はどちらなのでしょうか？」

「まだ、判断しかねます。とにかく、追加で検査をする必要がありますね」

「……手術は必須なんですか？」

「脳腫瘍と画像所見が似ている『脳膿瘍《のうのうよう》』という状態であれば、抗生剤を投与して経過を診る場合もありますがね」

山内医師は顎鬚を摩り、初めて表情を曇らせた。はっきりとは口にしないが、経験からその可能性は低いと感じているのだろう。

「まずは入院して、改めて精査をしましょうか」

素直に頷くことができない。何かを訴え掛けてくるように、額の傷に鋭い痛みが走る。

「……入院は嫌です」

「他に目当ての病院があるようでしたら、紹介状をお書きしますが」

「そういう訳ではないんです……」

「この状態を放置していると、命に危険が迫る可能性が非常に高いと思いますよ」

「それでも……今は嫌なんです」

診察室の空気が徐々に張り詰めていく。私は俯きながら、両手を強く握ることしかできなかった。短い沈黙の後、山内医師の諭すような声が聞こえた。

「脳腫瘍の治療で重要なことは、できる限り腫瘍を摘出することなんです。脳は繊細な部位ですから、術後に言語障害や顔面神経麻痺を発症する方もいます。重大な後遺症が残ると考えられる場合は、敢えて腫瘍を残す選択も迫られます」

「そうですか……」

「参考程度に、ある事実をお伝えしましょうか」

山内医師は一度言葉を区切ると、ドクターコートの襟を正した。

「脳腫瘍は悪性度によって、四つのグレードに分類されます。グレードⅠは良性腫瘍ですので、適切な医療を受ければ完治する可能性が高いです。しかしグレードⅣの腫瘍ですと、五年生存率は十％以下となります」

「そんなにも低いんですか……」

「グレードⅣは、極めて予後不良なんです。経験上、平均余命で言えば二年程度でしょうか」

　言葉を失った。山内医師の声が脳裏で反響し、酷い頭痛に変わっていく。痛みを堪えるため、強く両目を瞑る。瞼の裏側に映ったのは、生垣の前で懐かしい笑顔が手を振る姿だった。

「厳しい内容を口にしてしまいましたが、この機会に精査して頂きたく……」

　山内医師の言葉を遮り、視線を逸らした。

「それでも今日は、帰りたいんです」

「久しぶりに、会いに来てくれる人がいるので」

　一方的に椅子から立ち上がる。眉を顰める表情を無視して、ドアノブを握った。

　会計を終えてから処方された頭痛薬を受け取り、駐車場へ向かった。これからセゾン・サンカンシオンのスタッフが迎えに来るらしい。

　肩を落とした私を見て、ずっと同行してくれていた生活指導員が困惑する表情を浮かべていた。彼女は回復の途中なのだ。私のせいで気持ちを動揺させてしまったことに、罪悪感が募る。

また眩暈を感じ、思わずその場で蹲った。生活指導員に背中をさすられながら息を整えていると、クラクションが鳴る音が聞こえた。

私たちの近くで軽自動車が停まると、すぐにドアが開いた。生活指導員と共に、何故かやっさんの姿も見える。

「あんた、大丈夫なの？」

駆け寄ったやっさんに身体を支えられながら、後部座席に乗り込んだ。隣に座った彼女は、手際よく私の膝にブランケットを掛けた。

「玄関先で倒れたって、聞いたんだけど」

「うん……転倒して、頭打ちつけちゃった」

「ねぇ、既にガーゼが剥がれそうだよ」

そう指摘され、額に触れた。ガーゼの具合を直し終わると、やっさんが缶コーヒーを差し出した。

「もう、冷めちゃったかも」

「……ありがとう」

両手で握り締めた缶コーヒーが、掌をじんわりと温めていく。幾らか眩暈が和らぎ始めたタイミングで、平静を装いながら言った。

「離脱症状じゃなくて、脳腫瘍が原因だってさ」

「……入院はしなくていいの？」

「うん。今はやめとく。そういう気分じゃないし」

「何、馬鹿なこと言ってんのよ。治療しないとマズいんじゃないの？」

「悪性度が高い脳腫瘍だったら……今の消費税率より、五年生存率は低いみたい」

厳しい事実を誤魔化すように、車窓に目を向けた。特に面白みのない風景が漫然と流れ去っていく。やはり黒い霧が視界を狭めていた。

「ミーさんって、家族と疎遠って言ってたよね？」

「うん。何年も連絡を取ってないよ」

「体調が悪かったら、着替えや風呂ぐらい手伝ってあげる。介護は散々してきたし」

再びやっさんの方に視線を向けた。午前より、化粧が崩れて粉を吹いた横顔が映る。あまり深刻になるのも彼女の負担になると思い、わざと呑気な声を出す。

「それじゃ、高いシャンプーでも買ってもらおうかな。ついでに良い香りのトリートメントも」

「あんたの小遣いからね」

「まっ、それでもいっか。悪性度が高かったら、お金残しても仕方ないし。缶コーヒーのお礼に、やっさんの分も買ってあげる。ついでにお姑さんの分も。来月の面会の時に渡して」

思わず自暴自棄な言葉が零れ落ち、苦笑いを浮かべた。缶コーヒーのプルタブを引こうとすると、平淡な声が聞こえた。

「あの人はお風呂が嫌いなの。認知症を患ってからはすごく暴れるようになったし。トリートメントをしてる余裕なんてないよ。手早く洗って終わり」

「そっか、残念」

「自宅介護の時は大変だったから。少しお湯を掛けただけで、暴言の嵐だったし。随分と白髪が増えたわよ」

「それでも頑張ってたんだから、やっさんはすごいよ」

私の言葉を聞いて、彼女は小さく首を横に振った。

「姑の身体を洗ってるとね、『やめろ、しょうたれ！』っていつも怒鳴られてた」

「しょうたれ？」

「昔の方言。調べたら女性の蔑称らしいね」

車内の暖房が、埃っぽい臭いを撒き散らしながら鳴っている。そんな音に交じって、やっさんの大げさな溜息が聞こえた。

「姑の首を絞めたくなったら、台所でお酒を飲んでたの。酔えば色々と忘れられたから。あとはみんなと同じ。徐々に耐性ができて、気付くと朝からビールとか安い赤ワインを口に運んでた」

彼女は何度か鼻先を掻いてから、自嘲気味に言った。

「お酒がなかったら、今頃塀の中だったかも」

「……そんな時期って、私にもあったよ」

「当時は誰にも言えなかったけど、本気だったな」

やっさんの喉仏が一度微かに上下した。私には唾を飲み込んだようには思えない。過去のアルコールの記憶が、彼女の食道を静かに濡らしているような気がした。


曲がりくねった林道を抜けると、フロントガラスに生垣が映り始めた。青々とした葉の中で、幾つもの紅い点が散乱している。圭もこの花を見て、何か感じたのだろうか。現在の顔立ちも、性格も、声も、背丈も、何も知らないくせに、そんな些細なことが気になった。


スピードを緩めたタイヤが御影石を踏み締める。視線の先で、庭の隅にしゃがみ込む華奢な背中が見えた。アイコが片手にシャベルを持って、土を掘り返している。

「こんな寒い中、何を植えてるんだろう？」

私の呟く声を聞いて、隣に座るやっさんが顔を上げた。アイコの方に目を向けると、表情が曇り始める。

「そろそろ、あの日かな」

やっさんの独り言に、サイドブレーキを引く音が重なる。エンジン音が消えると、彼女は表情を曇らせたまま素早くドアを開けた。アイコの方に、駆け足で向かって行く姿が気になった。

軽い頭痛を覚えながら、やっさんの後を追う。アイコの持っている錆びたシャベルは、曇り空の下で軽快な音を立て続けている。

「何やってんのよ?」

やっさんの問い掛けを聞いて、一度派手に肩を震わせる背中が見えた。振り返った二つの瞳は、焦点が合っていないように虚ろだ。

「良かった。二人とも無事だったんですね」

「あんたこそ大丈夫?　そんな薄着で土なんか弄って。風邪引いても知らないよ」

アイコが慌てた様子で人差し指を口元に立てた。声を潜めるように促す仕草の後、血色の悪い唇が上下する。

「さっき誘拐犯がうろついてたんです。庭のどこかに盗聴器が仕掛けられていると思うので、発言には気を付けて下さい」

物騒な返事を聞いて、やっさんが口元を結ぶ。アイコの真剣な眼差しが、私の額のガーゼに向けられた。

「ミーさんは、既に頭を攻撃されていますね?」

「……これは違うよ。午前中に転んじゃったの」

「隠さなくても大丈夫です。私も電磁波を使って、脳内にアクセスされてますから。盗聴器を発見できれば、この罵詈《ばり》雑言《ぞうごん》も止まると思います。お互い、もう少しの辛抱です」

「ちょっとアイコちゃん……」

「敵のバックには、海外の国家科学研究所が絡んでいます。誘拐犯が圭くんに化けていた時に、何らかの装置を頭に埋め込まれたんでしょう」

突拍子のない返事を聞いて、苦い唾を飲み込んだ。朝の食卓で、錠剤を一つ一つ丁寧に口に運ぶ指先が脳裏に過ぎった。

「安心して下さい。みんなのことは私が守ります」

再びシャベルで土を掘り返す乾いた音が辺りに響き始める。明らかな妄想言辞を聞いて、彼女が精神を病んでいることに気付いた。同時に圭の姿が幻だったことも。

「息子が会いに来たって話は、あなたの嘘だったの？」

「すみません、あの時は誘拐犯だと気付きませんでした。もっと敵の情報を仕入れておけば、ミーさんを危ない目に遭わせなくても済んだのですが……」

「敵の情報って……そんな錆びたシャベル一つで、どう戦うのよ！」

怒りが滲んだ声を放った。抱いていた微かな希望が、大きな失望へと変わっていく。

「でも、まずは仕掛けられた盗聴器を発見しないと……」

「うるさい！」

久しぶりに腹の底から声を出した。額の傷が疼《うず》き始める。胸の防波堤を、激しい濁流が決壊させた。

「あなたの戯言《たわごと》が、私を深く傷つけたのよ！」

「ミーさん、落ち着いて下さい。全部本当のことなんです」

「いい加減にして！　独りで永遠に見つからない盗聴器でも探してれば！」

完全に八つ当たりだとは気付いている。頭ではそう理解していても、この澱んだ感情の行き場が見付からない。自己嫌悪を覚えながら、色白の肌を睨み続けた。アイコの表情に確かな怯えが滲んでいく。

「二人とも、それぐらいにしてよ」

やっさんが間に入り、視界は遮られた。

「ミーさんは体調が悪いんだから、少し横になって。アイコは妄想が酷いし、頓服貰いに行くよ」

ビーズのブレスレットが巻いてある手首を引いて、やっさんは玄関の方へ歩き出した。私は寒空の下で立ち尽くしたまま、固く拳を握ることしかできなかった。

二人の姿が消えてから、庭の隅に並ぶ幾つもの穴に目を落とした。苗を植えるような深さで、側には掘り返した土が盛られている。住み処を荒らされたミミズやダンゴムシが、湿った土の上で蠢いていた。

玄関には足を向けず、自然と青い車の方へ歩き出した。相変わらずドアに鍵は掛かっていない。車内に入ると、籠もった寒さが皮膚を刺した。誰かが置き忘れた雑誌や飲み掛けのペットボトルに、私の荒い呼吸が反射した。

色褪せた座席に腰を下ろし、ハンドルを握った。無機質な冷たさが掌に広がる。もう走り出せない車の中は、安全で、静かで、寂しい。

「ずっと修理しなくて、ごめんね」

ハンドルを摩りながら呟いた。冷静に考えれば、圭と会うべきではない。アルコールに冒された身体で再会したとしても、彼の平穏であろう暮らしに波風を立てるだけだ。生活指導員の頃も、そんな懸念を感じていたから一切連絡を取ることはなかった。

過去に出会った多くの女性たちを思い浮かべる。ほとんどの人間が家族を巻き込んでいた。そんな暗い事実は、氷柱のように冷たく尖り胸を抉った。

若い頃のように簡単に涙は零れ落ちない。それが良いことなのか、悪いことなのかはわからなかった。どんな表情をしているか知りたくて、垂れ下がったバックミラーに目を向ける。誰かが壊してしまったのか、鏡の部分だけ綺麗に取り外されていた。

「セゾンに、良い物あげる」

背もたれに身体を預けた後、ライダースジャケットの内ポケットを探った。固く薄い感触が指先に伝わる。久しぶりに取り出すと、枯れることのない花が目に映った。

ラミネート加工をした紙の花は、汚れてもいないし、色褪せてもいない。折れ曲がるのを避けるため、この服の内ポケットに忍ばせるのが一番具合が良かった。断酒していた時期を思い出す。渇望に呑み込まれそうな時は、真夏でも無理してこのライダースジャケットを羽織っていた。

「私のお守りだったの。大切にしてね」

助手席のグローブボックスを開けた。古臭い地図やのど飴が転がっている。その中に紙の花を紛れ込ませてから、軋むドアに手を掛けた。

　部屋に戻ってから、片手で収まる私物を紙袋にまとめた。貴重品は生活指導員が管理する金庫に預けている。多分、鍵の在り処は変わっていないだろう。十一年もこの場所で暮らしていた過去が、こんな状況で役に立った。

　今後も私の体調が悪化すれば、少なからずみんなの気持ちを動揺させてしまう。あんなゴルフボール程度の塊のせいで、誰かの回復を邪魔したくはなかった。さよならも告げず、深夜になったらこの場所から消える。行く当てはないが、胸の内は決まっていた。

　夕食も入浴も拒否して、ベッドに倒れ込んだ。その時の合図を待つように、掛け時計の秒針が刻む音に耳を澄ます。気付けば、夜の群青が窓辺を染めていた。室内に漂う薄闇に、視界に残る黒い霧が同化する。

　控えめなノックの音が聞こえ、ドアの方に視線を向けた。ノッチがＡＡから帰って来たのかと思ったが、同室の彼女がノックをする理由は見当たらない。

「誰？」

「アイコです。昼間のことを謝りたくて」

　返事はせずに黙り込んだ。少しの間を空けて、再びノックの音が響く。声を掛けなければ夜通し続きそうな気がして、深い溜息をついた。

「入って……」

ドアが軋みながら開いた。暗がりの中にアイコの細い輪郭が浮かんでいる。部屋に踏み込んだ彼女は電気を付けることもせず、斜向かいの壁際で膝を抱えた。

「頓服を飲んで休んだら、少し落ち着きました」

「そう……」

「昼間は妄想や幻聴に左右されてしまったようで……迷惑を掛けてしまいました。ごめんなさい」

薄闇が覆う表情は、よく見えない。何度か咳払いをする声だけが耳に届く。私は縮こまったシルエットに向けて、場を繋ぐように質問した。

「朝飲んでた薬って、向精神薬？」

「はい。統合失調症を患っていますので。月一回だけですが、精神科病院で受診しています。この病気は寛解《かんかい》と再発を繰り返すことが多いので」

私が生活指導員だった頃も、依存症の他に精神疾患を併発している女性たちと関わったことはあった。

「ミーさんは、統合失調症について詳しいですか？」

「そんなには……」

「私のことを知ってもらう意味も込めて、この病気について少し話しても良いですか？」

小さく頷いた。すぐに抑揚のない声が聞こえ始める。

統合失調症は百人に一人が患っている身近な疾患だと、アイコは淡々と告げた。明確な発症原因は未だに不明だが、脳内の神経伝達物質のバランスが崩れたり、強いストレスを受けたりすることによって、症状が出現するケースがあると考えられているらしい。

統合失調症の症状は多彩で、陽性症状と呼ばれる幻覚や妄想の他にも、意欲の減退や喜怒哀楽が乏しくなる陰性症状、記憶力や判断力の低下が目立つ認知機能障害があると告げられた。

「十七歳の時に発症したんです。正確な原因はわかりませんが……当時は酷い虐《いじ》めにあっていました。最初に聞こえた幻聴も、その娘たちの冷たい笑い声だったと記憶しています」

淡々とした声の合間に鼻を啜る音が響く。

「途中で不登校になりながらも、何とか高校は卒業できたんです。それからは精神科病院へ入退院を繰り返しながら、衣類やリネンのクリーニングをする事業所に通っていました」

アイコは一度言葉を区切ると、すぐに続けた。

「私の幻聴って、自己否定の内容が多いんです。『汚い顔見て、みんなが笑ってるぞ』とか『早く電車に突っ込め』とか『身体が臭いぞ』とか『ゴミは生きてる価値がない』とか。よく考えれば、虐められてた時に聞いた言葉ばっかりなんですよね。本当に疲れます」

妙に明るい口調だった。そうしなければ、酷い言葉たちを受け止めることはできないのだろう。

「私は怠薬もないし、統合失調症についても勉強しています。最近は幻聴や妄想を無視できたりもするし、医療スタッフたちからは『病識』があるって褒められたりもします。でも、生理が近くなると調子が崩れやすくて……昼間のように、病的体験に左右されてしまうことが多いんです」

　車内で聞こえた「そろそろ、あの日かな」と呟く声が脳裏に蘇る。アイコにとっての生理は、様々な意味を孕んでいることを知った。

「二十歳を超えてからも、お酒を飲んだことはなかったんです。医者からは向精神薬と相互作用を起こしやすいし、薬の効果も不安定になるからって禁酒の指導を受けていたので」

　気付くと彼女の声は震え始めていた。

「ある日、ジュースと間違えて缶チューハイを飲んでしまったんです。父親が冷蔵庫に置いていた物で、パッケージには瑞々しい夏蜜柑が描かれてました。当時はアルコールの耐性もなかったし、その夜はすぐに酩酊して眠ってしまいました。幻聴に苛《さいな》まれることもなく、久しぶりにぐっすりと」

　アイコの言葉が途切れた。何度か深呼吸を繰り返す息遣いが聞こえる。

「その日以来、普通の冷蔵庫が私だけの薬局に変わりました。辛い幻聴を乗り越える特効薬が、冷えていたので」

　そう言い終わると、膝を抱えたシルエットがゆっくりと起き上がった。ベッドに近づいた彼女は、右手を差し出した。

「コレ、入院していた時に作業療法でよく作ってたんです。お詫びの印に受け取って下さい」

薄暗い部屋で受け取った物体に目を凝らす。小さなビーズで作られたブレスレットが、闇に紛れていた。

「さっき作りました。ミーさんには、青いビーズが似合うような気がしたので」

頷いてから、ゆっくりとブレスレットを右手に嵌めた。ゴム紐で作ってあるようで、手首を心地好く締め付ける。

「ミーさんって、やっぱり元生活指導員ですね。こんな時でも、言いっ放し、聞きっ放しの原則を守ってる」

不明瞭な視界の先で、笑顔の気配が滲む。彼女がドアから出て行く時に、廊下の明かりが暗い部屋を一瞬だけ照らした。右手に巻いた青いビーズが本物の宝石のように輝きを放つ。庭の隅で、幻の盗聴器を探すシャベルの音が鼓膜に残響した。

「私たちを守ろうとしてくれてたのに、さっきはごめんね」

滑り落ちた小さな声は、彼女に届くことはない。階段を下りる音が遠く離れていく。

再び瞼を開けた時も、部屋は暗闇で覆われていた。浅い眠りを繰り返しているうちに、時刻は朝の五時に差し掛かっていた。

枕元に置いた薬袋から頭痛薬を取り出す。そのまま飲み下すと、舌に痺れるような後味が残った。頭痛を感じる度に、白黒の画像が思い出される。
気付くと硬いベッドは消え、凍てつく潮騒が鼓膜に繰り返された。冷たいアルコールの海を照らす灯台の光はどこにもない。肺が破れそうな息苦しさと、身体の輪郭まで見失いそうな闇が広がっているだけだ。

上段のベッドから聞こえるノッチの息遣いに耳を澄ます。寝ていた私に気を遣ってくれたようで、病院から戻ってきてから言葉を交わしていなかった。声は出さずに「ありがとう」と口を動かし、ライダースジャケットを静かに羽織った。

布団の中に隠していた紙袋を握り締め、息を殺しながら暗い廊下に踏み出した。予想通り金庫の鍵は、台所の戸棚の奥に保管されていた。金庫を解錠し、六千円しか入っていない財布と携帯電話を手早く取り出す。貴重品を回収した後、足音を忍ばせて玄関へ向かった。

外に出ると、生垣の椿に目を細めた。御影石を踏みしめながら、一度だけ背後を振り向く。誰にも別れは告げないと決めていたはずなのに、古びた建物と青い車に向けて呟いた。

「じゃあね」

時折襲う軽い眩暈をやり過ごしながら、林道を進んで行く。風がないせいか、葉が擦れる音すら聞こえない。そんな静寂の中に、私の足音だけが響いた。

舗装された道路に立つと、やっと一息ついた。ガードレールにもたれながら、何度か頭を振った。

脳にできた塊が、熱を放ちながら命を侵食しているのを鮮明に感じる。頭痛や眩暈を覚える度に、アルコールに対する渇望が強くなった。死の恐怖を誤魔化しながら歩き続けるためには、お酒の力が必要だ。家族も、仕事も、友人も、健康な生活も手放してしまった今の私には、飲むのが朝だろうが夜だろうが関係ない。

白み始めた空の下で、気付くとお酒だけを求めていた。しばらくして、いつかのコンビニが目に映る。

店内は暖房が効いていた。余計なものが目に映らないように俯きながら通路に立つ。入店する前はビールかレモンサワーで迷っていたが、もう考えるのをやめた。孤独な女が幾ら飲酒しようが、誰も気に留めることはないだろう。出入り口に置いてあった買い物カゴを手に取り、大型冷蔵庫へ足を向けた。

透明なガラスの向こうで冷えているのは、嗜好品ではない。私を救ってくれる魔法の液体だ。深く息を吸い込んでから、大型冷蔵庫の取っ手を握る。落雷を受けたような痺れを全身に感じながら、次々とお酒を取り出した。ビール、コークハイボール、グレープフルーツサワー、梅酒、発泡酒。カゴの中が重くなればなるほど、抜け殻のような身体がアルコールの海に沈んでいく。それでも、缶に伸びる手は止まらない。

カゴの中はすぐに数々のお酒で満たされた。片手では持ち切れないほどの重さを感じて、やっとレジの方を振り返る。近くの棚には、ウイスキーやワインが並んでいた。一瞬、美しい青が視界を掠めたような気がして目を細めた。『金賞受賞』と表記された手書きのポップと一緒に、赤ワインのフルボトルが販売されている。瓶に貼られたラベルには、水彩画で一輪の青い花が描かれていた。

セゾンの中でひっそりと咲く紙の花を思い出し、僅かに口元が緩んだ。微笑んでいるはずなのに、胸には虚しさだけが募っていく。緩慢な動作でワインオープナーと、どこかの国で金賞を受賞した赤ワインをカゴに入れた。

会計を済ませ外に出ると、冷たい空気が肺に流れ込んだ。眩い朝陽が顔面を染めても、清々しさは微塵も感じない。今の私にとっては、視界を余計霞ませるだけの鬱陶しい光だ。

私物の入った紙袋を地面に置き、コンビニの駐車場で膨れたビニール袋を漁った。一刻も早くアルコールを口に含めと、全身の細胞が叫んでいる。取り出した缶ビールは、寒々しく朝陽を反射した。

早朝の空に滲む鳥の囀りや、遠くの方から聞こえる車の走行音に交じって、私がプルタブを引く音が重なった。その響きは、瞬時に周りから色彩を奪っていく。握っているアルミ缶の冷たさが増したような気がして、思わず息を呑んだ。

どうしてか、そのまま手が止まってしまう。片手に持っていたビニール袋が、派手な音を立ててアスファルトに落下した。

昨日車内で受け取った缶コーヒーは、優しく掌を包み込むような温かさだった。こんな風に指先の感覚を麻痺させる冷たさではない。

缶を握り締める貧相な右手首には、ビーズのブレスレットが巻き付いている。霞む視界の中でも、鮮やかな青が両目に突き刺さった。

些細な記憶が、いつの間にか頬を伝う雫に変わっていく。涙を拭うため目元を擦った袖からは、身体に馴染んだレザーの香りが仄かに漂う。多くの女性たちと過ごした日々が、瞼に滲んだ。

両頬に伝った涙は、首筋を冷たく濡らした。様々なものを手放した後に泣いたって意味はない。私の中で優先順位の頂点に立つアルコールを引き摺り下ろさなければ、いつまで経ってもこんな虚しい涙を繰り返すだけだ。

白髪交じりのウエーブパーマ、目玉焼きにお酢を掛ける長い指、寝癖を手櫛で梳かす黒縁メガネの姿が胸を焦がす。ある瞬間、自然と喉が震えた。

「せめて、今日だけは」

誰も気付かないような小さく掠れた声だったが、胸の奥に微かな波紋が広がる。

握っていた缶ビールを、静かに地面へ置いた。しゃがんだままの姿勢で、ビニール袋を再び漁る。昏《くら》い覚悟を抱きながらワインオープナーを取り出し、乱暴に包装を破った。螺《ら》旋《せん》を描くスクリューが鈍色に光っている。

渇望をやり過ごすことだけを考えながら、スクリューの先端に軽く指で触れた。鋭角な痛みが薄皮を突き破りそうになる。

失敗はできない。一発で決める。

たった一回の飲酒と引き換えに、片目を差し出すなんて馬鹿げている。それでも、先ほどの誓いを果たすには、この方法しか思い付かなかった。

コンビニの窓ガラスの方へ顔を向けた。最後に両目に映った自分自身は、二重に霞んでいた。もうどんな表情をしているのか、わからない。

深呼吸をして、ワインオープナーのスクリューを目前に掲げた。セゾン・サンカンシオンに続く林道のように曲がりくねっている。突き刺した後に、抜き出すのは大変かもしれない。

「今日だけは、やめてる自分を選択する」

凶器に変わった物体を強く握り締める。潰すのは左目に決めた。視力を失えば、この黒い霧も一緒に消えるだろう。

瞬きをしないよう意識しながら、目元に力を入れる。胸の内でスリーカウントを唱え始めると、不安と恐怖で指先が震え始めた。絶対に目を瞑らないように強く奥歯を噛み締め、尖った先端を睨みつける。ゼロを数えた瞬間、思考回路を断ち切った。

「ルール違反者、発見！」

スクリューの先端が左目の直前で止まった。声がした方を向くと、黒縁メガネが数メートル離れた場所に立っている。

「何、馬鹿なことやってんのよ」

私の側に駆け寄ろうとするノッチに向けて、喉が潰れるような大声を吐き出した。

「来ないで！」

駐車場のアスファルトに響く足音が止まった。短い沈黙の後、諭すような声が聞こえる。

「ミーさんは、まだ一人で出歩いちゃダメなんだからね」

「もう、私は……」

言葉が続かない。ノッチの声を聞くと、胸が痛んだ。指先の力が抜け、ワインオープナーを落としそうになってしまう。

「近くでお酒を買えるのが、このコンビニだけで良かった。寒いし、早く帰ろうよ」

ノッチが、再びゆっくりと歩を進める。彼女の背後には『酒・たばこ』と表示されたコンビニの看板が掲げられていた。その文字を見た瞬間、渇望の潮騒が一気に強く響き始める。

「もう、帰れないよ」

「ミーさん……?」

「私が戻ったら、みんなに迷惑を掛けると思う」

ノッチの前で悲惨な姿を晒《さら》さない良識は、辛うじて残っていた。ワインオープナーをライダースジャケットのポケットに仕舞うと、彼女を避けるように俯いた。汚れたスニーカーのつま先だけを見据え、行く当てもない両足に力を入れる。さよならの代わりに、小さな声が零れ落ちた。

「私には何も残ってないの。だから、好きにさせて」

これまで酩酊しながら様々なものを失ってきた。飲酒を繰り返すうちに、大切な人の側にいることもできなくなってしまった。最後に残ったのは、頭の中に腫瘍がある身体だけ。それでも今日だけは、飲まないと決めたのだ。幾ら強い意志や真っ当なモラルを掲げたって、この病気には意味がないのはわかっている。明日や明後日のことは考えない。とにかく今日だけ、せめて今この瞬間だけ、アルコールの海に呑まれない。そのためには意識を失うような苦痛で、この渇望を掻き消すしかなかった。

「こうしないと、飲んじゃうから」

最後にそう呟き、地面に置いていた私物の入った紙袋だけを握った。できるだけノッチの顔を見ないように、歩道の方へ足を踏み出す。

無言で彼女の横を通り過ぎた後、抑揚のない声が耳に届いた。

「ウチだって、毎日怖いよ。今日は飲むんじゃないかって」

振り返ると、華奢な背中が遠ざかっていくのが見えた。彼女は私が放置した缶ビールを拾い上げ、一度大きく咳払いをした。空いている方の手は落ち着きなく何度もメガネのブリッジに触れている。彼女は硬い笑みを口元に浮かべた後、穏やかな声で言った。

「これでやっと、洗濯できそうだよ」

ノッチは威勢よく缶ビールを空に向けて高く掲げた。レンズの向こうの両目は強く瞑られている。次の瞬間、彼女は握った缶をゆっくりと逆さまに傾けた。

ボトボトと落下した液体が、ノッチの髪の毛を濡らす。身体から滴ったビールは、泡を立てながらアスファルトの色を変えた。私が呆然と立ちすくんでいる場所まで、アルコール臭が漂ってくる。突然の奇行に対して、目を見張ることしかできなかった。

全てのビールが流れ落ちると、彼女は額に張り付いた前髪を掻き上げながら言った。

「少し鼻から入っちゃったけど、飲んでないよ」

ノッチは空き缶を地面に置くと、濡れた唇を手の甲で拭った。そんな姿を見つめながら、やっと掠れた声が漏れる。

「何やってるのよ……」

「こうでもしないと、ミーさんどっか行っちゃうでしょ」

短い沈黙の後、ノッチが再び口を開いた。

「ウチのことって何も話してないよね？」

「今更……」

「そんなこと言わずに聞いてよ。こんな寒いのに我慢してビール被ったんだから」

何も言い返せず口元を結んだ。ノッチは一度宙を見上げてから話し出した。

「ウチが初めてお酒を飲んだのは、大学生になってから。当時は誰とも上手く喋れなくて、人付き合いが下手だったの。根暗で地味だったからさ、友達もいなかったな」

「やめてよ……私はもう行かないと」

私の声を無視して、ノッチは続ける。

「新歓コンパでも最初は誰とも喋れなくて、場を繋ぐように目の前のお酒をひたすら飲んでた。そしたら途中から気分が良くなってね、自然と周りの会話に交じることができたの。

普段は言わない冗談も、簡単に口に出せてさ。どこかに溜まってた言葉が、溢れ出すみたいだった」

黒縁メガネに、朝の陽光が反射している。霞んだ視界では、地上で小さな星が瞬いているように見えた。

「アルコールが抜けると、無口でつまらない人間に戻っちゃうからさ、人と会う前は必ずお酒を飲んでた。火照った顔色を隠すためにファンデーションを厚くしたり、敢えてチークなんかを塗ったりして。親は大学デビューって、勘違いしてたけどね」

淡々とした声が、早朝の風景に消えていく。ノッチは苦笑いを浮かべてから、鼻先を掻いた。

「当時は、お酒の中に自分の声が溶けてると思ってた。そんなはずないのに」

ノッチは濡れた髪を手櫛で梳くと、こちらに向かってゆっくりと歩き出した。彼女から伸びた影が、私の足元に近づく。思わず拒絶する言葉が零れ落ちた。

「もう戻る気はないの。荷物も持ってきたし、今日は飲まない覚悟だって……」

「さっきミーさんは、何も残ってないって言ってたけど、ウチだって同じだよ」

「それは違う。私は本当に空っぽの……」

「お酒をやめ続けたら、いつかきっと手放した何かを取り戻せるって。ウチはそう信じてる」

ノッチの息遣いが、すぐ側で聞こえる。他人の気配は、不思議と胸を締め付けた。

「飲めないって、本当にキツイよね。ミーさんの苦しみは、ちゃんと知ってるよ」

彼女は両手を伸ばし、痛いほどに私の身体を抱きしめた。湿った服からは、鮮明にビールの匂いが漂っている。それでも渇望の潮騒が激しくなることはない。先ほどまで溺れ掛けていたアルコールの海は不思議と凪いでいた。

ビールで濡れた服の向こうに、ノッチの体温をじんわりと感じた。空っぽの身体を満たしたのは、お酒ではなく他人の温もりだった。アルコールの海の中で凍えていた身体が熱を上げていく。心臓が高鳴り、血液が全身を駆け巡る。胸の奥に追いやった希望が輝き始めると、くすんだ命に色彩が宿るを感じた。

「こんな私でも……」

途切れた言葉の続きを探すように、地面に重なる二つの影を見つめた。すぐに唇が震え始め、鼻の奥が湿っていく。嗚咽が漏れ出す前に、どうしても喉を震わせたい感情に気付いた。

「もう一度、素面で生きたい」

吐き出した声は、意外なほどに力強かった。その言葉は産声のように響き、生き直すための熱を確かに孕んでいた。

「だったら、早く帰らなきゃね」

ノッチはそう耳元で呟くと、また強く私を抱きしめた。この瞬間をいつまでも忘れないようにするには、どうすればいいのだろう。今はその答えが見つからない。それでも、彼女の背中に腕を回した。

朝露で湿った林道に辿り着いた時、今ここにこうして立っていることが不思議だった。目前に続く緩やかな坂道には、幾つもの木漏れ日が揺れている。酩酊していたら、そんな些細な美しさを見逃していただろう。

「ミーさん、もう一息だよ。頑張ろう」

ノッチと並んで一歩を踏み出した。澄んだ空気に、白い息が滲んでは消える。彼女の濡れたコートを見ていると、今更になって感謝の言葉が滑り落ちた。

「今日は迎えに来てくれてありがとう……服、冷たいでしょ？」

「大丈夫。その代わりウチがスリップしそうになったら、同じことしてよね」

冗談交じりの口調の奥に、微かな陰りが滲んでいた。ノッチが苦しんでいる時は側にいようと胸に誓い、お互いの足音を重ねた。

生垣付近の地面には、幾つか花弁が散っていた。霞んだ視界の中でも、その赤は美しく咲いている。思わず立ち止まると、隣を歩いていたノッチが眉を顰めた。

「どうしたの？」

「椿の花、綺麗だなって」

私の返事を聞いて、ノッチが地面に散乱した花弁に目を向けた。そんな横顔を一瞥してから、木々が放つ濃密な香りを吸い込んだ。

「今日また病院に行くよ。ちゃんと検査をしてもらう」

「……脳腫瘍かもしれないんだよね？　みんなに聞いちゃった」

「うん。ちゃんと治療して、来年もこの美しい花を見るよ」

林道に散り落ちた椿を避けながら、歩みを進めた。伸びた髪を耳に掛けると、ショートカットの頃に感じていた風が、頬を撫でたような気がした。どの部屋も、まだカーテンは閉まったままだった。玄関に向かう途中、視界の隅に青い車が映り大切なことを思い出す。

「少し、セゾンで休んでから戻るね」

「外は寒いじゃん。中に入ろうよ」

「大事な物を、車内に忘れちゃったの」

「そろそろみんなが起きるから、ご飯作らないとヤバいよ」

「お願い。すぐ終わるから。セゾンで朝食のメニューも考えとくよ」

ノッチは何度かメガネのブリッジを押し上げながら「今日は洋食の気分かな」と告げ、玄関の方へ歩き出した。彼女の背中を見送った後、私はセゾンへ向かった。

停滞した空気を入れ替えるように、運転席のドアを全開にした。朝の新鮮な冷気が車内を満たしていく。私物の入った紙袋を足元に置いてから、運転席に背を預けた。硬めのクッションは居心地が良いとは言えないが、全身の余計な力が抜けていく。

「ごめんね。やっぱり返して」

グローブボックスから、紙の花を取り出した。こうやって、一つ一つ取り戻していけば良い。透明なフィルムに包まれた花が、眩い陽光を反射している。

医者に告げられた生存率を思い出しながら、一つだけ決めた。五年間素面で生き抜くことができたら、圭に一度だけ会いに行こう。裕司の実家を訪ねて、頭を下げるのだ。多くは望まない。少し話せればそれだけで良い。圭は私を軽蔑しているだろうか。叱責するだろうか。迷惑がるだろうか。感動的な再会劇にならないことは確かだ。それでも、素面で伝えたい言葉に自然と思いを馳せてしまう。

ごめんね。

ありがとう。

寂しかった。

迷惑掛けたね。

会いたかった。

どれも、本当に伝えたい言葉ではないような気がする。考え始めると、いつの間にか瞬きは止まっていた。乾き始めた瞳で、紙の花を見つめ続ける。不意に、冷蔵庫の前で俯く随分と若い自分自身を思い出した。

胸の底で燻《くすぶ》っていた言葉が、一瞬だけ鮮明に煌めいた。

再会した最後の最後に、その言葉を圭に対して叫ぶのだ。返事はないかもしれない。それでも、ちゃんと顔を見ながら伝えたい。あの子の生活が、多くの幸福で溢れるように願いながら。

ボンネットの上に、一羽の鳥が降り立つ姿が見えた。少しだけ羽を休めた後、再びどこかへ飛び立っていく。そんな光景を見据えながら、ようやく気付いた。ここは悲しみを噛み締めるだけの空間じゃない。再び前を向くための居場所だということに。

紙の花をライダースジャケットに仕舞い、軋むドアに触れた。外に出ると、頭上から強い光を感じる。目元に影を作りながら空を見上げた。澄んだ青空には、輝く太陽が浮かんでいる。

「スクランブルエッグと、バタートーストにしようかな」

これから作る朝食を思い浮かべながら、玄関に向けて歩き出す。緩い風が、伸びた前髪を静かに揺らした。

今感じた風は、昨日よりも暖かい。新しい季節は、すぐ側まで近づいている。

エピローグ

玄関でスニーカーの靴紐を結んでいると、背中に呆れるような声が張り付いた。

「やっぱり、ジャケットの一つでも羽織っていけば？」

振り返ると、妻が真剣な眼差しを向けていた。返事はせず、着古したTシャツに目を落とす。首回りはだらしなくよれ、小さな染みが点在している。

「ちゃんとした格好の方が、絶対に良いと思うけど」

「外は暑いし、ジャケットなんて着たらすぐに干からびるよ」

「せめて襟付きの服にしたら？」

妻が眉を顰めながら、膨らんだお腹を摩る姿が見えた。俺は仕事に向かう時と同じように、新しい命に手を伸ばした。

「すぐ帰ってくるから」

「積もる話もあるんだし、ゆっくりしてきなよ」

「今更、話すことなんてないって」

「そんなこと言わずにさ。再会したら優しくしてあげなよ。色々あったかもしれないけど、あなたのお母さんには変わりないんだから」

　三歳年上の妻が話すことは、大体が正しい。それでも今回だけは、俺は間違っていないような気がする。また反発する声を上げようとした瞬間、膨らんだお腹から確かな胎動が伝わった。

「おっ、蹴った」

「この子も、優しいパパが好きって言ってるよ」

　言葉が詰まり、鼻先を掻きながら立ち上がった。汗ばんだ掌には、小さな命の感触がまだ残っている。

「とにかく、行ってくるよ」

「帰りに牛乳買ってきて。もうなくなりそうなの」

「了解」

　玄関のドアを後ろ手で閉めた。六階のマンションから見える空は青く澄んでいた。強い日差しが街全体を照らし、眼下の道路では幾つか日傘が揺れている。遠くで聞こえる蝉の鳴き声が、妙に胸の奥に沁みた。

　地下鉄の改札を通り抜け、仙台駅に向かう車両に乗車した。シートは疎らに空いていたが、腰を下ろす気にはなれない。ドア付近に立ち、線路内の暗い景色に目を細めた。

何駅かをやり過ごした後、デニムパンツのポケットから折れ曲がった封筒を取り出した。送り主の住所には、夕霧台という見知らぬ地名が記載されている。中の便箋《びんせん》を改めて読まなくても、短い文章は完全に記憶していた。

『お元気ですか？　もし許されるのであれば、会って話がしたいです』

今年の春先に届いたこの手紙は、ずっと机の引き出しに仕舞っていた。妻に発見されなければ、そのまま放置するつもりだった。やっと返信を投函した時、街は夏の装いに変わっていた。

あの女との再会を決意したのは、恋しかった訳でも、許した訳でもない。来月生まれる長女のことが脳裏に過ぎったからだ。酒に溺れた女は、いつか娘に迷惑を掛けるかもしれない。蜘蛛《くも》の糸のような頼りない関係性だとしても、今日で完全に終わらせる。妻も同行したいと話したが、はっきりと首を横に振った。大切な家族を巻き込む訳にはいかない。

ぼんやりとした眼差しで、目前の車窓に映る無精髭が生えた男を見つめた。二十歳を超えた辺りから、急に目元があの女に似てきたような気がする。何年も会ってはいないのに、そんな感慨に耽る自分自身が酷く滑稽だ。

仙台駅に到着すると、苦い唾を飲み込んだ。プラットホームを歩きながら便箋を握り潰す。駅のゴミ箱に丸めた紙屑を捨て、足早に改札へ向かった。

再会場所は俺が指定した。洒落たレストランや、雰囲気のあるカフェにする気は初めからなかった。選んだのは、駅前から外れた古びた喫茶店。実家の祖母経由で、あの女が了承したのを知った。

　真夏の日差しに顔を歪めながら、人混みを掻き分ける。駅前のファッションビルや数々の飲食店を横目に、俯きながら歩き続けた。頬には汗が伝っていたが、身体の芯は酷く冷めていた。

　古びた喫茶店のドアを開けると、涼しげにカウベルが鳴った。チェーン展開をしているカフェに客を取られているのか、店内に人影は少ない。すぐに窓際の席に座る女と目が合った。

　一目で俺を捨てた女だと気付いた。こんな季節に色褪せた黒いライダースジャケットを羽織り、短い髪には白いものが目立っている。俺は口元を結んだまま、ゆっくりと足を踏み出した。

「背、伸びたね」

　よく通る声が耳に届いた。あの女は、記憶より一回り小さくなったように見える。年相応に老け込んではいたが、口元に浮かぶエクボだけは当時と変わらない。

　対面に位置する椅子に座り、アイスコーヒーだけを頼んだ。「他にも何か注文すれば？」とささやく声が聞こえたが、長居するつもりはない。水滴が滲んだグラスを、砂時計のように見つめた。

　再会したとしても、少しも動揺しない自信があった。無表情で言いたいことだけを告げて、堂々と立ち去る。この数分間で、幼い記憶も、この血縁すらも完全に捨てることができると信じていた。胸に広がる微かな波紋を無視しながら、グラスから伸びる影を無言で凝視した。

「結婚はしたの？」

顔を上げると、俺の薬指にはめた指輪を切れ長の目が見つめていた。

「してる。来月には娘が生まれる」

「おめでとう。大切にしなきゃね」

何気ない一言を聞いて、胸に冷たい突風が吹き抜けた。身体の奥底から仄暗い怒りが湧き上がる。一番その言葉を放つのが相応《ふさわ》しくない人間を、鋭く睨みつけた。

「……どの口が言ってんだよ」

アイスコーヒーを一気に半分以上飲み干し、湿った喉を震わせた。二十年近く熟成させた罵詈雑言は止まらない。こめかみに鈍い痛みを感じながら、青筋を立てた。俺から非難されるのを覚悟していたのか、言い訳めいた返事は聞こえない。ただ黙って唇を噛み締める年老いた女が瞳に映る。

「もう、金輪際あんたとは会わない」

繋がりを断ち切る言葉が、口から零れ落ちた。財布から千円札を取り出し、テーブルに力強く叩きつける。一方的に椅子から立ち上がり、たった今、他人となった女に背を向けた。

もっと清々すると思っていた。出入り口に向かう最中に感じたのは、歓喜でも、高揚でも、安堵でもなかった。僅かな寂しさだけが胸の奥に滲んでいる。

出入り口のドアの取っ手を握った。外に踏み出そうとすると、カウベルの音色に快活な声が重なった。

「圭！」

思わず振り返った。あの女が座席から立ち上がり、真っ直ぐな眼差しを向けている。

「いってらっしゃい」

場違いな言葉が鼓膜に残響した。何も返事はせず、再び前を向く。

外に出ると、夏の日差しが両目を染めた。白んだ視界に、突然古い映像が重なる。

ランドセルを背負いながら、俺は玄関でスニーカーを履いている。振り返った室内に、あの人の姿はない。

駅前は、変わらず多くの人々が行き交っていた。熱を上げたアスファルトを、口元を結びながら進んで行く。牛乳を買うのを忘れないようにしないと。一度家に戻ってから、再びこの暑さに身を置くのは億劫だ。

視界の隅に老舗の和菓子屋が映り、自然と足が止まった。思わず近づいてしまう。店先のショーケースに、夏の光を反射する物体が見えた。

ショーケースには、きな粉も黒蜜も掛かっていないわらび餅が幾つも並んでいた。半透明な球体は水滴が固まったようにも、誰かが流した涙のようにも見えた。

『冷たくて、美味しいね』

不意に、いつか聞いた声が蘇る。あの人はこの和菓子が大好きだった。扇風機が回る部屋で、何度も一緒に手を伸ばした。その時はいつも、一番甘そうな部分を俺の皿にのせてくれた。

ありふれた和菓子が、頭の隅に追いやった記憶を呼び起こす。わらび餅を見つめていると、喫茶店で感じた寂しさの正体に徐々に気付いていく。

あの人が今日俺に向けた眼差しに、酩酊の気配はなかった。幼い頃に感じた、優しい光が灯っていた。

足元に汗が落下し、点を描くようにアスファルトが濡れた。無意識のうちに、今来た道を振り返った。

夏の光に汗ばむ人々を眺めてから、あの喫茶店へ向けて駆け出した。まだ間に合うだろうか。二つの瞳は、母を探している。

参考文献

『自分を傷つけずにはいられない　自傷から回復するためのヒント』松本俊彦（講談社）

『自分を傷つけてしまう人のためのレスキューガイド』松本俊彦（法研）

『いまどきの依存とアディクション　プライマリ・ケア／救急における関わりかた入門』松本俊彦、宮崎仁（南山堂）

『薬物依存とアディクション精神医学』松本俊彦（金剛出版）

『臨床心理学　増刊第8号　やさしいみんなのアディクション』松本俊彦・編（金剛出版）

『アディクション・スタディーズ　薬物依存症を捉えなおす13章』松本俊彦・編（日本評論社）

『アルコール依存症治療革命』成瀬暢也（中外医学社）

『ダルク　回復する依存者たち　その実践と多様な回復支援』ダルク・編（明石書店）

『真冬のタンポポ　覚せい剤依存から立ち直る』近藤恒夫（双葉社）

『その後の不自由「嵐」のあとを生きる人たち』上岡陽江、大嶋栄子（医学書院）

『生きのびるための犯罪』上岡陽江、ダルク女性ハウス（イースト・プレス）

『私にありがとう　ここに私の居場所がある2』ダルク女性ハウス・編（東峰書房）

『ひとりでがんばってしまうあなたのための子育ての本　「ダルク女性ハウス」から学ぶこと・気づくこと』上岡陽江、ダルク女性ハウス、熊谷晋一郎（ジャパンマシニスト社）

『万引き女子〈未来〉の生活と意見』福永未来（太田出版）

『窃盗症　クレプトマニア　その理解と支援』竹村道夫、吉岡隆・編（中央法規出版）

『彼女たちはなぜ万引きがやめられないのか？　窃盗症という病』竹村道夫・監修、河村重実・著（飛鳥新社）

『万引き依存症』斉藤章佳（イースト・プレス）

『知っていますか？　ギャンブル依存　一問一答』西川京子（解放出版社）

『やめられない　ギャンブル地獄からの生還』帚木蓬生（集英社）

『ギャンブル依存症』田辺等（ＮＨＫ出版）

『依存症』信田さよ子（文春新書）

『「依存症」から立ち直るための本』地方独立行政法人大阪府立病院機構　大阪精神医療センター・編（幻冬舎）

『家族を依存症から救う本　薬物・アルコール依存で困っている人へ』加藤力（河出書房新社）

『Be！増刊号　№24　はまった理由〈依存症回復者80人の声〉／№26　この一冊で「自助グループ」がわかる本／№28「依存症」偏見とスティグマ』ＡＳＫ（アルコール薬物問題全国市民協会）

『どうして声が出ないの？　マンガでわかる場面緘黙』金原洋治・監修、はやしみこ・著、かんもくネット・編（学苑社）

『治るという前提でがんになった　情報戦でがんに克つ』高山知朗（幻冬舎）

『脳腫瘍のすべてがわかる本　健康ライブラリー　イラスト版』久保長生・監修（講談社）

『大人が楽しむ　アサガオＢＯＯＫ』田旗裕也、浅岡みどり（家の光協会）

『ＤＳＭ－５　精神疾患の分類と診断の手引』（医学書院）

インターネット

法務省：犯罪白書　http://www.moj.go.jp/housouken/houso_hakusho2.html

働く場は企業だけじゃない　障害者の就労　ＮＨＫ　ハートネット
https://www.nhk.or.jp/heart-net/article/27/

本書は書下ろしです。
本書はフィクションであり、
実在する団体・人物とは一切関係がありません。

跡を消す

特殊清掃専門会社デッドモーニング

文庫

気ままなフリーター生活を送る浅井航は、ひょんなことから飲み屋で知り合った笹川啓介の会社「デッドモーニング」で働くことになる。そこは、孤立死や自殺など、わけありの死に方をした人たちの部屋を片付ける、特殊清掃専門の会社だった。死の痕跡がありありと残された現場に衝撃を受け、失敗つづきの浅井だが、飄々としている笹川も何かを抱えているようで——。生きることの意味を真摯なまなざしで描き出した第７回ポプラ社小説新人賞受賞作。

シークレット・ペイン
夜去医療刑務所・南病舎

単行本

はからずも医療刑務所へ期間限定の配属となった精神科医の工藤。矯正医官となった彼が見たのは、罪を犯しながらも民間と同等の医療行為を受けている受刑者たちの姿だった。自身の過去から受刑者たちに複雑な感情を抱く工藤。さらに彼の気持ちをかき乱したのは、医師を志望するきっかけを作った男との鉄格子を挟んだ邂逅だった……。第22回大藪春彦賞の候補となった、社会派エンターテインメント大作！

前川ほまれ（まえかわ・ほまれ）
一九八六年生まれ、宮城県出身。
看護師として働くかたわら、小説を書き始める。
二〇一七年、「跡を消す」で、第七回ポプラ社小説新人賞を受賞し、翌年デビュー。
第二作『シークレット・ペイン　夜去医療刑務所・南病舎』が、
第二十二回大藪春彦賞の候補となる。

セゾン・サンカンシオン

2021年4月15日　第1刷発行

著　者　前川ほまれ
発行者　千葉 均
編　集　吉川健二郎　小原さやか
発行所　株式会社ポプラ社
〒102-8519　東京都千代田区麹町4-2-6
一般書ホームページ　www.webasta.jp
組版・校閲　株式会社鷗来堂
印刷・製本　中央精版印刷株式会社

JASRAC出2100236-101

N.D.C.913/367p/19cm ISBN978-4-591-17000-7
P8008338

セゾン
サンカン
シオン

SAISON
SANKANSHION

MAEKAWA HOMARE

前川ほまれ

ポプラ社